Min typ brorsa

Johanna Lindbäck

rabén&sjögren

Läs mer om Johanna Lindbäck på
www.rabensjogren.se

Rabén & Sjögren
Box 2052, 103 12 Stockholm
www.rabensjogren.se

Omslag: Sara R Acedo
Omslagsfoto: fStop
Tryckt hos ScandBook AB, Smedjebacken 2010
ISBN 978-91-29-67817-8

Rabén & Sjögren ingår i
Norstedts Förlagsgrupp AB, grundad 1823

NOVEMBER

Nina

"KOM EN STUND." Nina tog honom i handen. "Du ska få din present."

"Men jag har ju redan fått ..."

"Jag lånar honom i två minuter", sa hon till de andra och drog med honom in på sitt rum. "Stäng dörren."

"Varför det?" Han lät förväntansfull. "Är den hemlig?"

"Nej, men jag vill inte att dom ska se den bara. Inte först." Nina tog fram paketet ur skrivbordslådan, vände sig mot honom med det bakom ryggen. "Välj en hand."

Han log och pekade på hennes vänstra. Hon gjorde ett sånt ljud som när någon svarar fel på amerikanska quizshower. Han skrattade till, pekade på den högra.

"Åh, rätt! Varsågod."

Nina räckte fram den.

"Ska jag öppna den här inne alltså?"

"Ja. Alltså. Och det är ett kort också."

Hon iakttog honom spänt medan han tyst läste det, två varv säkert för det tog så lång tid, och sen nyfiket såg på henne.

”Vad är det här? Vad har du gjort?”

Nina log lite nervöst.

”Öppna det bara!”

Han påminde om hennes gammelmormor som alltid ville spara det fina pappret så hon kunde använda det igen. Det här var inte ens ett fint papper, bara vanligt rött från Åhléns. Hon hade inte hunnit rita ett eget som hon först tänkt. Men han behandlade det nästan så och Nina fick sätta sig på händerna för att inte hoppa upp och hjälpa till och riva. Kom igen nu! När han äntligen hade pillat färdigt med tejpen så vecklade han upp papperet lika omständligt och fick fram presenten.

Han såg snabbt på henne och sen på den igen.

”Är det här … Hur har du …?”

Hon sa ingenting, kände bara hur leendet spred sig från öra till öra när han vred och vände på den, andäktigt strök med handen över. Han såg ut att gilla den.

”Jag fattar bara inte hur du har fått tag i den?”

”Vi kan väl säga att jag har ljugit och stulit. Men för en god sak.”

Nina kunde inte hålla sig utan ställde sig bredvid honom, visade och berättade hur hon hade gjort den.

”Kolla”, sa han imponerat när hon var klar. ”Det är ju så … *Fint*. Åh. Det är *så fint*, Nina.”

”Tycker du det? Ärligt? Du gillar den?”

”Ja!” Han såg på henne. ”Ja, absolut! Det här är den finaste present jag har fått.”

”Vad bra.” Hon strök honom snabbt över kinden, kunde inte hålla sig. ”Grattis på födelsedagen då.”

”Åh, tack!” Han svarade med att slå armarna om henne, dra in henne i en kram. ”Tack, tack, tack.”

”Jag var skitnervös att du inte skulle gilla den.”

Borra in huvudet mot hans hals. Känna hans doft i näsan. Få luta sig mot. Få bli omfamnad. Precis så här. Det var det hon hade längtat efter. Det här var så bra.

”Är det det du har gjort på kvällarna?” frågade han.

”Precis.”

”Det var därför jag inte fick komma in?”

”Precis.”

Han släppte greppet om henne lite så att han kunde se ordentligt på henne. ”Och jag som trodde du var sur på mig.”

”Varför det?”

”Jag kanske har sagt något. Eller glömt att säga något eller så.” Han såg noga på henne medan han pratade. ”Man vet ju aldrig.”

”Har du det då?”

Nina såg tillbaka. Nu kunde han berätta om han ville. Säga att han måste gå ut till sin tjej som satt och väntade där så ivrigt.

”Nej”, svarade han direkt, ingen tvekan.

”Då så. Och nu är det fritt fram igen. Du får komma in när du vill.”

”Tur.” Han log lite. Hans fina leende. ”Och presenten var jättejättefin. Jag blev jättejätteglad.”

De stod fortfarande kvar i omfamningen. Hon hade hans armar runt sin midja, hennes händer vilade på hans axlar. Han fortsatte att se på henne, ingen av dem sa något. Ingen vek undan med blicken heller. Bortanför den stängda dörren hördes de andras prat från köket. Musiken från vardagsrummet. Skratt.

Men där inne hos dem. Tyst. Alldeles tyst.

”Vi kanske borde …?” sa han lågt till slut och hon nickade.

Två minuter hade gått nu. De borde gå ut till de andra, dricka ett glas läsk, äta mer tårta. Verkligen. Borde de det. Definitivt. Hon höll med.

Fast ingen av dem rörde sig, ingen tog ett steg mot dörren, ingen släppte greppet. Nina flyttade sig några centimeter närmare, och hans grepp om hennes midja hårdnade lite.

Jag gillar det här, tänkte hon. *Jag* vill inte gå någonstans. Jag har längtat efter det här. Jag vill stanna precis *här*.

Hans blick som sa liksom ”Nina?”.

Ja, gå nu om du vill, tänkte hon och tittade på ingenting över hans axel. På dörren. Om du vill gå ut igen så får du göra det. Nu.

Hon skiftade tyngd på benen och kom några centimeter närmare honom och båda två andades till när hon kände hans stånd. Han, ett alldeles kort andetag, en utandning. Bet sig i läppen, dök undan med blicken. Hon, en inandning, höll kvar greppet om hans axlar, ännu hårdare. *Släpp inte.*

Han var varm. Hans händer var varma, de kändes genom blusen, och hans mun när den råkade nudda vid hennes tinning. Bara så lätt och fint, men ändå. Hon vred huvudet lite lite, nästan omärkligt lite. *Bara en gång till, snälla.* Och hans mun, där, igen. Hundra procent nudd. *Mmm.*

Hon sträckte på sig lite lite.

Jag kan inte tänka nu, tänkte hon. För det här går inte. Vi får inte.

Och så blundade hon och råkade nudda tillbaka.

En halv sekund och en lång evighet på en gång. Hans mun mot hennes. Där.

Tårta, jordgubbssylt och cola. Sött. Skönt. Varma läppar. Hela hans kropp var så god, varm, hård och mjuk mot hennes, och hon höll fast honom ännu mer, ville ha in honom ännu hårdare mot sig och om sig.

Händer som gled över hennes rygg och över hans och runt hennes hals och hans ända och hans mun och hennes bröst och hela tiden höll de fast, lika hårt, båda två. Och ändå kändes det som om hon skulle tappa taget och all styrsel och smälta rinna ner till en fläck på golvet när han kysste tillbaka, för han smakade så gott och han var så skön och hon ville bara linda in sig i honom.

Och just då öppnades dörren och Manda kom in med allt ljus och prat och skratt utifrån "är du här, Nina?" och blev stående som förstenad "men shit, ursäkta, förlåt" när hon fick syn på dem. Han studsade ifrån Nina som en fjäder, så häftigt att hon höll på att tappa balansen när han släppte taget om henne. Manda sa panikslaget "ursäkta! förlåt! men shit!" igen och klev ut och drog igen dörren efter sig med en smäll.

De stod där och andades häftigt båda två, såg på varandra, en enda blick, och den kändes som ett knytnävsslag i magen på henne. *Jag har förstört allt.* Han pressade händerna mot ögonen och sen kunde han inte se på henne något mer. Slätade till kläderna samtidigt som han försvann ut ur hennes rum och hon hörde hur han sprang tvärsöver hallen in på toaletten och låste efter sig.

Manda var tillbaka inne på rummet sekunden efteråt. Flämtade, gapade efter luft, tog stöd mot dörren med ena handen och slog den andra mot pannan. Hon såg mycket dramatisk ut, skulle ha gjort "chockad" med bravur om det här hade varit levande charader.

"Men?! Nina!!!"

Nina kved och dunsade ner på sängen. Kroppen hade inte alls hängt med och hon var fortfarande dunkande upphetsad och svullen och kåt och svettig. Nästan en smält blöt fläck.

"Vad höll ni *på* med!" fortsatte Manda chockat. "Va? Han är ju för fan nästan ihop med ...!"

”Jag vet”, sa Nina dovt ner i kudden.

”Jamen? Vadå! Hur kan du låta han hångla upp dig då?”

Nina vände sig långsamt om och såg på Manda.

”Han? Tänk om det var jag?”

Manda såg bestört tillbaka.

”Men du kan ju inte … Menar du att … Alltså, jag kan inte tro att …” Hon var så gapande och osammanhängande att hon fick börja om. ”Nina, han är ju din … typ … *brorsa*!”

”Jag vet.”

”Men då kan du ju inte …!”

”Nej.”

Nina tystnade, borrade ner huvudet i kudden. Då kan jag ju inte. Min typ brorsa.

Manda sjönk ner på golvet, lutade sig mot väggen.

”Men guuuud! Vilken otrolig födelsedagsfest.”

DECEMBER ETT ÅR TIDIGARE

Nina

"VET DU VAD vi ska göra på nyår?"

Hennes mamma smuttade på sitt kaffe och såg förhoppningsfullt på Nina.

Ja, tänkte Nina. Jag vet vad "vi" ska göra på nyår. Jag och Manda ska först gå på stan och kolla kläder och smink, sen åka hem till Elias för fest med honom, Fred, Sally och några andra. Köpa pizza kanske, se på fyrverkerier, glida runt och dansa och börja kramas (förhoppningsvis hon och Fred), stanna länge. Det ska "vi" göra på nyår. Och det ska bli en väldigt, väldigt bra nyårsafton.

Nina ryckte på axlarna och såg på mamma.

"Ja, vadå? Jag vet väl ungefär."

"Vi ska upp till Luleå!" sa mamma och nu var hennes uttryck ännu mer förhoppningsfullt. "Vi ska fira nyår i Luleå!"

"Va?"

Nina log lite oförstående. Mamma hade inte sagt något om att hon skulle åka bort, men tänk om hon skulle det? Med Annika kanske? Tänk om de skulle dra iväg hela nyårshelgen och lämna Nina ensam hemma! Herregud! Då skulle alla kunna stanna hur länge de ville, ingen mamma som skulle komma hem en viss tid och avbryta det roliga utan alla kunde få sova över. *Alla.* Åh! *Sova över*, slapp frukost. Fred sömnig och nyvaken. Hon kunde precis se honom framför sig, föreställa sig hur han kliade sig i ögonen och i håret och smålog mot henne och över det faktum att de råkat glida närmare varandra under sömnen. Sen en film medan de låg i soffan och drack O'boy och tog det lugnt och vaknade till. De andra var tvungna att gå hem någon gång, men han kunde stanna kvar. Han *ville* stanna kvar. Manda som mimade "lycka till!" när hon vinkade hej då och blinkade åt Nina. Sen hon och Fred ensamma hemma, lugna och glada och ingen stress, och fortfarande ingen mamma på väg.

Mmm. Det här kunde verkligen bli bästa nyåret hittills.

"Vi ska fira nyår i Luleå", upprepade mamma igen som om Nina plötsligt blivit döv och inte hört henne första gången. "Du och jag", tillade hon som ny information.

Nina hejdade sig i festförberedelserna.

"Vadå du och jag? Vad menar du?"

"Du vet Tomas som var här för några veckor sen?"

Nina försökte tänka efter. En man som kommit över på lunch en lördag. Hon mindes honom inte så noga för hon hade bara träffat honom kort, men han hade väl verkat … Hon kom ärligt talat inte ihåg, men mörk och lång kanske? Eller? Han kunde lika gärna vara blond och kort. Hon skulle inte ha kunnat peka ut den här Tomas om hon mött honom på gatan. Hon visste bara att det var en internetflirt för det hade mamma berättat. Mamma hade faktiskt nojat i flera dagar innan han kom, hållit på och städa allting. Till och med dragit ut spisen och städat där bakom, som om han var hälsoinspektör och inte en dejt. Dessutom hade hon börjat ockupera datorn irriterande länge på kvällarna för att skriva mejl till internet-Tomas efter den helgen.

”Han bor i Luleå och nu har han bjudit dit oss över nyår. Dig och mig!”

Varför behövde hon upprepa precis allt hon sa? Det var ingen som var förståndshandikappad här.

”Okej, super, vad kul. Åk du”, sa Nina. ”Det blir ju jättekul för dig, mamma. Och jag klarar mig. Du behöver inte alls oroa dig för det. Ni kan bara mysa och ha er hela helgen, du och Tomas.”

”Nej, nej, det är han och hans pojkar som har bjudit oss. Både dig och mig.”

”Han och hans pojkar?” upprepade Nina.

Det här började låta oroväckande lite som bästa nyåret någonsin. Släng in Luleå, internetdejt och hans pojkar i ekvationen och finn tre stora fel av tre möjliga.

”Han har två pojkar”, berättade mamma entusiastiskt. ”En går i nian precis som du, och den andra går ettan på gymnasiet, fast han egentligen är två år äldre än er. Vi ska fira nyår ihop, allesammans. Vi tänkte att vi skulle lära känna varandra allihop.”

Er? Lära känna varandra allihop? Nina ville stöna högt när hon hörde det. Senaste gången en sån fras kommit över Maries läppar var för två år sen när hon hade träffat Janne. Janne med koftorna och sitt äckligt luktande te, Lapp någonting, som han tagit med sig och ställt in i köksskåpet. Han hade varit så otroligt trist. Hon fattade inte vad hennes mamma hade sett hos honom. Speciellt inte efter Mikael, Ninas låtsaspappa som kändes mer som hennes riktiga pappa.

Han och mamma hade varit tillsammans länge, från Nina var tre tills precis innan hon skulle fylla tio. Hon kom fortfarande ihåg sitt tioårskalas. Det hade blivit helt tragiskt för alla vuxna skulle vara så hänsynsfulla och snälla mot henne, fast de egentligen tyckte det var hur jobbigt som helst. Nina hade fått magknip efter en enda godis.

Men tack och lov hade Janne varit en kortlivad affär. Han och hans te hade försvunnit efter ett par månader.

Nina la ner sin sked bredvid filtallriken mycket långsamt och spände ögonen i Marie.

”Mamma, lyssna nu. Jag kommer inte att åka bort över nyår för att lära känna någon Tomas och hans pojkar. Jag gör det inte. Du får göra vad du vill, och det blir jättekul för dig, men jag ska inte till Luleå. Jag ska vara här och ha kul med mina kompisar.”

Daniel

WILLE HÖLL PÅ att spruta ut vattnet han just tagit en klunk av över sin tallrik.

”Har du nätdejtat?”

”Ja, lite.”

Tomas, deras pappa, log generat.

”Lite? Hur länge då?”

”Ett halvår ungefär, eller lite längre, jag vet inte så noga.”

”Men …? Har du skrivit en annons alltså?”

”Ja.”

”Och det var folk som svarade på den? Tjejer?”

”Ja.” Pappa såg på Wille som om han inte var helt nöjd med hans tvivlande ton. ”Tro det eller ej, men flera stycken svarade. Tjejer allihop.”

”Flera stycken! Och du har träffat dom? Du har ju aldrig sagt något?”

”Jag träffade tre stycken innan Marie. Bara ett par gånger. Det var inget som klickade. Inte för att det var fel på dom, men det var inte … helt rätt. Ja, hon heter ju Marie alltså.”

Pappa började rodna och Daniel och Wille såg häpet, nej chockat, på varandra. Det här var nytt. En nätdejtande pappa och en rodnande pappa.

”Det här är ju så …” Wille skakade på huvudet. ”Danne, visste du?”

”Såklart inte.”

Senaste dejten han vetat om var när pappa gick på bio med en gammal fritidsfröken till honom. Han fattade inte hur pappa letat upp henne, flera år efter att Daniel slutat där. Han kanske hade råkat eller låtsas glömma bort sig och gått förbi för att hämta sitt barn på vägen hem. *Visst tusan, Daniel går ju på högstadiet nu, hur kunde jag missa det? Ja, ha ha, vad tiden går, va? Men du kanske vill träffas någon kväll och äta en bit?* Hon hade i alla fall kommit över ett par gånger sen och det kändes hela tiden som att hon skulle vända sig till Daniel och be honom gå och hämta mellisvagnen eller städa undan i lekrummet. Så pinsamt och konstigt hela grejen. Sen hade det som tur var inte blivit något mer. Fritidsfröken slutade komma och äta.

”Hon är från Umeå. Vi träffades första gången när jag var på kursen där i september.”

”Och det ’klickade’?”

Wille gjorde fåniga citationstecken med fingrarna i luften.

”Jaa.” Tomas log förtjust, verkade inte ens märka fåneriet. ”Det klickade. Rejält.”

Han tog leende några tuggor till av maten och Wille och Daniel såg på varandra igen.

"Jaha? Vem är hon då?" frågade Daniel. "Berätta något."

"Hon jobbar som bibliotekarie på universitetet. Hon är bra på att sy och hon gillar att läsa, såklart. Och så går hon på sån här yoga, vad heter det? Poweryoga? Hur som helst, hon är väldigt snäll. Och rolig."

Tomas hade lagt ner besticken medan han pratade och han hade en min som om han beskrev ... minst Julia Roberts eller någon liknande. Han såg förtrollad ut. Han, deras far, Tomas Holmström, förtrollad. Han var en sån som kom hem från jobbet och tjoade glatt om att det var perfekt skidväder, skulle någon med till Ormberget och åka milspåret? Eller upphetsat meddelade att han och Roger skulle ut och pimpeltävla i helgen, var det någon annan som kände för att vara med och fajtas om medaljen? Det var sånt som gjorde honom förtrollad. Att vinna pimpeltävlingar för två personer. Han var inte en sån som satte sig ner och skrev romantiska mejl som fick Umeåbibliotekarier på fall. Och sen satt och berättade om dem med en sån här min.

Wille såg inte så imponerad ut av beskrivningen.

"Är hon vegetarian också? Hon låter som en vegetarian. Yoga och bibblan och sy? Snacka om hemvävd typ."

"Nej, nej, hon är inte alls hemvävd. Hon gillar ju andra saker med. Och så har hon en flicka. Nina. Hon är lika gammal som du, Daniel." Pappa gjorde en paus. "Dom kommer hit och hälsar på i nyår så ni får träffa dom då."

Wille hostade till igen.

"Seriöst?!"

"Ja, det börjar kanske kännas så", missuppfattade Tomas igen och rodnade ännu mer.

Nina

HENNES MAMMA PUFFADE till henne i sidan, sa något. Nina tog av sig ena öronsnäckan så att hon skulle höra.

”Hur ser jag ut?” frågade Marie nervöst.

För stor klutt puder på nästippen, fel nyans på läppstiftet, för upphetsat stirriga ögon.

”Okej.”

Nina tog på sig öronsnäckan. Marie puffade till henne igen.

”Men vad är det?” fräste Nina irriterat. ”Du ser skitsnygg ut, är du nöjd?”

Marie skakade på huvudet.

”Tänk nu bara på att det här är viktigt för mig, Nina. Försök komma ihåg det. Jag vill att vi ska ha roligt tillsammans, och jag hoppas att du kan anstränga dig lite för min skull. Bjuda till. Du vet vad jag menar.”

”Åh, herregud.”

Nina slöt ögonen.

”Just det”, sa Marie uppfordrande. ”Och om du inte tänker på mig så tänk på din nya … freestyle åtminstone.”

”Mp3-spelare. Det är en mp3-spelare, för hundrade gången.” Nina fortsatte sammanbitet blunda. ”*Kan du komma ihåg det*. Det är inte åttiotal. Ingen har freestyle längre.”

Chauffören annonserade i samma stund att de skulle nå Luleå busstation om cirka tio minuter och där skulle det bli ett stopp på tjugofem minuter och sen skulle bussen fortsätta norrut. Marie såg ut som hon tänkte utnyttja dessa tio minuter till att säga något mer viktigt om hur Nina borde vara eller inte vara den här helgen, men en effektiv blick från Nina tystade henne.

Nina hade packat väskan full med skissblock, matteböcker och kemiböcker, och som kronan på verket en svenskaroman att läsa. Hon var helt förberedd på att skylla på det, såg nästan fram emot det. "Måste plugga." Dra till med det så fort någon krävde att hon skulle hjälpa till att laga mat eller fira tolvslag med tråkiga män och deras pojkar. "Har ju stort kemiprov efter jullovet, sorry." Det skulle mamma aldrig säga något om. Skolan gick alltid före förbannat skitjobbiga "vara trevlig och snäll" och "bjuda till".

Först hade Nina sagt tvärt nej; vägrar, åker inte, du kan bara glömma, lägg ner. De hade bråkat om det nonstop i flera dagar. Skrikit. Smällt i dörrar. Varit silent treatment-tysta. Skrikit igen. Nina hade kollat med Manda som kollat med sin mamma och det var helt lugnt att Nina bodde där över nyår. Mandas mamma hade till och med kommit över en kväll enkom för att prata med Marie om det. Bjudit in, sagt att det skulle vara jättetrevligt om Nina ville …

Nina hade trott att mamma skulle ge med sig då, men det hade hon inte gjort. Inga ursäkter accepterades. Hennes mamma hade till och med gått så långt att hon bett Mikael ringa och försöka övertala Nina. *Det* var helt sjukt. Hon hade blivit så förbannad att hon knappt fått fram ett ord.

Till slut, efter alla tårar och skrik och dagar som gått, hade Nina insett att hon inte hade något val. Inte den här gången. Det var bara att tacka nej till Elias och vinka hej då till Manda och slänga en lång blick åt Freds håll.

Nu satt hon med en ny mp3-spelare i handen, en extravagant dyr julklapp från mamma som hon aldrig trott att hon skulle få, på väg norrut för att fira nyår med en internetflirt och hans två pojkar.

Glöm Fred och övernattningar med kramar och nu.

Glöm allt.

Gott nytt år.

Daniel

”VISST ÄR DET här spännande?” sa Tomas för femte gången.

”Har inte du redan träffat båda två?” frågade Daniel.

Det enda pappa hade tjatat om de senaste dagarna var Detta Stora Besök. Städa allt från golv till tak, tvätta, plocka undan, fixa till. Hela lägenheten var tipptopp och desinficerad nu. Man skulle kunna äta direkt från köksgolvet om man fick lust, så rent var det.

Tomas hade förberett Daniel i två veckor på att han skulle få sova ute i vardagsrummet så att Nina kunde få hans rum. Hon var gästen så det fick Daniel bara svälja, slut på diskussionen. Det hade inte ens varit någon diskussion, men hans pappa hade tagit det säkra före det osäkra och direkt använt sin ”det är jag som bestämmer”-ton. Han kom tydligen inte ihåg att alla deras andra gäster klarat av att sova i vardagsrummet utan några som helst problem.

”Jamen, för er! För er!” Pappa buffade till Daniel. ”Visst är det spännande för er?”

Wille kostade på sig ett leende. De var dessutom medkommenderade till stationen för att plocka upp gästerna. Även det en helt ny rutin.

”Nu kommer den!” sa Tomas upphetsat när bussen pyste in på

stationen, ifall Daniel och Wille skulle missa den. Den var ju bara tjugo meter lång och tre meter hög.

Han gick närmare, men Wille och Daniel stod kvar.

Kvinnan, som var en av de första som klev nerför busstrappan och genast hittade Tomas, såg faktiskt inte alls ut som den hemvävda yoga-biblo-typ Daniel hade förväntat sig. Inget färgat rött hår, inga stora örhängen och inga färgglada tältkläder som hon sytt själv. Istället liten och nätt, mörkbrunt hår, kort och smålockigt, klädd i röd dunjacka och jeans, kläder som uppenbart inte var hemsydda.

Hon såg riktigt normal och modern ut. Och trevlig.

"Hm", sa Wille och det lät som om han också var positivt överraskad.

"Eller hur?"

Tomas och kvinnan, Marie, kramade om varandra medan andra människor fortsatte strömma ut ur bussen.

Daniel spanade efter tjejen, dottern, Nina. Ingen av de tjejer som kom ut gick bort till Tomas och kvinnan, Marie. Till slut kom en kort tjej med massor av mörkt, långt hår ut. Lugg som hängde över halva ansiktet. Smala ben i svarta jeans. Svart pösig jacka. Stor vit stickad halsduk. En svart väska över ena axeln och en mp3-spelare i högsta hugg i andra handen. Det kändes som slowmotion när hon stannade till på sista trappsteget och svepte undan håret och Daniel fick se bleka kinder, en trubbig näsa och en sur min där under.

"Cute as a button." Det uttrycket hade funnits i någon text de läste på engelskan nyligen. Han hade inte ens varit medveten om att han lagt det på minnet. "Cute as a button." Nu dök det upp i hans huvud.

Tjejen fipplade lite med sin mp3-spelare och stoppade ner den i jackfickan.

Undrar vad hon lyssnar på? tänkte han. Säkert något bra.

Han höll kvar blicken på henne och väntade spänt på vad hon skulle göra härnäst.

Skulle hon titta sig omkring, höja handen och spricka upp i ett leende och vinka mot någon? Eller skulle någon komma fram och ropa ”men hej, där är du ju!” och krama om henne och göra henne mindre sur? Eller skulle hon bara rätta till väskan på armen och gå iväg, hemåt, åt något annat håll?

Då vände kvinnan, Marie, sig om och vinkade. Daniel följde vinken med blicken. Var det hon?

Tjejen log inte och hon vinkade inte tillbaka, men hon gick fram till Marie och hans pappa. Hälsade och skakade allvarligt hand med honom. Det *var* hon. Cute as a button. Sur och allvarlig. Och söt. Som en knapp.

Åh shit, tänkte han. Den här tjejen, hon var Dottern.

Daniel och Wille sneglade på varandra igen.

”Hmm”, sa Wille långsamt och hans ögon smalnade på det typiska sättet som de alltid gjorde när han gillade något.

”Emily”, påminde han Wille lågt. ”Du vet, hon som är i Thailand. Kommer du ihåg henne?”

”Har jag sagt något?” sa Wille. ”Det är ju du som babblar.”

Men säkert inte så länge till, tänkte Daniel och följde efter Wille när Tomas signalerade åt dem att komma fram och hälsa.

Nina

I FILMER SÅG man aldrig de här avsnitten. Någon, säg en nyförlovad fästmö, följde med bort en helg för att träffa sin blivande mans familj första gången. Ena klippet var när de kom fram och hälsade på varandra allihop, lite ansträngt och tillkämpat artigt och osäkert. Andra klippet var när de satt och åt middag någon timme senare och då var alla glada och avslappnade och skrattade och berättade allt om sina liv. Vad gjorde fästmön däremellan? Låste hon in sig på toaletten? Satt hon och tryckte på rummet med stängd dörr? Hängde hon i köket och "bjöd till" så att hon fick träningsvärk i kinderna? Eller kunde hon helt sonika gå ut i vardagsrummet och knäppa på teven och sjunka in i något skräpprogram för att få tiden att gå? Vad gjorde hon?

Nina släppte sin väska på golvet i rummet där hon skulle sova. En av killarnas rum.

Dunsade själv ner på sängen. Mjuk. Nya, stela sängkläder och på kudden låg två handdukar, liten och stor. Tomas, pappan, hade visat runt och sen hade han och mamma snabbt försvunnit till köket och börjat med maten. Mamma hade inte bett Nina komma med utan bara sagt: "Men det här ser väl jättefint ut, gumman! Vad mysigt!" Sen hade hon vänt sig till Tomas och kuttrat något meningslöst om något meningslöst och han hade flinat tillbaka. Och så var hon borta!

Nina hade trott att mamma och hon tillsammans skulle ... Hon kände ju ingen av de här människorna. Skulle hon bara bli lämnad då? Tydligen. Nu hade hon stått där som ett fån och blekt tittat på när hennes egen mamma dumpade henne och skyndade efter sin internetflirt.

Nina slog vad om att de hade korkat upp en vinflaska, för hon hörde mammas konstanta fnitter därifrån. Fnitter och säkert *åmande*. Det första mamma hade gjort när de kom fram var att slänga sig om halsen på honom, och sen skratta och le åt precis allt han sa. Allt.

De hade kyssts. Flera gånger.

Nina hade bara stått bredvid och stirrat på den här versionen av sin mamma. Ganska okänd hittills. ”Kan det vara fyrtioårskris?” formulerade hon redan i ett mejl till Manda som hon skulle skicka så fort hon hittade en dator med uppkoppling. ”Eller klimakteriet? Något stort fel är det i alla fall, det är helt uppenbart.”

Nog för att Tomas verkade okej, hittills, och han saknade mjäll och han var lång och mörk och han hade en sned framtand som säkert gjorde att många kvinnor i rätt ålder tyckte att han såg busig och/eller charmig ut. Men inget av det gjorde ju honom till guds gåva till kvinnorna. Han var bara en helt normal man. Nina fattade inte alls varför Marie var så till sig.

De stod förmodligen och pussades över grytorna nu. Hennes mamma kom säkert inte ens ihåg att hon tvingat med sin enda dotter hit för att de skulle lära känna varandra *allihop*, så förhäxad som hon var.

”Nina, vem då? Jaha, *Nina*, jaja. Va? Är hon här, sa du?”

Gud. Nina suckade frustande och tittade sig omkring. Hon kände sig så förbannad att hon hade lust att sparka på något.

Det var ett litet och smalt rum, kändes lika rymligt som en garderob trots att väggarna var vita och säkert skulle ge ett luftigt intryck. Säng längs ena väggen, dator och skrivbord mot den andra en armlängd bort, ett par inramade foton ovanför bordet, en gammal ful mörkgrön skinnfåtölj i nedre hörnet och ovanför den en bokhylla på väggen. Det var allt. Och trångt var det. Och inget bra sparkobjekt i sikte.

Hon skulle just kliva upp och kolla vad det var för foton när den äldre brorsan, Wille, dök upp i dörren.

”Allt okej?”

”Jaa, det tror jag väl.” Nina satte sig ner igen, försökte få sin röst att låta normal och inte förbannad. ”Är det här ditt rum egentligen som jag har snott?”

”Nej, det är Dannes.” Han klev in utan att tveka, slog sig ner i skinnfåtöljen, lutade sig tillbaka. ”Har du varit här förut, i Luleå?”

Nina skakade på huvudet. *Och jag kommer inte att komma tillbaka. Någonsin.*

”Det är ganska likt Umeå. Jag tycker alla dom här städerna är så lika varandra. Umeå, Piteå, Luleå. Olika färger på husen, men annars ... Du vet. Lika.”

Han log lite, såg vänligt på henne.

Jaja, tänkte hon och kände hur axlarna åkte ner ett snäpp på henne. Man kanske kan prata med ena brorsan under tiden. Det är kanske det man gör innan middagsklippet.

Hon drog upp benen under sig i skräddarställning.

”Tur, för jag har uselt lokalsinne. Jag går jämt vilse på nya platser. Så då kan jag tänka på det, olika färger på husen men annars lika.”

”Jaa. Eller så kan du ju bara be om en guidad tur och lösa hela problemet.”

Han fortsatte le och hon log tillbaka nu. Utan att behöva anstränga sig.

Wille frågade på.

”Vad skulle du ha gjort ikväll om du inte följt med upp hit?”

”Vet inte riktigt. Kanske gått hem till en kompis och sett på film”, svarade hon. ”Eller bara suttit och ... Inget speciellt. Inte just ikväll i alla fall. Vad skulle du ha gjort om du inte fått följa med och hämta oss?”

Han såg ut som en sportkille. Vältränad och stark och lagom snygg. Inte så snygg att man hickade till och blev blyg, men tillräckligt för en extra blick. Och så självsäker och öppen, men inte över gränsen till dryg och stjärnig. Wille verkade hittills inte vara en typ som skulle visa hur fantastisk han tyckte han var hela tiden, han var bara normalt trevlig utan att verka tänka så mycket på det. Och snäll. Uppenbarligen. Han var den som hade pratat när de åkte hem. Den yngre brorsan som gick i nian precis som hon hade knappt sagt något mer än sitt namn. Daniel.

Men Wille däremot.

Den här skulle hon också kunna berätta om för Manda. I det där mejlet hon börjat skriva i huvudet.

”Äldre brorsan. Åh, du skulle se …”

”Inget speciellt ikväll heller”, sa han. ”Faktiskt. Bra utgångsläge, va?”

”Hurså?” frågade hon och såg lite osäkert på honom. Utgångsläge för vadå?

”Ja, alltså, då kan det ju bara bli roligare, menade jag”, förklarade han. ”Och det är ju det vi ska ha i helgen. Riktigt kul. Alla tillsammans.”

Nina fnissade till. Han sa det inte elakt eller surt, men det hördes så tydligt att det var någon annan, det vill säga Tomas, som pratade.

”Ja, precis”, instämde hon. ”Riktigt kul ska vi ha. Det har jag minsann också fått höra. Så du får säga till mig så fort jag inte *bjuder till* ordentligt.”

Wille nickade med ett leende.

”Jag kan göra så här …”, han drog sig i öronsnibben två gånger, ”… om du börjar slira. Då vet du. Skärpning direkt. Håll bara koll på mig så blir det bra.”

Daniel

NINA. HAN PRÖVADE namnet tyst för sig själv. *Nina.*

Han kände till en Nina sen tidigare, en som var i hans franskagrupp. Den Ninan var för det mesta knäpptyst och när hon någon gång tvingades prata så önskade man att hon hade en fet mikrofon, eller ännu hellre megafon, för annars hörde man inget. Den Ninan satt alltid med samma två kompisar och såg besvärad ut i matsalen och i korridorerna och på lektionerna. Inte göra väsen av sig, inte väcka uppmärksamhet, inte synas. Han skulle lätt ha kunnat gå fram och prata med henne om han haft lust, men han hade hittills aldrig känt något behov av att få veta vad franska-Nina tyckte och tänkte. Hon verkade så trist.

Den här Ninan däremot ... Wille satt redan där inne och pratade med henne och spår av deras samtal flöt ut i vardagsrummet. Det lät som om de hade blivit gamla bekanta på två minuter. Ett oavbrutet samtal, ingen tvekan och inga jobbiga pauser. Hennes sura mun hade tydligen tinat upp för Daniel hörde hur de skrattade båda två. Högt.

Åt vad?

Han kunde knalla in om han ville. Det var ju hans rum. Några meter bort bara. Han *fick* vara i sitt rum även om hon skulle sova i det.

”Maaaaat!” ropade hans pappa från köket just när Daniel börjat fundera på vad han skulle säga till Nina och Wille.

Nu slog han bara ihop boken han legat och inte läst på soffan och följde efter dem till köket.

”Är ni hungriga?”

Tomas ställde fram en stor spagettikastrull.

”Jodu”, sa Wille och klappade sig på magen för extra effekt. ”Vad blir det?”

”Köttfärssås.”

”Uhuh.” Nina tvärstannade och gjorde en generad grimas mot Tomas. ”Förlåt så *hemskt* mycket, men jag kan faktiskt inte äta det.”

”Va?”

Hennes mamma vände sig förvånat om från diskbänken där hon stod och rev ost.

”Köttfärssåsen.”

”Ja, vad är det med den?”

”Det är köttfärssås”, sa Nina och förtydligade: ”kött.”

”Ja?” sa hennes mamma, fortfarande lika oförstående.

”Jag är ju vegetarian nu”, sa Nina.

”Vegetarian?”

Marie började le.

Nina log väldigt stolt tillbaka.

”Just det.”

Marie såg snabbt mot Tomas, en det-här-är-bara-ett-litet-skojigt-påhitt-blick, men den fick inte Nina att skratta till och säga ”skojade bara”, utan hon ställde sig bestämt med armarna i kors.

”Jag är det. Jag äter inte kött längre. Jag har slutat med det.”

Det lät minst av allt som ett litet skojigt påhitt när hon sa det och nu såg de allihop på henne, fast med helt olika miner.

”Du äter visst kött. Du åt det ...” Marie tänkte efter. ”I tisdags. Julkorven och köttbullarna hos Christer och Annika, kommer du ihåg?”

”Mm, men igår slutade jag med det.” Nina log lite mot Tomas nu, mycket sött som förlåt-att-jag-orsakar-ett-sånt-besvär. ”Alltså, det är verkligen inget emot din mat och den är säkert hemskt god, men tyvärr, jag kan inte."

"Men Nina ..." Nu lät Marie lite mer vänligt bestämd. "Vad är det här för prat? Du är ingen vegetarian."

"Hallå, hör du inte vad jag säger?" Ingen tvekan om att Nina menade allvar. Hon såg inte det minsta sött på Marie. Hon såg mycket bestämt på henne. "Jag är det *nu*."

"Jaha." Marie la ner rivjärnet och osten och såg lika utmanande på henne. "Förklara då. Varför blev du vegetarian? Igår? På vilka grunder? Och varför har jag inte hört ett ord om det här förut?"

"Vi har haft ett projekt om det på skolan och där så fick jag veta att ..."

Det kom en lång utläggning och förklaring. Trovärdig, vältalig och förberedd. Jordens resurser och befolkningen i Kina och Indien och växthuseffekten och proteiner mot kolhydrater och kostnader och sjukdomar och att Nina fixat maten själv igårkväll för att Marie varit borta och att hon hämtat ett intyg från skolmaten innan jullovet som Marie skulle fylla i och visste någon hur fruktansvärt vidrigt *gåsar* blev behandlade för att producera gåsleverpaté och sist men inte minst frågan om etik och moral i ett större perspektiv.

Wille och Daniel tittade mer och mer imponerat på henne. Det lät riktigt bra. Hon var definitivt inte som Nina i Daniels franskagrupp. Och hon såg helt lugn och samlad ut medan hon pratade. Förberedd. Marie däremot började se riktigt irriterad ut.

"Jag tycker att om du inte har sagt något om detta innan vi åkte hit så får du faktiskt skjuta upp ditt beslut några dagar", sa hon. "Du har klarat dig som köttätare så här långt, och då kan du vänta ett par dagar till med att sluta. Nu äter vi det här idag och därmed basta.

Och inga gåsar, jag menar gäss, har dött för den här måltiden så det är inte ..."

"Vänta!" storknade Nina. Det lät som att det var det värsta skräckscenario hon kunde utsätta sig för. "Skulle du be en muslim bryta sin religion några dagar om det visade sig att någon bjudit hem honom på pasta carbonara? Bara för att han inte skulle orsaka besvär? Varför ska jag vänta några dagar när jag måste göra det här nu? Bara för att det inte råkar passa in i dina planer om den perfekta helgen? Det är ju helt sjukt!"

Marie såg mer och mer pressad ut.

"Det är inte det jag säger. Jag kan respektera ditt beslut, men då får du respektera att just nu är vi borta. Du har inte sagt något om det och det orsakar en hel del besvär. Därför ber jag dig vänta med det. Sen får du bli det när vi kommer hem igen."

"Men mamma, det funkar inte så!"

Nina stampade frustrerat i golvet.

"Jo, det gör det! Det är precis så det funkar."

Marie hade fått röda rosor på kinderna som inte såg glada ut, men det lät som om hon försökte hålla emot och inte falla för bråket.

"Nej! Det där är *så* inte rättvist! Du kan inte säga så!"

Nina stampade igen, ännu mer frustrerat och ilsket.

"Vet du vad som är *så* inte rättvist, att du kommer hit och släpper en sån här ..."

Deras röster blev högre och allt höll på att eskalera snabbt och hårt tills pappa höjde handen och basrösten.

"Stopp, stopp! Det är lugnt, vi fixar det här." Han öppnade kylskåpet och letade runt där inne. "Vi har annan mat. Vi har ... jag tror att det finns en ..."

Marie protesterade förbannat.

”Du ska absolut inte fixa något annat, det är helt …”

”Här.” Pappa avbröt henne och höll upp en halvfull burk färdig tomatsås mot Nina. ”Det här äter du, va?”

Hon gick fram och läste noggrant och grundligt på etiketten och det kändes som om de allihop höll andan under tiden.

”Ja”, sa hon sen och Daniel såg i ögonvrån hur Wille log lite.

Själv drog han tyst en lättnadens suck.

Marie slöt ögonen och sa med tillkämpat lugn röst.

”Nina, för sista gången, kan du sluta med dom här fjanterierna om att …”

”Det blir bra”, avbröt Nina i snäll ton och fyrade av ett gulligt leende till pappa. ”Tack så hemskt mycket.”

Pappa växlade en snabb blick med Marie som såg ut som att hon skulle explodera.

”Det här är bättre än att stå och tjafsa just nu”, sa han och drog fram en liten kastrull att värma den nya maten i.

Det blev en spänd öppning på middagen. Nina koncentrerade sig väldigt mycket på spagettin och tomatsåsen, tittade mest ner i tallriken, och Marie såg ut som … en förbannad morsa som helst ville släpa med sig sin jobbiga unge utom hörhåll och skälla ut henne rejält. Inte för att det verkade som att Nina skulle ge med sig, oavsett hur rejält det blev.

Daniel sneglade på henne. Hon hade varit benhård. Knappt etthundrasextio centimeter lång men hon hade inte vikt en tum. Hennes blick. Som en ninja.

Nu tittade hon oväntat upp och såg på honom och något blinkade till. Inte ett leende men kanske början till ett.

”Vi kan se film sen”, sa han och såg först på Wille och sen på henne. ”Om ni vill. Jag har lånat några av Olle.”

Wille nappade direkt:

”Vilka då?”

”Olika. Fem, sex stycken.”

Han räknade upp titlarna.

”Det blir ju bra”, sa pappa i en för entusiastisk ton. ”Vi ser en film.”

Normalt prat, normala aktiviteter, ha det normalt trevligt, mot att hux flux bli vegetarian och stå och stampa av ilska i köket.

”Och godis och chips har vi ju också”, fortsatte pappa. Ännu mer normalt, halleluja. ”Sourcream and onion som tur är. Grill var slut. Bra, va?” Han blinkade till Nina och hon log skyggt tillbaka. Sen höll han fram vinflaskan mot Marie. ”Vill du ha mer?”

”Vill?” fnös hon. ”Jag *behöver*.”

Men rosorna på hennes kinder hade börjat blekna bort.

Daniel såg på Nina igen.

”Vad ska du gå för program?”

Inte en fråga som gav någon Wille-effekt, men det var prat i alla fall.

”Natur, tror jag”, svarade hon. ”Du?”

”Samma.”

”Där ser man!” sa pappa, fortfarande i överdriven ton. ”Gillar du naturvetenskap?”

”Sådär”, sa hon. ”Men det passar bäst för det jag vill bli.”

”Som är?” frågade han på

”Industridesigner eller arkitekt.”

Pappa visslade till.

”Spännande jobb!”

”Visst är det?” Marie såg snällt på sin dotter för första gången på hela måltiden. ”Hon har alltid varit jätteduktig på att rita och måla, men det är för osäkert och fattigt att bara bli konstnär.”

Nina släppte ifrån sig en generad suck och stirrade besvärat ner i sin spagettitallrik igen.

”Smart. Det är ju som Daniel”, sa pappa och nu hajade Daniel till. Signalerade förskräckt ”vadå som jag? nej, pappa, vad ska du säga nu?!” men det struntade Tomas i. ”Han blir först något snitsigt, civilingenjör eller något annat som drar in pengar, och sen går han in för sin författarkarriär på fritiden.”

Daniel stirrade på honom. Vilken författarkarriär? Han hade aldrig uttalat sig om sin karriär överhuvudtaget, än mindre om något författande ”på fritiden”.

Pappa log stolt tillbaka.

”Är det inte så du har tänkt?”

”Inte riktigt va”, muttrade Daniel.

”Åh, så du skriver?” frågade Marie pliktintresserat. Hon var ju bibliotekarie, det var sånt här hon fick betalt för. ”Så spännande. Vad skriver du? Om jag får fråga?”

”Inget särs…”

”Noveller”, avbröt pappa självsäkert och utan krusiduller. ”Han vinner tävlingar varje år i skolan. Senast var det om en pojke som kom vilse i … vad var det, en skidtävling?”

Pappa fattade verkligen inte när han skulle hålla käften idag. Marie verkade fortfarande intresserad, men Daniel kände för att ta sin tallrik och gå därifrån på stört. ”En pojke som kom vilse i en skidtävling.” Det lät som. Skit. För femåringar. Så lät det som.

”Vad hände med låt maten tysta mun?” mumlade han och den

kommentaren fick Nina att fnissa till på andra sidan bordet.

"Ja, och sen har vi Wille", flinade Wille i den pösiga tystnaden som följde. "Och han spelar ju hockey, och jodå, det går bra. Stabil position i andrafemman, en rätt bra säsong faktiskt. Bara ett knä som trilskas ibland, men det blir nog något av den grabben också."

De andra började skratta.

Nina

HON LYSSNADE PÅ nattljuden. Det lät från den andra toaletten. Det fanns två i den här lägenheten. En dörr som gnisslade. Var det Willes? Hans rum låg vägg i vägg med hennes. Eller Daniels rum egentligen ju. Prat, lågt. Lät som Wille och Tomas. En bil som startade utanför på parkeringen.

Eller också var det dörren till Tomas rum som gnisslade. Varsågod. Stäng ordentligt nu och sätt igång. Sexa på. Nu behövde Tomas inte bara sitta i soffan med armen om mamma, nu kunde de göra *vad* de ville. Utom att vråla rätt ut, för då skulle alla barn *verkligen* fatta vad som hände där inne och det skulle bli för pinsamt vid frukosten imorgon.

Hon fick i alla fall säga att Tomas var skicklig på att snabbt få hennes mamma på bra humör. Efter en sån härdsmälta som middagen skulle Marie vanligtvis ha varit musselsur minst en hel dag, men nu tog det knappt en timme så satt hon och fnittrade och åmade sig igen. Eller så var det han i kombination med vinet som åstadkom det. När de hade börjat se filmen var det hur som helst glada miner på alla.

Hennes mamma hade bergis köpt nya underkläder för den här

resan. Tillsammans med sina nya jeans och sin nya topp. Hon hade kommit hem för några dagar sen och försökt smussla undan påsarna innan Nina fick syn på dem. Det hade hon inte lyckats med. ”Mellandagsrea”, hade mamma försökt förklara det med.

Hade Nina fått något nytt? Onödig fråga. Hon hade ju ingen enda person hon behövde imponera på här i nyår.

Hon tände sänglampan och plockade upp läxromanen från väskan. *Anne Franks dagbok.*

Tysta steg utanför hennes dörr. Daniel? Han skulle sova på en extrasäng där ute i vardagsrummet. Det kändes nästan som att ha en livvakt på plats. Fast i såna fall borde det nog ha varit Wille för mer effekt. De var nästan lika långa, men Daniel verkade inte spela hockey i någon andrafemma.

Nina stoppade in sina öronsnäckor, satte på mp3-spelaren, valde något lugnt. Skrev ett godnatt-sms till Manda innan hon slog över mobilen på ljudlös. Manda hade inte svarat sen imorse. Då hade hon ätit frukost och sen skulle hon sticka ner på stan med Cissi.

En timme senare när hon skulle försöka somna var hon kissnödig. All läsk hon hade druckit medan de såg film. Och hon kunde aldrig somna utan att gå på toa som sista handling. Eller gå på bio utan att gå på toa precis innan filmen började. Eller gå hemifrån utan att gå på toa.

Det var helt tyst när hon smög upp till dörren och lyssnade. Inga sexljud från hennes mamma och Tomas. Inga bilar utanför. Inga gnisslande dörrar.

Hon lät sänglampan vara tänd och öppnade sakta dörren. Tassade till toaletten. Tände lyset först när hon stängt dörren. Kissade. Det lät högt som ett Niagarafall och det kändes som att till och med de bortersta grannarna skulle kunna höra henne. ”Nummer sjutton, det är nummer sjutton som är på toa nu! Jävvvlar vad den bruden behövde kissa!” När hon tassade tillbaka hade Daniel tänt en golvlampa bredvid sin extrasäng och låg och läste.

”Förlåt”, viskade Nina generat när hon passerade honom. ”Väckte jag dig?”

”Nej, jag hade inte somnat.”

Han ändrade ställning i sängen och den gnisslade till.

”Åh.” Hon bet sig i läppen. ”Är det sängen? Är den mycket osköп?”

”Va? Nej, nej. Den är bra. Jag var inte sömnig bara.”

Hon såg på hans bok, tyckte den verkade bekant.

”Vad läser du?”

Han höll upp den, *Anne Franks dagbok* i exakt samma utgåva som hennes så hon gick in på rummet och hämtade sin.

”Har ni också andra världskriget-tema?”

”Ja, kolla. Gillar du den?”

”Sådär.”

Han såg var hon hade sitt bokmärke.

”Du har kommit längre än jag. Tar den sig mot slutet? Den börjar bli så seg och deprimerande nu.”

Han såg helt allvarlig ut och hon skulle just säga något tvekande ”men vet du inte …” när hon fattade att han hade skämtat. Nina log lite.

”Vet du att det saknas sidor i den här?” fortsatte han. ”Som hennes pappa censurerade bort.”

”Vad stod det där?”

”Ingen vet. Förmodligen något dumt om honom. Eller om sex. Det är väl sånt som brukar censureras. Hur farliga saker kunde hon skriva liksom, i sin situation?"

"Kanske: 'Kära Kitty, jag blev så jävla less på mina föräldrar idag så du fattar inte. Att dom alltid ska hålla på och prata så mycket skit. Kan dom inte försvinna?' Och så hips vips."

Han smålog och såg ut att överväga det alternativet, tyckte det verkade rimligt.

"Sov gott då, Daniel."

"God natt själv."

Daniel

HAN VAKNADE AV att Wille sträckte ut sig med hela sin kropp ovanpå honom samtidigt som han sjöng "dags att vakna, Danne, dags att vakna, Danne!" i örat på honom.

Daniel försökte välta av honom men Wille låg kvar, utfläkt och tung, och gjorde det omöjligt för honom att röra en enda arm eller ett ben.

"Lägg av!" stönade Daniel ner i kudden. "Wille, lägg av!"

Wille fortsatte att sjunga, ännu högre.

"Men fan, ge dig då!"

Wille skrattade bara när Daniel kämpade för att komma loss.

"Du dödar mig!"

"Va?"

"Kan. Inte. Andas!"

"Va?"

"WILLE!"

”Vad gör ni?” frågade Nina någonstans bakom dem.

Hon lät lite förskräckt.

”Väcker Daniel”, sa Wille vänligt och klev äntligen upp. ”Pappa bad mig få upp er för nu är det frukost.”

Daniel rullade över på rygg och hostade överdrivet, flämtade sen astmaväsande efter luft och blängde på honom. Nina såg från honom till Wille.

”Är det där ditt sätt att väcka folk? I såna fall måste jag ställa mobilen så att jag alltid hinner upp före dig.”

Wille log mot henne.

”Du behöver inte oroa dig. Det är bara såna som väger mer än tjugo kilo som blir specialbehandlade så här.”

Daniel såg hur Willes blick snabbt gled över hennes tajta rosa linne, kollade in små fina bröst och ingen behå, fortsatte ner till ett par alldeles för stora röda pyjamasbrallor som hängde lågt på hennes smala höfter. Vita trosor under. Kanten syntes.

Hon vände på klacken.

”Jag kommer om en sekund”, sa hon och gick tillbaka in på hans rum.

Wille stod kvar och fick nu spana in hennes, förmodligen, fasta lilla stjärt där under pyjamasbrallorna. Med såna bröst, så.

”Det är kanske Emily som ska oroa sig”, viskade Daniel när han passerade Wille och försökte snabbt hoppa undan för tacklingen som följde. Han lyckades nästan.

Det dröjde väldigt många sekunder innan Nina kom. De andra hade redan fixat sina mackor, sin fil och sitt kaffe och Marie hade entusiastiskt hunnit berätta om den ”jätteсköna morgonpromenaden” hon och Tomas tagit i snöfallet. Stora lappvantar. Sen dök Nina upp. Hon försökte surmulet sjunka ner på en stol men Marie fångade in henne i en kram.

"Glad nyårsafton, gumman!"

"Är det?"

Nina vred sig demonstrativt ur kramen så fort det gick och slog sig ner på den lediga stolen. Hon hade tagit på sig en tjock polotröja och dragit upp pyjamasbrallorna.

"Klart det är!" fortsatte Marie. "Titta på vädret. Det blir en jättefin dag idag."

Nina, Daniel och Wille tittade alla samtidigt ut genom fönstret. Daniel och Wille hade ju redan sett vad det var för väder, men det var som om de behövde titta en gång till med Ninas ögon. Hon ryckte i sin tur oimponerat på axlarna.

"Finns det ingen O'boy här?" sa hon och såg ut över det uppdukade frukostbordet.

Wille sköt fram paketet som stod halvdolt bakom flingorna.

"Har ni bara *fet* mjölk?" frågade hon sen med smått äcklad ton. "Vi har alltid lätt. Och finns det ingen marmelad? Sylt då? Är det bara den här sortens bröd ni har? Kan man få något annat att dricka, typ apelsinjuice? Nej, ingen riktig apelsin. Jag skalar inte apelsiner, man blir så äcklig om händerna."

Till slut var hans pappa, Wille och Marie på benen allihop för att få ihop en frukost åt Nina som skulle duga i brist på bättre, det vill säga det hon alltid åt hemma. Det var ganska fascinerande att se hur många människor hon kunde få igång med sin lilla hopsnörpta mun och sin besvikna blick. Som att det var en planerad personlig förolämpning mot henne att de bara hade Polarbröd här. Pappa stod lutad mot kylskåpet och sörplade i sig resten av kaffet, redo för fler beställningar, när Nina tog de första skeptiska tuggorna av sin smörgås på fel sorts bröd och med fel sorts pålägg.

”Jag tror vi måste åka och handla idag”, sa han småleende. ”Lite allt möjligt. Vegetariskt.”

Daniel såg förvånat på honom. Om det var han som börjat kräva saker när de var borta så hade han fått fortsätta i cirka fem sekunder innan pappa hade stoppat honom. Nina verkade kunna fortsätta mycket, mycket längre än så.

Hon såg på sin mamma.

”Manda och Cissi skulle hem till Elias ikväll. Jag fick ett sms.”

”Vad vill du äta till middag?” frågade Marie och ignorerade upplysningen om Manda, Cissi och Elias. ”Vi andra ska ha lax. Äter du fisk?”

”Ingen farlig hemsk fest”, fortsatte Nina. ”Bara några stycken. Kanske tio pers. Helt lugnt. Och Fred. Du vet, Fred? Som du har träffat? Och tyckte var så trevlig? Den Fred.”

”Har du tänkt på det? Om du äter fisk?”

”Ja. Inte. Jag äter inte fisk.”

”Såklart inte.” Marie log mot henne. ”Så då får vi hitta på något annat då?”

”Ja, vi får väl det. Här i Luleå på denna glada nyårsafton, vi alla tillsammans.”

Nina la betoningen på *Luleå*, *glada* och *tillsammans*. Hon tog en tugga till av sin smörgås och tittade dystert ut på snön. Det enda som fattades för att det skulle framgå ännu tydligare hur olycklig hon var över att tvingas vara här utan Elias, Manda och Cissi och den där Fred, var att hon skulle börja vifta med en kniv framför sin egen mage på harakiri-manér.

Marie föreslog broccolipaj. Nina svarade inte. Hon fortsatte att övertydligt olyckligt titta ut genom fönstret.

”Jag ska nog över till en kompis ett tag ikväll”, sa Wille och såg på Nina. ”Du kan hänga med om du vill.”

”Vilken kompis?” frågade Tomas direkt och Ninas ögon piggnade till lika direkt.

”Erik”, sa Wille. ”Larsson.”

Det riktigt syntes hur pappa snabbvärderade informationen i huvudet. Erik Larsson bodde en kilometer bort. Han och Wille hade känt varandra sen de var typ fem. Eriks föräldrar var forskare på universitetet. De hade jämt skjutsat till fotbollsmatcher och träningar. Erik hade dessutom varit scout tills han var femton. Wille hade bara varit scout ett enda kort halvår när han var nio. Nu gick Erik Larsson natur på gymnasiet och hade hoppat av fotbollen och scouterna för att det tog för mycket tid från skolan. Erik Larsson var en så kallad hundra procent pålitlig kille.

”Ja, vi får se hur det blir med det”, sa pappa ändå garderande och såg på Marie som i sin tur tittade frågande på honom. ”Och i så fall, så blir det inte hela natten. Och det blir först efter vi har ätit middag allihop tillsammans. I lugn och ro. Och bara om det är okej för *alla* här. Så vi säger inget än.”

”Det är helt okej för mig, det ska du veta”, sa Nina och såg på Tomas med stora, snälla ögon tills han log och skakade på huvudet.

”Vi funderar på det.”

Nina

DET VAR ALLDELES tyst när hon vaknade på nyårsdagen och direkt sträckte sig efter mobilen. Hon hade försökt ringa Manda flera gånger under gårdagskvällen men antingen hade det inte gått att komma fram på grund av överbelastat nät kring midnatt, eller så hade hon inte fått svar. Nu såg hon fyra nya sms som trillat in efter halv två och hon bläddrade snabbt fram dem. Gott nytt år-önskningar från Manda, Cissi, Frida och ... hon höll andan ... Elias.

Fan. Nina sjönk besviket tillbaka i sängen. Om Elias kunde skicka ett, varför kunde inte Fred det? *Ett* sms, var det för mycket begärt på en *nyårsafton*? Tio sekunder av hans dyrbara tid. Var han för upptagen för det? Hade han inte tänkt på att hon inte var där? Inte brytt sig om det? Inte tänkt på henne en enda sekund? Inte varit besviken för att hon inte var på festen? Han hade ju gulligt sagt ”men vad ska du till Luleå och göra?” när hon berättat var hon skulle fira nyår, och det hade hon också undrat ännu mer förtvivlat just då. Vad skulle hon till Luleå och göra?

Fan, fan, fan.

De andras sms sa typ bara ”gott nytt år!”. Nina hade frågat hur de hade det på festen, vilka som var där, om det var kul, vad de gjorde. Hon skrev genast ett nytt till Manda, frågade samma saker igen. Underförstått. Manda måste ju fatta.

Sen drog hon på sig tjocktröjan och kikade ut genom en glipa i dörren. Daniel sov i sin bodyguard-säng där ute i vardagsrummet, men det lyste från hallen och köket.

Wille satt och åt frukost och bläddrade i en tidning. Han såg ut att vara nyduschad, hade fortfarande fuktigt hår. Log lite småtrött mot henne när hon kom in.

”Hej.” Nina ansträngde sig och log tillbaka. ”Var är alla?”

”Daniel sover väl”, svarade han. ”Pappa och din mamma är tydligen ute och … morgonpromenerar eller något.”

Han pekade mot en lapp på bordet som Nina inte iddes läsa. Hon kunde ändå se dem framför sig. Två medverkande i ett filmmedley över förälskade töntar. Slänga sig i snön och göra änglar, kasta fluffiga snöbollar på varandra och gapskratta med vita ansikten, springa och jaga varandra runt stora julgransgranar, råka trilla i en hög på varandra, låta munnarna nudda vid varandra ”som av en slump”.

Morgonpromenera.

Hon kunde redan höra hur hennes mamma skulle låta när hon berättade om allt det här för Annika. Hur *jättejätteroligt* det hade varit att hälsa på, och hur *jättejättefin* nyårsafton de haft i Luleå. *Tomas hade lagat sån god mat, och det hade varit så himla mysigt allting, och så roligt för Nina att få träffa hans pojkar och …*

Wille sa något och hon tittade frågande på honom.

”O’boy?” upprepade han och höll upp mjölken. Hon nickade och blandade sig ett glas, fixade en leverpastejmacka. ”Sov du gott?”

”Ja, jätte”, svarade hon. Det var ju i alla fall ganska sant. Daniels säng var skönare än hennes egen. ”Du då?”

Willes kompis Erik hade inte riktigt haft en fest, inte på nyårsfestviset, men det hade varit skönt att komma ut från hemmakvällen (den *jättejättemysiga*) och träffa några andra. Även om dessa andra var lite präktiga. Det hade varit roligt att vara med Wille. Och lätt. När de kom hem vid ett hade de satt sig i köket och pratat ett tag till. Hon gillade honom mer och mer.

”Fick du fram sms:en till dina kompisar till slut?”

”Mmm.” Nina nickade med en stor tugga smörgås i munnen. ”Och några svar”, sa hon när hon kunde prata igen. ”Fick du iväg ditt till Emily?”

Han nickade. Det var en av sakerna de hade börjat prata om igår. Fred. Och Willes Emily. Fast hans Em var verkligen *hans*. En riktig officiell flickvän sen ett halvår, som nu var i Thailand på julsemester med sin familj. Inte bara ett evighetsspan som Fred som man aldrig visste om man skulle få en chans att få till något mer med.

”Och svar. Hon skulle just gå ner till stranden då, tjugoåtta grader, helt blå himmel …”

”Men åååh.” Nina stönade avundsjukt. ”Snacka om lyx! Manda var där förra året med sin pappa, hon pratar fortfarande om det.”

Daniel kom upp efter ett tag med smala sovögon och nackhåret på kuddända. Han grymtade ”hej” med grötig röst och började zombielångsamt fixa en ostsmörgås.

”Hur gick nyårsschacket?” frågade Wille honom när han satt sig med dem vid bordet.

Nina hade trott att Daniel skämtade när han sa att han skulle till en kompis och spela schack samtidigt som de gick iväg till Willes kompis fest igårkväll. Hon hade med låg röst frågat Wille om det var en hemlig kod för något annat, som att Daniel skulle sticka in till stan och träffa någon kompis Tomas inte gillade. Wille hade bara lett och skakat på huvudet. Daniel *skulle* spela schack. Frivilligt. På en nyårsaftonskväll.

”Sämsta tänkbara start”, berättade han. ”Men det är nog bara en tillfällig svacka. Jag får revansch på påskafton.”

”Påskafton?” Nina höjde ett ögonbryn. ”Menar du alltså att ni spelar varje ...”

”Storhelgsafton, ja”, sa han upplysande. ”Och jag vann förra året, så det ordnar sig nog till slut det här året också.”

Hon var tvungen att se på Wille igen för att kolla om Daniel menade allvar, och ja. Det var seriöst. Hon lyckades klämma fram ett artigt leende till Daniel.

”Jaha, lycka till.”

Det hördes en nyckel i låset och Tomas och hennes mamma var tillbaka.

”Hallå!” hojtade Tomas. ”Är någon vaken?” Han stack in huvudet i köket, iklädd en stor pälsmössa med rejäla öronlappar som gjorde att han såg ut som en äkta ryss. Det verkade inte som om han hade blivit mulad eller snurrat runt i drivor, för den var helt fri från snö. ”Tre av tre! Marie, alla är uppe. Har ni sovit gott?”

Daniel var den enda som jaade och Tomas log till svar innan han försvann ut i hallen igen.

Daniel sköt snabbt över ostmackan han precis gjort mot Nina och norpade lika snabbt upp hennes med leverpastej. Hon skulle just utbrista i ett ”men hallå, vad gör du?!” när hennes mamma klev in och Nina kom ihåg sig och frös till.

Igårkväll hade Tomas lagat två olika middagar. Han hade hållit på i evigheter i köket. En fin broccolipaj med extra lyxig sallad till henne, och någon laxrätt med saffran och grönsaker till alla andra. Den hade sett mycket god ut och Nina hade haft stor lust att säga att hon nog faktiskt åt fisk om hon tänkte efter, men det hade känts lite för tidigt att lansera det redan på dag två av det vegetariska livet.

Hennes mamma såg vinterrosig och glad ut nu. Hon satte på kaffe och började prata om allt möjligt. Tomas kom in och slog sig ner bredvid Nina. Han sa inte ett ord om leverpastej eller tittade surt på henne så han hade förmodligen inte märkt något. Istället berättade han om en nyårsafton för tio år sen när det hade varit minus trettiotvå grader. Han hade jobbat i den extrema kylan och flera ambulanser hade fryst ihop.

Wille verkade inte heller ha tänkt på det. Och Daniel lyssnade så oskyldigt på Tomas, som om inget märkligt hade hänt.

”Ska du inte äta upp den där?” sa Tomas till Daniel när han var klar med sin långa köldhistoria. Han sträckte sig efter Ninas halvätna leverpastejmacka som legat orörd bredvid Daniels glas hela tiden. ”Jag är faktiskt hungrig känner jag nu.”

Daniel och Nina såg först häpet på honom och mackan i hans hand, och sen lika häpet på varandra.

Daniel öppnade munnen för att säga något, men just då tog Tomas en stor, girig tugga av den. Daniel stängde munnen.

”Gott”, sa Tomas nöjt. ”Marie, ta en smörgås, du med.”

Nina ryckte småleende på axlarna och bet i sin tur en tugga av Daniels opåbörjade ostmacka.

”Gör det, mamma”, sa hon och försökte hålla sig från att börja fnissa när hon mötte Daniels blick igen. ”Ta en smörgås. Jättegott.”

”Jo, hörni. I påsk, då tänkte vi att vi skulle ses igen. I Umeå”, förkunnade Tomas. ”Vad säger ni om det?”

Nina såg på Daniel, la huvudet lite beklagande på sned.

”Men åh, Daniel, hur ska det då gå med din schackrevansch?”

Han tittade till på henne och sen drog något lurigt över ansiktet på honom.

”Vet du, det gör faktiskt ingenting, *Nina*”, log han med lika överdrivet eftertryck och det där *Ninat* gjorde att det fladdrade till nervöst i magen på henne, ”om du lovar att laga en god vegetarisk middag åt oss?”

Han hakade fast sin blick i hennes medan han pratade och hon fick anstränga sig för att inte bli den som vek undan först.

Hennes mamma och Tomas verkade i ett par lyckliga sekunder tycka att det här var det bästa de hört på länge, nu kunde man verkligen sätta upp den här nyårshelgen som ”perfekt introduktion av familjerna”. Daniel fortsatte stirrpsyka henne med roade ögon och först när Marie kom med ett ”men vilken bra idé att Nina ska …” kunde Nina inte hålla sig längre. Hon började fnittra så att smörgåssmulorna nästan flög över bordet och Daniel skrattade nöjt till ”ha!”.

”Det är ju bra att det verkar så kul”, sa Tomas och såg oförstående på Marie. ”Eller sa jag något dumt?”

Hon såg i sin tur lika rådvillt på Wille som skakade på huvudet.

”Fråga inte mig. Jag har ingen aning.”

AUGUSTI

Daniel

NINA GAV HONOM en uppifrån-och-ner-granskning när han kom in i köket. Hon sa inget men snörpte ihop munnen lite.

”Vad?” frågade han och letade efter en tallrik samtidigt som han diskret kollade att han knäppt gylfen på jeansen.

I deras lägenhet i Luleå hade tallrikarna varit ovanför diskbänken, så han gick fortfarande dit om han inte tänkte efter. I den här lägenheten var de i skåpet till höger om diskbänken. Det var en sån enkel sak att komma ihåg, men nu var det sjunde dagen i rad som han misslyckades.

”Inget speciellt. Men ...”

En till uppifrån-och-ner-blick från Nina och Daniel såg ner på sina kläder. Jeans, blå t-shirt, svarta sockor. Allt helt och rent.

Hon la ifrån sig sin sked.

”Tänk på att det här är dagen för det viktiga första intrycket. Där du visar vad du är för person för alla.” Nu la hon huvudet vänligt på sned och det var då man verkligen skulle se upp med henne, det hade han däremot snabbt lärt sig. ”Vad vill *du* visa att du är för person, Daniel Holmström?”

Han kliade sig trött i håret. Han var inte van vid det här. Att stiga upp på morgonen och få frågor som ”vad vill *du* visa att du är för person, Daniel Holmström?” eller att någon anmärkte på kläder som kom direkt från den nytvättade högen. Han var van vid att äta frukost med Wille som på sin höjd kom med kommentarer om sporten. På sin höjd. För det mesta var frukosten ordlös.

Nu satt Wille där och tittade roat på honom. Nina väntade på ett svar och Daniel passade på att snabbstudera henne och förstå vad *hon* skulle förmedla. Hon var söt och fin, det var hon ju alltid. Men det kanske var lite mer ansträngning idag? Håret i en fläta som såg komplicerad och pillig ut, ett vitt linne, ett kort halsband med röda stenar, en lila kjol. Extra fina kläder. Hon såg ut som att det intryck hon ville ge var ”hej allihopa, jag är söt och snäll och pigg och färgglad. En sån tjej som alla blir glada över att få i sin klass. Och jag har flinka fingrar och suverän finmotorik, för kolla här på min fläta! Just det, jag gillar att sola också”.

Och Wille. Svart t-shirt och mörkblå jeans. Båda var nya, det visste Daniel. T-shirten var dyr. Pappa hade inte behövt fejka chock när Wille avslöjade priset. Men Daniel kunde inte direkt snappa upp ett glasklart budskap med den. ”Jag är dyr och diskret”, kanske? Eller ”tjejer, ta och kolla in mina snygga armmuskler, va”.

Han såg rådvillt på Wille som fortsatte flina och skakade på huvudet ”nej, nej, försök inte med mig”. Svikare.

”Eeeh …”, började Daniel tveksamt.

Om han fick önska helt fritt så skulle han uppfattas som en snygg, smart, snäll och sexig ung man i sina bästa år. En som tjejer skulle kunna ha mycket roligt med, på många sätt. Och helst skulle de självmant upptäcka detta så fort han klev in genom dörrarna på Östra gymnasiet och göra allt för att få börja klänga på honom. Något som ju aldrig hänt förut, men tänk Beatles-hysteri: gråt och skrik och horder av tjejer som kom rusande. I bakvattnet ett par nersprungna lärare som yra kravlade sig upp och undrade vad det var som hade hänt? Jo, Daniel Holmström hade gjort entré. Han med det bländande första intrycket.

Ungefär något sånt. Han hällde upp fil i tallriken och log åt den bilden. Hur klädde man sig för att få fram det?

Men realistiskt.

”Jag tänkte nog på ’trevlig yxmördare’ när jag omsorgsfullt valde ut det här”, svarade han och Nina himlade med ögonen. Wille skrockade till. ”Lyckades det?”

”Du vet den där Spola kröken-t-shirten?”

”Pappas gamla?”

”Ja, inte vet jag vems det är. Eller den där gröna du hade en gång. Med något skrivet på? Dom är coola. Men bara som förslag.”

Wille nickade medhåll och Daniel blängde på honom. Sen när hade han blivit ett modeorakel? Så fort Nina återvände till tidningen gick Daniel ändå och letade rätt på den gröna tröjan.

”Mm. Snyggt”, sa hon milt positivt när han var tillbaka.

”Du med”, svarade han generöst och hon såg lite förvånat upp på honom när han satte sig mittemot.

Wille var fort klar med sin frukost. Drack ett glas vatten och försvann med ett ”ha det så kul idag”.

”Så det är okej att jag går med dig till skolan nu?” frågade Daniel när ytterdörren gått igen efter honom.

”Det var inte alls *så* jag menade”, försäkrade Nina och ett tag såg det ut som att hon skulle säga något mer, kanske förklara, men hon ångrade sig och tryckte bara ner sitt glas i diskmaskinen. ”Vi måste åka om tjugo minuter. Hinner du?”

Snäll ton, snäll fråga.

Han nickade.

De susade nerför en saftig backe på sina cyklar. Hon före honom, kollade över axeln att han var med och viftade tydligt med armen när de skulle svänga. Han visste redan precis var skolan låg, men han sa inget utan lät henne vifta på.

De fortsatte genom ett villaområde som han visste hette Berghem. Nina stod upp och trampade så fort det blev minsta motstånd, trampade på hårt. Det var inte så att hennes fläta stod rakt ut bakåt, men om någon ritat en bild av dem hade man kunnat göra det så. Fort gick det hur som helst. Förbi en mataffär, över en väg och nerför en saftig backe till, och sen framme. Skolan i rött tegel, den såg stor och kompakt och sjuttiotalsaktig ut. Tre våningar. Klungor av elever som stod och pratade och rökte utanför. En massa cyklar. En del moppar.

Nina fortsatte sitt signalerande, att de skulle gå runt till huvudingången sen de parkerat. Han följde lydigt efter.

Marie hade frågat om de var nervösa igårkväll när de satt och åt middag. Daniel hade svarat ”lite, fast förväntansfullt nervös”. Nina hade sagt att hon inte kände sig speciellt nervös alls.

”Men det är ju annorlunda för mig”, hade hon tillagt. ”Jag vet redan att jag och Manda kommer i samma klass. För dig är ju allt här nytt.”

”Förutom att han redan vet att du kommer i samma klass”, poängterade Marie. ”Så en person är i alla fall inte helt ny.”

Nina hade lett lite generat över bordet, och Daniel hade undrat varför. Var det för att hon inte hade tänkt på det, att han också skulle gå i samma klass som henne?

Vad skulle de kalla varandra? När fick man börja säga *syrran*? Fanns det en tidsgräns, en regel att följa?

Han prövade det igen nu när han följde efter henne, kryssade fram genom klungorna. *Där går min nya syster.* Eller: *Nina, min låtsas-syrra.*

Man kunde lika gärna ha tagit ordet och klistrat fast på vilken tjej som helst här utanför skolan. Och han visste nästan lika mycket om dem som om henne. Det vill säga, nästan lika lite.

Efter nyår hade de hälsat på i Umeå en helg när Wille spelat cup där. Nina och Marie hade följt med på två av hans matcher och sen hade de åkt och käkat pizza allihop på kvällen. Nina hade ätit en capricciosa, men ingen sa att ord om vegetarianer eller stackars gäss.

Sen hade de åkt ner och stannat hela påskhelgen. Spelat TP, gått på bio, blivit uttvingade på promenader längs älven i solskenet.

Pappa hade varit där själv flera gånger, och Marie hade varit i Luleå utan Nina ett par helger. Men när pappa en lördag i början av maj sa att de funderade starkt på att flytta ihop, kändes det ändå som att han släppte en bomb.

”Vad menar du? Vilka då?” hade Wille frågat och sett ganska dum ut, men Daniel tyckte att det var två mycket smarta frågor.

”Vi, alla fem. Jag och Marie och ni och Nina.”

Wille och Daniel stirrade samtidigt på honom.

”Va?!” sa Wille.

Återigen, mycket smart uttalande, tänkte Daniel.

Tomas nickade.

”Joo.”

Wille blinkade och gav Daniel ett ögonkast. *Visste du om det här?*

Daniel svalde. *Nej, såklart inte!*

Wille såg på pappa igen.

”Efter sommaren kanske”, sa pappa.

Får man verkligen flytta ihop hur som helst med såna man träffat på nätet och mejlat med och hälsat på lite grann, om man är ensamstående pappa? Och får man verkligen flytta ihop om den andra personen också redan har barn som går i skolan och har kompisar och egna rum och släktingar och allt, i en helt annan stad? *Får* man verkligen det? Bara sådär?

Och varför hade pappa inte sagt något om det, hintat, förvarnat?

När han sa hej då senaste gången han åkte ner dit, varför hade han inte lagt till en upplysning i förbifarten: ”Jo, bara så ni vet, pojkar, Marie och jag, jag tror vi *älskar* varandra, jag tror vi är *galna* i varandra, jag tror snart inte att jag kan *leva* utan henne.” Eller något i den stilen. En förberedelse på vad som skulle komma nu.

Alla kanske inte fattar att det är hopflyttning på gång bara för att ens pappa åker bort lite då och då eller får besök och står och kramas i köket när man kommer in och ska fixa en macka, intet ont anande. Inte heller kanske man fattar att det är hopflyttning på gång bara för att pappan har börjat prata i telefonen inne på sitt rum varje kväll, med dörren stängd.

Funderade starkt på att flytta ihop.

Hur, när, var och med vem då?

Daniel såg på Wille som såg stint på Tomas.

”Hur då? Ska dom flytta hit?” frågade han.

”Om man ser på hur det har varit hittills på arbetsmarknaden så blir det nog faktiskt lättare för mig att hitta nytt jobb där, men det är ju inget som är … Jag menar, vi har ju inte kollat så noga än på precis hur allt ...", hade Tomas börjat tveksvara och sett oroligt på Wille.

Han hade som på signal börjat protestera. Emily!!! Hans hockey! Hans lyckade säsong! Emily!!! Hans stabila position i andrafemman! Hans skola! Hans kompisar! Emily, Emily, Emily!!!

Medan Tomas bemötte allt Wille tog upp med möjliga lösningar och alternativ satt Daniel tyst och lyssnade. "Vi, alla fem." I en och samma lägenhet. Hur då? Skulle han vara ensam hemma med Marie och Nina när Wille tränade och pappa jobbade? Och vad skulle de göra på helgerna, alla fem? Och vad skulle hans mormor och morfar säga? De kanske redan hade fattat. Och hur stor lägenhet skulle de ha? Tänk om han och Wille fick börja dela rum nu?

Nina. Han kunde överhuvudtaget inte föreställa sig hur det skulle vara att bo tillsammans med en sån som Nina.

"Jag kan inte, fattar du inte det", sa Wille bestämt. "Fattar du inte med hockeyn, hur mycket jag har jobbat för att komma på ..."

Varje morgon, varje dag, varje stund hemma så skulle hon vara där. Nina. I små linnen och nerhasade pyjamasbrallor och med de där ögonen som kunde följa en när hon ville och som man alltid la märke till väldigt mycket även om man inte ville. Nina var en sån tjej man märkte. I alla fall han.

"Jomen, det finns ju hockey i Umeå. Björklöven", försökte Tomas för tredje gången och Wille stönade. Björklöven låg inte ens i elitserien. "Du kanske hamnar i förstafemman då, tänk på det."

Wille skulle aldrig mer kunna spatsera runt i kalsingar som han brukade efter att ha duschat på kvällarna. Sitta och spela tevespel i kalsingarna och inte bry sig om ifall de var fula, säckiga, snygga eller visade mer än de dolde. Slut med det. Sånt gick inte med en Nina i samma hus.

Och Marie. Pappa och Marie. Skulle de gifta sig? Skulle de sitta vid middagen och tindra förälskat mot varandra över köksbordet så att man kände sig störande och började säga att man redan hade ätit? Alltid riskera att kliva in i något generande föräldrahångel när man ville fixa sig en kvällsmacka.

"Min skola då?" malde Wille på. "Hur smart är det att byta skola i tvåan? Ska jag börja om eller hur hade du tänkt dig?"

"Givetvis inte. Ditt program finns i Umeå. Du behöver inte byta något, du kan fortsätta på samma. Och natur ..." Han såg på Daniel. "Det finns också där. På två olika skolor till och med. Flera olika inriktningar."

Daniel häpnade. Pappa hade visst kollat upp saker. Typ allting.

"Okej, men OM JAG INTE VILL då!" Wille reste sig, dängde frustrerat in stolen i bordet så porslinet skakade till. "Skitsamma vad du säger, för jag vill inte! Fattar du det! Jag VILL INTE flytta!"

Han stormade ut och ytterdörren smällde igen efter honom. Nu skakade hela huset. Pappa sjönk ihop i stolen.

"Jaha ...", sa han trött och gnuggade sig i ögonen innan han såg på Daniel. "Du då? Vad säger du?"

Det lät som "varsågod, börja skrika dina invändningar nu".

Daniel var tyst en stund. Visste inte vad han skulle börja med. Kalsingar eller kvällsmackor.

"Vad sa Nina?"

Tomas såg på sin klocka.

"Jag vet inte."

Marie kanske också satt och berättade precis nu. De kanske hade ringt varandra innan, planerat, bestämt; idag, klockan sexton och fyrtioåtta, då skulle det berättas.

Men Daniel kunde föreställa sig vad Nina skulle säga, även om Tomas hävdade att han inte visste.

”ALDRIG. Jag flyttar ALDRIG till Luleå. ALDRIG.”

Sen skulle hon gjuta fast fötterna i golvet, ta fram stålet i blicken och bara vägra röra på sig. Wille kunde skrika och gorma så mycket han ville om sin hockey och sin Emily, men Daniel visste redan att Nina aldrig skulle ge med sig. Inte en centimeter norrut.

”Jag vill verkligen det här”, sa pappa och såg mot dörren där Wille hade stormat ut. ”*Vi* vill det”, rättade han sig sen. ”Och jag vet att det blir en massa förändringar om vi flyttar ner dit, och att det blir jobbigt för er, men …” Han vände sig mot Daniel igen. ”Jag vill det ändå. Mycket. Förstår du?”

Förstår?! Är du knäpp? tänkte Daniel. Det finns så mycket att inte förstå. Pappa är kär (alltså, det måste han ju vara om han vill flytta dit), Marie ska bli vår låtsasmamma, Nina vår låtsassyster, Umeå vår nya hemstad, Wille ett av mina två syskon … En riktig familj med mamma, pappa, barn. Låtsas, men ändå! Han hade aldrig trott att han skulle få ett nytt syskon, hade inte ens tänkt på möjligheten, och nu kom det här syskonet och var *Nina*. Tala om att inte kunna förstå.

Han ljög och svarade ”kanske” och pappa verkade hyfsat nöjd med det.

För två och en halv vecka sen, första veckan i augusti, hade de flyttat ner till Umeå permanent allihop.

Daniel och pappa hade börjat med att åka på den årliga fiske och fjällvandringen så fort alla möblerna var på plats och lamporna uppskruvade. Det var femte året i rad och den enda semestergrejen de gjorde ihop i sommar. Wille hade blankt vägrat följa med. För första gången. Han älskade att fiska annars. Daniel gissade att det var en protest mot flytten och att det tagit slut med Emily och att han skulle spela i ett skitlag som inte ens var i elitserien och att han skulle byta skola och att han fan inte hade lust med något av det där. Man behövde inte vara Einstein för att fatta att han var missnöjd med ungefär rubb och stubb i sitt liv just nu.

Pappa hade tjatat, beordrat, krävt, tiggt att han skulle med på fjällvandringen, men Wille hade inte gett med sig. Han hade stannat kvar i Umeå med Marie och Nina. Daniel och pappa hade åkt ensamma.

När de kom hem efter sina sex dagar på fjället kändes det som om Wille och Nina redan hade blivit vänner i fastforward-tempo. De kunde sitta och inte göra något speciellt, vara tysta, småprata, vilket som. I soffan, på kvällarna. Nina kollade på teve, Wille låg och slöade. Helt avslappnat. De hade hittat saker som båda gillade eller hatade. Kunde irritera sig på varandra. Allting. Vara normala.

Daniel kände sig fortfarande som en gäst omkring henne. Försökte vara artig och vänlig, försökte att inte se på hennes sollinnen på fel sätt, försökte lyssna på det hon sa så att han skulle svara på rätt sätt, försökte komma på bra saker att säga och fråga. Ibland funkade det, ibland tittade hon bara oförstående på honom som om han sagt något på franska (som hon inte pratade) istället för på svenska. Han betedde sig absolut inte som Wille. Wille kunde vråla ”Ninaaaa! Har du lånat mina hörlurar? Ta hit dom!” rakt ut och hon kunde argt vråla tillbaka ”men hallå, jag är i telefon!”.

Det kanske var för att Wille hade varit tillsammans med Emily. Han var van vid skitsöta tjejer. Han tänkte nog inte skrytigt ”hoppas Olle kan komma och hälsa på så han får se henne” som Daniel gjorde.

De var till och med lite lika, Nina och Wille. Även om han var en lång jätte och hon en liten mini i jämförelse, så skulle inte folk bli helt chockade om de fick veta att de två var ”syskon”. Det såg ganska möjligt ut. Båda två hade mörkt hår och mörkare hy, de blev lätt solbrända. Båda hade kroppar som fort blev rastlösa och pillriga. Myror i benen. Wille satt jämt och vippade irriterande med foten eller lekte med något i handen när han läste läxor eller såg på teve. Hoppade upp för att hämta läskglas och sen upp igen för att fylla på dem. Älskade sina fys-träningar, att springa idioten och såna saker som alla andra bara tyckte var skitjobbigt och aströkigt.

Nina verkade vara likadan. Daniel hade märkt att hon sällan satt still när hon pratade i telefon till exempel. Han kunde vara inne i köket och höra hennes röst komma och gå genom rummen i lägenheten. In i köket för att ta ett kex, nicka åt honom, stänga in sig på sitt rum i tre minuter, komma ut igen, sätta på teven, flippa mellan kanalerna. Allt medan hon pratade på, fokuserat men inte stilla.

De var som Tomas. Wille hade alltid varit lik pappa. Daniel liknade mamma. Det var vad hans pappa, mormor och morfar sa i alla fall. Han kom ju inte ihåg själv, hade bara foton att titta på. En mamma med blont hår och bruna ögon. Som han. Men ganska svårt att säga om de liknade varandra på fler sätt.

”Hur är jag som henne?” hade han brukat fråga pappa för flera år sen.

”Ni tänker efter”, hade pappa svarat. ”Jag rusade, hon stod kvar och tänkte en stund. Och kom på en bra lösning. Det är som du och Wille. Du tar det lugnare, funderar mer.”

”Är det tråkigt?” hade han frågat då.

Det hade känts tråkigt, gjorde det fortfarande ibland, att vara en bromskloss. Wille hade alltid hittat på spännande saker. Kommit med upphetsade ögon, ett förslag som var på gränsen. Och Daniel: ”Nej, det där får vi nog inte, nej, vi frågar pappa först.”

”Det är inte alls tråkigt, det är väldigt bra”, hade pappa sagt och strukit honom över håret. ”Någon måste ju ha huvudet med sig. Tänk vad ni skulle kunna råka ut för annars. Det är jättebra att ni är så olika. Och det ska du vara glad för.”

Så hade pappa kramat om honom, på samma sätt som hans mormor gjorde ibland. Då och då när Daniel sa något eller gjorde något märkte han plötsligt att mormor såg på honom med en speciell min som han visste betydde Katarina, hans mamma. Ibland hade han gått och låst in sig på toaletten direkt efteråt och försökt rekonstruera exakt vad och hur han gjort framför spegeln för att själv få se en glimt av Katarina.

Det var inte alls att han tänkte att han skulle vara som hon. Det var mer att han ville veta *hur* han var som hon, och det var så svårt att få någon att riktigt kunna förklara det. Om han försökte bete sig på samma sätt, testade att göra precis samma sak igen ett par dagar senare, så kom inte Katarina-blicken från hans mormor. Det verkade vara omöjligt att få fast i det där arvet som fanns någonstans i honom och som poppade upp då och då när han minst anade det.

Men han tänkte inte lika mycket på det nuförtiden. Jo, han hade tänkt på det för några veckor sen när han hade läst en artikel om minne i Illustrerad Vetenskap. En del forskare hävdade att allt man varit med om fanns lagrat någonstans. Det fanns alltså två år och en och en halv månad av mammaminnen i hans hjärna. Svårigheten var bara att vaska fram dem bland allt annat som låg där inne och skvalpade i olika lager. Franska glosor, msn-konversationer med Olle, skitfilmer han sett förra året, de trettiosju första siffrorna av Pi som han kunnat när han var tretton, samtal mellan fröknarna på fritids när han var åtta, godnattsagor han hört när han var fem. Allt det oviktiga skräpet. Var det överhuvudtaget möjligt att hon fanns kvar någonstans bland allt det där?

Och sen hade han tänkt på det igen nu när han flyttade in i Umeålägenheten och såg pappa se på Marie. Det var tjugo år sen pappa hade träffat hans mamma, tjugo år sen han blivit förälskad i henne. Hur mycket händer med ens smak på tjugo år? Var Marie lik hans mamma? Om ja: mycket, lite, inte alls? Om nej: Varför inte det? Vad var fel på hans mamma?

Nina tittade över axeln, kollade att han fortfarande var med när hon snabbt pinnade fram mellan alla utanför skolan. Hon gav honom ett svagt leende när han skyndade ifatt henne.

”Jag bestämde med Manda och dom att träffas utanför kvart i”, förklarade hon. ”Så går vi till aulan sen. Var den nu är. Okej?”

Daniel nickade.

Vi ska ändå gå i samma klass nu, tänkte han. Om två, tre veckor kommer det att vara annorlunda för oss också. Mindre gäst och mer syskon. Jag kommer att hitta tallrikarna på första försöket och jag kommer att känna mig hemma i det nya rummet direkt jag vaknar på morgonen och Nina kommer att vråla åt mig med. Så blir det.

Manda, eller den tjej som han antog var Manda, vinkade energiskt från långt håll när hon fick syn på dem och slog armarna om Nina när de kom fram.

”Hej älskling! Gud, så spännande!”

Samma med de andra två tjejerna som stod där, kram kram, hej hej, älskling älskling.

Daniel hade aldrig träffat Manda förr. När han var här på helgbesök i vintras hade hon inte hälsat på. Förra veckan hade hon visst varit på semester på Gotland med sin pappa, hon hade nyss kommit hem. Nina pratade om henne jämt. ”Manda ska ... Jag och Manda har ... Jag var med Manda på ...”

”Det här är Daniel”, sa Nina och gjorde en gest mot honom när kramandet var över. ”Min nya *lillebrorsa* alltså.”

Hon log lite ironiskt, för även om han var flera månader yngre än hon så var han en bra bit längre.

Lillebrorsa alltså, kunde han inte låta bli att notera.

Nina presenterade den första tjejen som vinkat som Amanda. Den andra, Cissi, och den tredje, Frida.

De hälsade på honom, gav honom samma snabba uppifrån-och-ner-granskning som Nina gjort imorse. Förhoppningsvis hade han ju rätt t-shirt nu. De såg i alla fall mer nyfiket och intresserat än kritiskt på honom.

”Du har sommarjobbat i Luleå, eller hur var det?” sa hon som hette Cissi. ”Det är därför man aldrig har sett dig förrän nu?”

Han nickade.

”Precis. Rensat rabatter och målat staket.”

”Och sen var han på lite semester i fjällen. Men nu är han här. För fullt.” Nina strök undan en hårslinga som lossnat från den pillriga flätan och fallit ner i ögonen. ”Har ni sett Fred och Elias någonstans? Jag sa att vi skulle vara här utanför kvart i.”

Manda skakade på huvudet men Nina tittade sig ändå förväntansfullt omkring.

”Dom dyker säkert upp”, sa Manda till Nina. ”Alla ettor börjar ju samtidigt.”

De var så lika Nina, Manda, Cissi och Frida. Samma stil på kläderna, samma stil på sötheten. De var *snygga*. Daniel märkte flera killar som tittade till på dem när de passerade och några fick en hälsning och en vink tillbaka.

Killarna såg också coola ut. Såna killar som definitivt inte hade nöjt sig med att bara dra på sig rena kläder idag. Såna som var ute efter att göra intryck och hade en klar idé om hur det här intrycket skulle bli. Det var inte ”trevlig yxmördare” på skämt.

”Vet ni några som kommer i er klass?” frågade Cissi.

”Alltså, alla har ju valt samhälls”, sa Manda och fluffade till sitt blonda, långa hår. ”Precis alla! Ett par i natur-entreprenör, men jag vet liksom ingen som ska ha natur-natur. Det kommer att vara jag och Ninis och genierna som älskar att plugga.”

Nina nickade mot Daniel.

”Det vill säga såna som du”, sa hon retsamt. ”Visst hade du MVG i matte och alla dom ämnena? Fysik, kemi, biologi?”

”Joo”, medgav han. ”Men är man ett geni därför?”

”Ja! I jämförelse med mig i alla fall!” garvade Manda. ”Fan, jag fattar inte ens att jag lät Nina övertala mig att ta natur. Det är helt sjukt när man tänker efter. Vad ska *jag* göra på natur?”

”Du ska få en skitbra karriär och en massa pengar”, svarade Nina snabbt. ”Du kommer att tacka mig om tre år, tro mig. Alla industrier vill ha tjejer, det står i varenda platsannons. Dom kommer att slänga jobb efter dig.”

”Jaja, du, det får vi allt se.” Manda lät fortfarande skeptisk. ”Jag måste bara ta mig igenom matte varenda dag i tre år först.” Hon vände sig till

Cissi och Frida. ”Det som ni läser på hela det här året gör vi på hösten. Och så klämmer vi en mattekurs till sen på våren. Fatta vilket schema vi får!”

”Det blir bra, det blir bra.” Nina klappade henne lugnande på armen. ”Åh, där är Elin och din syrra!” De vinkade alla fyra åt en Manda version äldre som precis gick förbi tillsammans med en kortare, rödhårig tjej.

”Plugga hårt nu!” sa den blonda tjejen åt dem och den rödhåriga log och gjorde en överdrivet hurtig tummen-upp. ”Ha så roligt idag!”

Nina och Manda kramade Frida och Cissi en gång till.

”Vi ses sen vid två utanför Åhléns. Hoppas ni får kul!”

Sen krokade Manda in sin arm i Ninas och de gick iväg. En blick över axeln till Daniel när de kom fram till porten; visst är du med? Det var han.

Nina

MAMMA KOM INTE hem förrän vid åttatiden på kvällen. Tisdagar var yogakvällar. Nina låg och slötittade på teve när hon äntligen hörde henne öppna dörren och hälsa ”hallå!”. Wille var den som svarade så mamma gick först in till köket där han satt och antagligen var i full färd med att trycka i sig en liter mjölk och ett halvt hårdbrödspaket som kvällsfika. Hon förhörde honom grundligt om första dagen i skolan. Sen kom hon ut till Nina med ett stort saftglas i ena handen och ett vattenglas i den andra och slog sig ner i soffan. Nina kurade ihop sig med huvudet i hennes knä.

”Berätta om idag”, sa Marie och släppte iväg en likadan ström av frågor till henne som till Wille samtidigt som hon tog fjärrkontrollen och sänkte ljudet på teven.

”Det var mest en massa presentationslekar och sånt. Och så pratade dom om skolan och allt man måste veta och vart man ska ringa om man är sjuk och sånt där. Och sen åt vi pannbiff. Dom tvingade oss att sitta tillsammans hela klassen i maten. Sen hade vi en timme matte, bara som en mjukstart.” Nina sa det sista ironiskt. ”Och sen fick vi gå hem.”

Mamma hade tömt vattenglaset i stora klunkar.

”Hur kändes det då? Var det bra människor i klassen? Var det någon du gillade?”

”Mmmnjaaaeee.” Nina drog tveksamt ut på svaret. ”Dom verkar så seriösa. Allihop. Det var *bara* såna typer. Manda tyckte likadant. Det kändes som att alla hade så himla mycket ambitioner och dom ska bli läkare eller älskar fysik, och matte är ju det bästa som finns på hela jorden, och ska vi inte få några böcker idag så vi kan börja jobba hemma direkt? Så höll dom på. Första dagen.” Nina kände sig mer och mer besviken, ju mer hon pratade om det. ”Mamma, jag vet inte om det här är …”

”Men du är ju också ambitiös”, avbröt Marie. ”Och du *är* duktig på naturkunskap. Det vet du ju.”

Nina suckade.

”Kan du inte vänta två veckor innan du funderar på vad du tycker?” Mamma kliade henne sakta och mjukt i nacken som Nina älskade. ”Du och Manda kan väl ge det *lite* mer tid innan ni dömer ut det, gumman. Låt det sätta sig lite. Allt är nytt och osäkert och svårt i början, så är det alltid, för alla. Man får hålla ut lite. Var det ingen annan du kände utom Manda och Daniel?”

”Nej. Några killar från skolan.” Nina gnuggade sig i ögonen. ”Fast ingen som jag känner. Eller jo, Sigge.”

”Åh”, sa mamma. ”Men det var ju bra. Vad tyckte Daniel om allt?”

”Han sa inget speciellt men han verkade väl nöjd. Han *borde* vara skitnöjd.”

Marie spanade bort mot hans dörr. Den stod vidöppen och det var tomt där inne.

”Var är han?” frågade hon.

”Handlar. Tomas hade lämnat pengar och en lista.” Nina gav henne en förebyggande blick. ”Jag diskade och Wille lagade maten så du kan inte säga något. Det här är en helt rättvis arbetsfördelning.”

Nina tänkte på presentationsövningarna de hade gjort. Hon hade hamnat med olika personer och det kändes som om hon hade fått kämpa igång ett samtal med var och en. Daniel däremot, för honom hade det flutit på som en dans.

När de äntligen var färdiga för dagen och strömmade ut från matten hade hon frågat om han ville följa med ner på stan. Han hade tackat nej. Manda hade frågat en gång till när de stod vid cyklarna. Han hade lett och sagt ”säkert”, och sen hade den japanska killen kommit fram till dem och börjat prata med Daniel. Hiroto. Så hette han. De två hade cyklat uppför backen, hemåt, och hon och Manda nerför backen, mot stan.

Hon och Manda hade stått och väntat på Frida och Cissi vid Åhléns. De var sena. Nina hade oroligt funderat på vad Manda tyckte om dagen. Hon hade sett Mandas ögonbryn *inte* åka upp när de stått utanför klassrummet på morgonen. De två plus en stor samling killar och en mycket liten samling tjejer som alla var … Naturvetenskapliga, skulle man väl kunna säga. Om man var snäll. Inte för att någon av dem hade väntat sig jordens coolaste människor i en naturklass, men ändå. Och det var ju Nina som hade dragit med henne hit. Nu kändes det som att det var hennes ansvar att fixa en bra klass med roliga människor i som Manda skulle gilla. En rolig, trivsam och kul klass, som bara råkade vara natur. Men Manda hade sett ut ungefär som Nina kände sig. Milt skeptisk. Milt: ”vad gör *jag* här egentligen och *varför*?” Så skeptisk att Nina inte vågade säga något om det nu.

”Men du, Sigge! Såg du Sigge?” sa Manda när de hade varit tysta en stund. ”Hon måste ju ha bantat i sommar.”

”Jag vet!” hängde Nina lättat på. ”Först tänkte jag att det bara var nya kläder, men sen såg jag att det var något mer.”

”Ja, snacka om total makeover! Ny frisyr också, va? Hon är helt klart ute efter en nystart. Sigge börjar gymnasiet och blir Sigrid och alla naturpojkarnas lilla älskling.” Manda fnissade till. ”Eller långa, fortfarande lite stora älskling.”

”Ja, men hon *var* jättefin”, sa Nina igen. Från tråkiga svarta jeans, en tråkig tröja, helst svart den med, och de gamla gympadojorna som Sigge gått omkring i mest hela högstadiet till en snygg jeanskjol, blå!, och en randig topp, röd och rosa!, som Nina gärna hade haft själv. Som kronan på verket mycket kortare, snyggare, uppklippt hår. Till och med färgat och slingat. Nina hade knappt känt igen henne när de gått ut från aulan. Så annorlunda var hon. En Sigge som gav henne det vanliga korta hejet och Nina som hajat till först och sen tittat på allt nytt en, två och tre gånger. Längre, smalare, snyggare, färggladare. Nästan varit på väg att ropa ett av deras ”men jösses i himlen, Sigrid Amalia!” från förr i tiden, fast då hade Manda dragit henne i armen och viskat något och ögonblicket och Sigrid var förbi. ”Det passade henne så bra.”

Sigrid hade också MVG i ungefär allt, utom gympa. När de fick de första mattetalen idag hade Nina sett hur hon lugnt vek upp en blank sida i sitt block och sen arbetade i snabbt, koncentrerat tempo. Snurrade ihop en hårlock runt fingret som hon jämt gjorde när hon tänkte. Hon tittade inte upp, behövde inte kolla med sin bänkkompis eller läraren att hon hade fattat rätt, räknade bara på utan problem. Så självklart.

Precis som Daniel gjorde. Natur. Love at first sight.

”Det *här* är jättefint”, sa Manda och strök över Ninas halsband. ”Är det nytt? Har du gjort det själv? Åh, supergulligt.”

Och sen hade Frida och Cissi dykt upp. De hade haft massor att berätta om hur bra allt verkade på samhälls, riktigt toppen, och de andra i klassen, wow! Både skitroliga och skitsnygga!

Nina undslapp sig en ledsen suck nu och mamma log snällt och uppmuntrande.

”Det *blir* bättre, gumman, jag lovar. Bara ni kommer in i det.”

Daniel

”VI SES VÄL hemma sen då”, sa Daniel till Nina när de stod vid skåpen på fredagseftermiddagen och plockade ihop läxorna till nästa vecka.

”Vadå, ska du inte hem nu?” frågade hon utan att se på honom samtidigt som hon bläddrade igenom ett block med rynkad panna och verkade leta efter ett papper.

”Jo. Ska du också?”

Han hade dragit på sig ryggsäcken och väntat sig ett ”nej, vi ses sen” som svar, eftersom hon och Manda stuckit iväg till stan eller stannat kvar på skolan och väntat in sina kompisar från andra klasser varenda dag hittills. Nina brukade dyka upp hemma först till middagen. Han hade trott att det skulle bli likadant nu, fredag och allt. De hade haft en lära-känna-varandra-dag med de som gick i tvåan och trean på natur. Tipspromenad, grupptävlingar, roliga experiment och sånt. Daniel hade hamnat i samma lag som Manda och hört henne prata i mobilen minst tre gånger under tipspromenaden. Det lät som om de planerade att se en film eller fixa något annat ikväll. Han tog för givet att Nina skulle vara med på det.

Hon såg bort mot Manda som stod med mobilen mot örat igen.

”Kan du vänta en sekund?” frågade hon och Daniel nickade.

Hon gick bort till Manda och pratade med henne, fick en kram och sen var hon tillbaka.

”Klar.”

Hon vinkade till Manda igen när de gick.

Nina skyndade direkt in på sitt rum när de kom hem och han hörde hur hon rotade fram något ur en av flyttkartongerna. Hon kom ut med ett stort block, vattenfärger och flera penslar.

En av sakerna de hade fått göra idag var att gruppvis måla stora teckningar av vad de ville ha ut av sin utbildning. (Det var säkert någon lärare som var otroligt nöjd med den kreativa uppgiften.)

”Jag fick sån himla lust”, sa Nina som överflödig information medan hon ivrigt bredde ut alla sakerna på köksbordet och ursäktande sköt bort hans macka, posten, gamla tidningar och allt annat som låg där mot fönstret. Hon fyllde ett par vattenglas, radade upp färgerna framför sig, tvättade penslarna i diskhon. Allt med snabba, typiska rörelser. ”Det är jättelänge sen. För länge. Hela sommaren.”

Hon bläddrade upp en ren sida i blocket, doppade penseln i det röda och blandade ihop en mörkare färg med det blå.

Daniel satt kvar och åt sin smörgås i långsamt tempo för att ha en ursäkt att titta på, men Nina verkade inte bry sig det minsta om att hon hade publik när hon satte igång.

När de hade varit och hälsat på hos Marie och henne tidigare hade det suttit två inramade bilder som hon hade gjort i hallen. ”Nina 5 år” och ”Nina 7 år” hade det stått nere i hörnen på dem. I och för sig fina, men med tanke på hur Marie skrutit om hennes talang och framtidsplaner så var han nyfiken på att få se prov på den, i nutid.

Det första papperet verkade hon bara värma upp på, testade penslar och nyanser. Stora, breda streck i olika färger, enkla och blandade. Sen rev hon bort det och började på riktigt.

Daniel tog ännu en mikrotugga av sin smörgås.

Deras köksfönster växte fram. Pelargonerna, blomkrukorna med strukturmönster, de andra gröna växterna, de ljusröda gardinerna. Hon målade ganska fort. Säkra och bestämda rörelser med handen. En koncentrerad rynka dök upp mellan ögonbrynen. Papperet fylldes mer och mer. Ljudet av penseln när hon skakade av överflödigt vatten mot glaskanten. Hennes kisande min.

Daniel hällde upp en skvätt apelsinjuice till, tog en liten slurk, försökte vara tyst och osynlig.

Nina samlade ihop håret i nacken och stoppade in det under tröjlinningen så det inte skulle falla ner i ansiktet (fast det gjorde det ändå). Hon fyllde i krukorna mer noggrant, fläskade på med ännu fler färger. Fel färger egentligen, men det blev ändå inte alls fel. Hans blick gick mellan hennes papper och fönstret, fram och tillbaka, nästan lika många gånger som hennes. Om han hade fått i uppgift att måla samma sak hade han sett en ljusgrön blomkruka. Nina fyllde på med gult, vitt, mörkgrönt, till och med lite orange. Likadant med gardinerna. Ljusröda *och* mörkröda, gula, orange. Ingenting var en enda färg.

När hon var klar med fönstret rev hon av papperet från blocket, la ut bilden på bordet och såg värderande på den.

”Hmmmm”, sa hon lågt till sig själv.

Det lät missnöjt.

Daniel reste sig så att han stod på samma sida som hon, såg bilden i rätt vinkel för första gången.

”Vadå ’hmm’?” frågade han imponerat.

”Se på gardinerna. Kolla där.” Hon pekade med skaftet på penseln. ”Och krukorna.”

Han tittade men kunde inte se något som var fel eller dåligt.

”Men kolla färgerna”, sa han. ”Dom är ju ... Hur kommer man på det, att man ska ta så många olika?”

”Åh, det?” Hon såg lite förvånat på honom. ”Man tänker i fält. Du delar upp allt i mindre bitar och så ser du noga på de små delarna.” Hon visade med penseln på teckningen hur hon menade. ”Och sen så ... Det är ju flera färger. Du ser det om du tittar noga på varje ruta. Så här.” Hon försökte visa igen på den verkliga krukan. Solen, skuggan, blombladen över, mönstret. ”Du delar liksom upp den delen i små delar också. Det blir mycket lättare att göra så, istället för att se en enda stor kruka.”

”Jamen, jag ser ju fortfarande mest bara en färg här”, Daniel pekade på krukan, ”och du stoppar in fem till och det blir ... Jag hade aldrig kommit på det. Eller sett det. Hur kom du på det?”

Nina ryckte lite på axlarna.

”Det blir väl så av sig själv efter ett tag när man håller på. Nu ser du ju: rött, gult och orange. Eller hur?”

”Mm. Men säg åtminstone att du har gått en teckningskurs”, sa han. ”Eller vaknade du bara en morgon och var så här bra? Om jag målat den här skulle jag, ja, försöka sälja den. Dyrt. Så nöjd hade *jag* varit.”

”Det här är ju bara en skissig akvarellmålning på lek, herregud!” sa Nina avfärdande. ”Inget som är på riktigt. Men, ja, jag är väl både född med det *och* har gått på kurs.” Hon gav honom ett småblygt leende. ”I flera år.” Hon tog upp blocket igen. ”Men det är bra att börja med stora penslar och vattenfärger om man inte har målat på ett tag. Det var smart av dom på skolan att ge oss det idag.”

”Hurså?”

”Man kan inte vara lika plottrig och detaljerad. Folk kommer igång snabbare, fastnar inte. Och det är lättare att inte vara så självkritisk.”

Han log mot henne.

”Är det?”

”Ja. För det mesta.”

Hon flinade inte tillbaka utan tittade sig om i köket, verkade leta efter ett nytt objekt att måla av. Daniel såg sig också runt och upptäckte fatet med äpplen och bananer som stod på mikron.

”Det här kanske?” Han ställde det mitt på bordet. ”Ett klassiskt stilleben.”

Håret hade fallit fram och hon samlade ihop det i nacken för femtonde gången innan hon satte igång.

”Fast det är fortfarande bara lek och uppvärmning, kom ihåg det.”

”Absolut. Men du ska väl fortsätta?” frågade han vidare. ”Med teckningskurser menar jag?”

”Ja, det hoppas jag. Så länge mamma vill betala.”

Han stod tyst bakom hennes rygg ett tag och såg på medan fruktfatet hamnade på bilden, bit för bit. Hon visade hur hon delade upp, vilka färger som skulle med, såg så självklart på honom medan hon förklarade.

”Det ser du ju nu, eller? Brunt, där?”

Han tittade, nickade, försökte hänga med och *se*. Såg ändå mest gult.

”Tänk om jag är färgblind?” sa han efter hon förklarat en stund och Nina brast ut i ett ”ha!”-skratt. ”Jag menar allvar! Ingen har fattat det förrän nu. Inte ens jag.”

”Skärp dig.” Hon buffade leende till honom lite i sidan med armbågen. ”Du är bara ovan. Jag lovar att du inte är det minsta färgblind.”

”Vad gör du om det inte är på skoj?” frågade han efter ytterligare en stund.

Han gillade att stå bredvid och titta på och få förklarat, och att hon *ville* förklara så att han skulle fatta. Att det bara var de två hemma, men att det inte verkade göra henne någonting att det var han och inte Wille som stod där och frågade om målning.

Den här Nina var annorlunda från den han hade träffat hela dagarna de senaste två veckorna. Den Ninan hade han kommit in i en sorts rutin med. De cyklade till skolan tillsammans, småpratade kanske lite på vägen dit om inget speciellt. Om ingen av dem var för trött. På skolan väntade Manda med en kram och ett ”heeej Ninis” vid skåpen. Det kändes alltid som om det skedde en sorts symbolisk överlämning då. En Nina från honom till henne. Manda krokade in sin arm i hennes. Daniel sa hej då. Fast inte högt.

Nina var ändå noga med att kolla av med honom under dagarna ”ska du följa med till kafeterian?” eller ”jag ska bara säga hej till Cissi”. Ett outtalat erbjudande om att han kunde följa med om han ville, till hennes söta tjejer och coola killar. De första dagarna hade han gjort det, men sen hade han bara nickat och stannat kvar med Hiro och de andra i klassen allt eftersom de lärt känna varandra bättre. På lunchen satt de tillsammans, medan Nina och Manda för det mesta hittade sina gamla kompisar från förra skolan.

När de slutade för dagen var det en ny avkollning; skulle hon hem, skulle han? Nina skulle för det mesta inte, inte på en gång. De sa hej och cyklade åt olika håll.

Och sen middag. Och sen läxor och teve och kvällsfika som hon var med på om hon var hemma. Och sen en ny dag när han stod i hallen och väntade på att hon skulle bli klar inne i badrummet och komma ut och titta frågande på honom ”redo?” och han skulle nicka och så bar det av igen.

Han väntade fortfarande på det där ögonblicket när de skulle *börja*, på riktigt. Vad de nu skulle börja på? Det här med att vara *låtsassyskon*. Eller klasskamrater. Eller bekanta. Eller bara vad som helst som innebar att hon skulle se på honom och vilja veta något mer än om han var redo att lämna lägenheten.

Som nu. Kanske.

”Alltså, vad målar du med om du ska göra på riktigt?” frågade han.

”Olja”, svarade hon direkt och penseln stannade till en liten sekund ovanför vattenglaset. ”Jag älskar olja. Och färg. Och stort. Fast det är inte så lämpligt om man ska bli arkitekt, så jag måste träna på att vara mycket mer petig och detaljerad. Jag ska försöka hitta en sån kurs i höst, tror jag.”

”En petig och detaljerad målarkurs? Finns det såna?”

”Jag håller tummarna för det i alla fall. Du kan ju säga till om du råkar höra talas om en.”

”Javisst. Det ska jag.”

Hon såg på honom. Blicken var fortfarande väldigt uppriktig och *seriös*.

”Tack.”

Det låg två versioner av fruktfatet, ett köksfönster, en pelargon, ett mjölkpaket och Daniels gympaskor uppradade och torkade på köksbordet när Wille kom hem.

”Wow!” utbrast han imponerat på riktigt och spanade in alla teckningar som Daniel auktionsmässigt höll upp för honom. ”Tar du beställningar?”

”Nja, det beror på”, försökte Nina svara i blygsam ton men hennes kinder blev förtjust röda. ”Hockeyklubbor är ganska trista. Lite för platta liksom.”

Wille log åt henne.

”Men Daniels svettiga skor är mycket roligare?”

”Tillräckligt roliga för mig i alla fall.” Hon slängde divigt med håret och försökte le överlägset åt honom när hon svassade ut ur köket med den sista bananen i näven. ”Men jag kan ju fundera på saken. Vi kanske kan komma överens om något.”

”Middagsdiskar, tvättsorteringar, pengar, hockeylektioner!” Wille ropade efter henne. ”Vad som helst, Nina!”

Hon viftade dramatiskt adjö med handen innan hon försvann in på sitt rum.

Wille satte sig på en av köksstolarna.

”Ska du vara hemma ikväll? Kan vi inte göra något slappt?”

”Har du ingen träning?”

”Nej. Som tur är. Jag är skittrött.” Wille sträckte sig efter ett äpple.

”Helt slut.” Han bet en tugga och satt och hängde verkligen skittrött över stolen. ”Vad ska Nina göra?”

Daniel kom ihåg Mandas alla mobilsamtal och förslag under dagen. Den bärbara telefonen satt i laddaren i hallen. Och Ninas väska låg kvar innanför ytterdörren där hon dumpat den när de kom hem. Hon hade inte fiskat upp sin mobil innan hon försvann in på rummet. Den hade sms-pipit en gång medan hon målade, men hon hade faktiskt ignorerat det. Det var första gången han sett henne göra det.

”Jag ska kolla”, sa han till Wille och gick fram till hennes dörr och knackade på.

Nina

MANDA SLÄNGDE SIG om halsen på henne när de sågs på måndagsmorgonen.

”Åh älskling. Äntligen! Som jag har undrat hur du har det! Om du lever!” Hon pussade Nina på kinderna flera gånger och höll henne ifrån sig så att hon kunde se hundra procent fokuserat och intensivt på henne. ”Du ser ju ut precis som förut!”

”Men lägg av. Jag *har* ju ringt dig, varje dag, minst två gånger”, protesterade Nina över uppmärksamheten.

Manda ignorerade det och fortsatte med sitt förebrående utspel. Hon vände sig till Daniel med ett finger i farlig ögonhöjd på honom.

”Och du! Jag är inte säker på att jag gillar dig längre.”

Han spelade genast med och stöttade sig skuldtyngt mot väggen.

”Vad har jag gjort? Skräd inte orden, Amanda. Berätta.”

Han gjorde det så bra och såg så ångerfull ut att Nina inte kunde hålla sig från att fnissa åt honom.

”Du försöker ta den här flickan ifrån mig. Bort från trevlig shopping och spännande skvaller och till ...” Manda avbröt sig. ”Ja, vad har ni gjort för kul hela helgen egentligen?” frågade hon sen i helt normal ton. ”Som det var stört omöjligt att slita sig ifrån? Ens en timme? Har ni räknat så att ni ligger *jättelångt* före i matteboken?”

Retig blick på Nina.

”Målat”, sa Nina. ”Hela fredagen. Det var skitkul.”

”Och spelat Playstation”, sa Daniel.

”Också skitkul”, fyllde hon i och Daniel flinade mot henne.

De första omgångarna hade han och Wille skrattat sig dubbelvikta åt hur hon ajade och ojade sig högt i förtvivlan när deras gubbar pucklade på hennes. *”Du spettar mig ju! Neeej! Du får inte göra sådär! Sluta!”* Hon tog så illa vid sig att de två inte fick använda svärd när de spelade mot henne. Hon fick däremot använda vilket vapen eller svärd hon ville i alla matcher *och* spetta allt hon kunde.

”Och bakat bullar”, fortsatte han.

”Daniel. Supergoda”, sa hon. ”Med vanilj.”

”Och städat hela lägenheten”, sa han.

”Ja!” utbrast Nina. ”För vet du, Tomas visade sig vara värsta feng shui-fanatikern! Han fick ett totalt ryck i lördags. Det var liksom slavarbete i två timmar tills allt glänste och blänkte.”

”Inte för att pappa skulle kalla det feng shui ...”, började Daniel och Nina fyllde i ”Nej, det är ju bara sunt förnuft. Vem mår bra av att bo i en svinstia?” och Daniel började skratta.

”Ja, och så kom Annika och Christer på middag igår”, avslutade hon helgredogörelsen.

Manda hade stått och tittat på dem med samma huvudrörelser som när man följer en tennismatch.

”Och ni har blivit Bill och Bull”, sa hon. ”Grattis.”

”Jaha, värsta lyckliga familjehelgen?” sa Manda när Daniel hittat Jesper och Hiroto. ”Var det din mamma som tvingade dig? Eller Tomas?”

”Nejnej. Det var inget tvång”, försäkrade Nina. Det hade varit så mycket mindre tvång involverat i hela den här ”familjesammanslagningen”, som Tomas kallade det, än Nina hade väntat sig. Ingen hade än så länge sagt ett ord om att bjuda till eller stanna hemma och umgås. Det enda uttalade kravet var att hennes mamma bett henne ta hand om Daniel i skolan i början, och det hade ju varit lätt fixat. ”Det blev liksom bara att vi ... Du vet. Det bara blev.”

Det hade bara blivit. Hon hade aldrig aktivt tänkt ”nu ska jag vara hemma precis hela helgen”, men hips vips var det söndagseftermiddag och det var just det som hade hänt. Och då skulle Annika och Christer komma om ett par timmar. Ingen idé att åka till Manda i det läget.

Det hade varit lätt att *inte* göra det heller. Det var skönt att vara hemma med Wille och Daniel. Klart annorlunda än att vara hemma en hel helg med bara mamma som sällskap.

”Jaha.” Manda såg bort mot Daniel som nu var en bra bit före dem i korridoren. ”Gjorde ni något kul? Har Wille börjat komma över sin tjej än? Säg ja, snälla. Lite åtminstone?”

Nina såg också på Daniel.

”Eh, jaa ... Jag vet inte riktigt. Kanske. Han har träningar nästan varenda kväll, vi har inte hunnit prata så mycket om det. Och i lördags var han på någon lagfest, så då blev det inte att vi ...”

”Hmm”, sa Manda och Nina var inte säker på att det där hm-et lät så positivt. ”Så du menar att det mest bara var du och lillebrorsan? Men allvarligt, Ninis, fick du lära dig spela schack?”

”Gud, vad du har hängt upp dig på det där. Har du kollat på matten?”

”Moving on.” Manda viftade undan frågan och sen försökte hon reparera skadan med schackkommentaren. ”Så Daniel kan tänka på annat ibland, jag fattar. Berätta, hur *är* han då?”

Nina var inte säker på att det var en så bra jämförelse i Mandas ögon, Wille mot Daniel. Precis som hon gissat första gången hon träffade Wille så var han exakt den typ som fick Manda att förtjust signalera ”men hel-*lo*” när hon fick se honom. ”*Vad synd för dig, Ninis, att han blir din nya storebrorsa. Men vad tur för alla oss andra.*”

Om Daniel hade Manda inte utbrustit något särskilt positivt än. Nina hade inte väntat sig det heller.

Daniel vaknade på morgonen och drog på sig det som låg nedanför sängen, oavsett hur det såg ut. Så länge det var en tröja och ett par brallor liksom. Han fixade inte till håret speciellt, som han ändå hade låtit växa över sommaren. (Hon trodde att det mest berodde på att ingen, det vill säga Tomas, sagt åt honom att klippa det.) Nu skulle det gå att göra ganska snyggt, och han passade bättre i det än det snaggkorta han haft förut. Men, nej. Inget sånt. Han verkade inte heller tänka på att det kanske kunde vara bra att vara sådär lång och smal som han var. Att han borde visa det mer och inte lufsa runt i säckiga jeans jämt. Eller att det var en fördel att inte ha så mycket finnar som många andra killar. Och bruna ögon, det var ju också något annorlunda och fint. Fast tydligen inte i hans värld.

Han gick igång på saker. Om någon, hon till exempel, utropade

”men kom igen, det vet ju alla!” i en diskussion så tyckte Daniel det var roligt tio gånger av tio. Och så spelade han ju schack. Det hade inte tagit lång tid förrän han och Jesper i klassen nosat upp varandra. Eller att Manda hade fått reda på det och stönat högt.

Han var en sån typisk lillebror också, Daniel. Tomas eller Wille bestämde vad de skulle göra och Daniel lullade efter i bakvattnet utan att protestera speciellt mycket. Hon visste att Wille hade bråkat massor om flytten och att han tjatat på Tomas om att få stanna i Luleå. Bo hos deras mormor och morfar och gå klart gymnasiet där. Sen hade det tagit slut med hans tjej och då hade han blivit ännu mer förbannad över allting. När han och Daniel väl kom hit var han skitsur och gnällig mot Tomas, sa knappt ett ord till honom.

På Daniel märktes det ingenting. Nina visste fortfarande inte om han hade velat flytta eller inte, och hur han gillade det nu när de var här. Han hade aldrig slutat prata eller börjat bråka om någonting i alla fall. När Tomas hade fått sitt städryck på lördagsmorgonen och börjat köra runt med dammsugaren som om han gick på knark, gormat på dem om att plocka upp det ena och det andra, så hade Wille (och hon) blivit skitirriterade och börjat tjafsa tillbaka (inte hon). Daniel hade knappt sagt ett pip när han blev beordrad att ta hand om köket och städa det från golv till tak. Och när han var klar med det hade han bara tyst fortsatt att hjälpa till, gått bort med hela pappersinsamlingen. Precis som när han bytt ut hennes leverpastejmacka i vintras.

Han gjorde jättesnälla saker, men han sa aldrig någonting om det. Han sa faktiskt så lite att man lätt glömde bort att han gjort dem. Hade det varit Wille så hade hon säkert fått höra om den där leverpastejmackan i två veckor efteråt.

Och när mamma, som hade jobbat i helgen, på söndagsmorgonen

frågade om ingen kunde tänka sig att baka något gott tills Annika och Christer skulle komma på middag, hade Daniel direkt erbjudit sig. Sen hade han ringt sin mormor och fått recept och instruktioner och stått där i köket i Maries storblommiga förkläde och tillverkat snurrade vetebullar som verkligen smakade och såg ut som typiskt gott mormorsfika.

”Jag har ju hjälpt till hundra gånger”, hade han lättsamt bortförklarat det när hon, Tomas och Wille blivit häpna och imponerade över resultatet. ”Och så svårt är det inte. Bullar. Ingen komplicerad raketuppskjutning ju.” Han hade hållit upp ett fint exemplar som bevis. ”Piece of cake.” Fnissat åt sig själv.

Men sen hade han ju såklart sagt något halvnördigt.

”Daniel är också bra”, svarade hon Manda och såg till att lägga extra tyngd i *bra*.

”På sitt sätt, eller?” tillade Manda med ett leende.

Det lät som att hon pratade om en förståndshandikappad som försökte sitt bästa och Nina kände en irritation fladdra till. Över sig själv, sättet hon sålt in honom på förut. Eller inte lyckats sälja in honom. Eller på Manda, som fortfarande envisades med att låta sådär.

”På sitt *bra* sätt, ja”, förtydligade Nina ännu en gång med ännu större eftertryck. ”Det har faktiskt varit roligt att vara med dom i helgen. *Båda två.* Jag gillar det.”

Magda såg på henne.

”Okej, ta det lugnt, Bull. Du behöver inte hetsa upp dig. Jag fattar.”

Daniel

JESPER BAD OM ordet på tisdagen. Han reste sig upp på en lektion och bjöd in alla till en födelsedagsfest på lördag. En lugn fest, förtydligade han. Inga presenter nödvändiga. Man kunde bara dyka upp och ha lite kul ett par timmar. Han avslutade med en formell, djup bugning och satte sig igen till ett par ”schyst!”-utrop.

”Det blir ju vår första klassfest!” utbrast Hiroto. ”Coolt att du fyller år, Jeppe! Jag kommer!”

”Jag med”, hängde några till på direkt. ”Lätt!”

Två rader framför Daniel satt Manda och Nina. Nina böjde sig mot Manda och viskade något i hennes öra. Manda nickade två gånger.

När de var hemma på kvällen och han frågade Nina om hon skulle gå, svarade hon trött att hon skulle till Elias då. Hon låg hopkurad i soffan och höll i en spanskabok samtidigt som hon såg på teve. I den andra soffan låg Marie i ungefär samma pose, fast med en roman i handen. Mest av allt såg båda två ut som om de var en minut från att somna.

”Aha.”

Han var på väg att nöja sig med det men då piggnade Marie till.

”Men Nina, du och Elias träffas ju jämt. Om det är en klassfest, kan du inte …?”

”Hallå, det gör vi inte alls!” avbröt Nina så oväntat skarpt att både Marie och Daniel hajade till. ”Jag träffar typ aldrig dom längre!” Hon såg upprört på dem. ”Förresten är Jesper mer Daniels kompis ändå.”

”Fast det här är ju för hela klassen, för alla”, förtydligade Daniel. ”Alla som vill.”

Nina svarade inte, bytte bara kanal på teven med smal och bestämd mun.

”Kan du inte gå på båda sakerna då?” föreslog Marie välvilligt. ”En liten stund på varje?”

Nina suckade irriterat.

”Vi har liksom tre *år* kvar i skolan. Fatta hur många klassfester man hinner ha på tre år. Och det är ju inte direkt som att du behöver någon att hålla i handen för att våga gå dit.”

Hon kravlade sig upp ur soffan och gick in på rummet, drog igen dörren efter sig. Marie gav honom en ursäktande blick.

”Jesper, visst är det han som har varit här? Med långt hår? Han verkar ju snäll.”

Nina

I TVÅ TIMMAR satt hon hemma hos Elias och såg på medan de andra spelade ett urtråkigt fotbollsspel på teven. Nej, hon ville inte försöka. JA, hon var säker. JA JA JA, sluta tjata, TACK. Hon väntade på att Fred skulle dyka upp. I två timmar. Inte för att hon ville erkänna det, men det var det hon höll på med.

Det var Frida som hade sagt att Elias föräldrar skulle vara borta i helgen och föreslagit att de kunde gå dit på lördagen en sväng, ”hon skulle det i alla fall”. Senaste veckorna hade de knappt sett Fred och Elias. Och om de hade träffats så var det *bara* på skolan som hastigast, ett hej på lunchen eller i korridoren. Någon gång då och då dök Elias upp på chatten, men hade aldrig något särskilt att säga. De som hade gått i samma klass i sju år och alltid pratat. Sju *år*! De hade inte ens bråkat eller haft konflikter som man kunde skylla på. Han hade liksom bara glidit iväg när han började i den nya klassen på gymnasiet. Tagit Fred med sig. Hittat nya människor att sitta och skoja med i maten. Hittat nya tjejer att snacka med. ”Gått vidare.”

Fred hade inte varit här när de kom. Inte dykt upp efter ett litet tag. Inte heller efter ett långt tag. Skulle han alltså inte komma? Var det så? Nina kände hur hon mer och mer satt och lyssnade mot dörren, om det skulle plinga på dörrklockan, om han skulle kliva in. Försökte snappa upp om Elias sa något om honom. Tänk om alla andra redan visste att han inte skulle komma, alla utom hon?

Det kändes pinsamt att vara så borta ur loopen att hon inte visste ett skit om honom och Elias längre. Fred kanske var en helg hos sin pappa just nu och Nina satt här och hade ingen aning om det.

Hon höll ut ända till kvart över nio innan hon låste in sig på toan med sin mobil och letade fram numret.

Daniel

”JO, JAG OCH syrran fixade en lek vi kan köra”, sa Jesper när festen pågått en timme eller två. ”Skattjakt. Ni vet, man är i lag och så har man en viss tid på sig att hitta en massa saker och dom med flest vinner. Har ni lust?” Han såg lite osäkert på dem. ”Om ni inte tycker det är barnsligt eller så. Vi kan ju vara här också och ... bara ... Jag menar inte att det är tråkigt här, nu.”

”Det är den med hitta en blå socka och en skruvmejsel, va? Åh, jag älskar den!” sa Anna entusiastiskt och det avgjorde saken.

Raskt trollades syrran fram igen, listor med alla femton saker de skulle leta reda på skrevs ut, och sen las allas namn i en skål för att lotta lag. Syrran drog två lappar åt gången och läste upp namnen.

Daniel hamnade med en av tjejerna, Sigrid. Av alla i klassen som var här ikväll var hon den han hade pratat minst med. Ingen särskild anledning, hon verkade varken blyg, tyst eller trist, men det hade bara inte blivit av. Hon mötte i alla fall stadigt och säkert hans blick när Jespers syrra läst upp deras namn, nickade mot honom. De drog sig båda några symboliskt viktiga steg närmare varandra för att visa samhörighet och lagkänsla medan lottningen fortsatte.

Hon var nästan lika lång som han märkte han när lottningen var klar och de stod bredvid varandra. Ovanligt för en tjej.

”Vad tycker du, ska vi ska dela upp eller köra tillsammans hela tiden?” frågade hon medan Jesper, syrran och Anna höll på att konferera om hur lång tävlingstid som var lämpligt.

Daniel skummade igenom listan. *Nota från TC.* Han visste inte var TC låg. *Dagstidning som är minst två veckor gammal.* Kanske fanns det hemma i pappersinsamlingen. Det var ju ett tag sen pappas senaste feng shui-ryck. *En pommes frites-påse från Max.* Dit hittade han tack och lov. *Servett från Station.* Vilken station, tåg eller buss? Tågstationen visste han var den var. *Ett blått penséblad.* Det måste ju finnas i en park. Och alla städer har väl en park, någonstans i mitten ungefär.

”Eeh ... Problemet är att jag inte vet om jag hittar till alla ställen.”

Sigrid såg taggad ut.

”Jag flyttade nyss hit, jag har inte hunnit åka runt och ... och lära mig stan”, sa han ursäktande.

”Jamen, det är lugnt.” Hon verkade inte alltför upprörd över det. ”Vi kör tillsammans då. Men du har cyklat hit, va? Du har din cykel med dig?”

”Ja. Och jag är skitsnabb på att cykla. Är det något jag är bra på så är det att cykla. Du kan ropa ut vägbeskrivningar åt mig så är jag där. På sekunden. Var som helst. Uppför, nerför, höger, vänster.”

Han kände att han var tvungen att ta i för att kompensera sin brist på lokalkännedom. Bredvid honom satt redan Hiro och hans tävlingspartner Sven och skrev ner vad de separat skulle hitta och var och när de skulle sammanstråla. Av den entusiastiska planeringen att döma lät det som om det skulle ta femton minuter för dem att få ihop varenda pryl på listan.

”Fantastiskt.” Hon log och böjde sig närmare honom, viskade: ”Jag vet hur vi ska få den där TC-notan. Min syrra skulle ut ikväll!”

Fem minuter senare sprang alla nerför trapporna, hoppade på sina cyklar och stack iväg. De hade en och en halv timme på sig.

Nina

HON SÅG HONOM på långt håll. Han stod och väntade, spanade efter henne, och Nina kände en våg av både lättnad och nervositet svepa över henne.

Först hade hon knappt vågat ringa, tyckt att det kändes pinsamt. Vad skulle hon säga, ha för ursäkt? Behövde man en ursäkt, eller fick man bara ringa hur som helst om man ville? Även om det lät som att hon bjöd ut honom på dejt. *Vill du komma ner och vara med mig en stund? Nej, inte hemma. Kom till stan. Snälla?*

Sen tog hon mod till sig ändå, slog numret och stakade fram att hon ville ses, *nere på stan*. Han sa okej direkt. Verkade inte alls tycka att hon begått något stort misstag som föreslog det. Hon hade haft svettiga handflator när deras halvminutslånga samtal var klart.

”Vad bra att du ringde”, sa han och log nu när han fick syn på henne. ”Det känns som om vi bara har sagt hej och hej då sista tiden.”

Hon parkerade sin cykel och låste. Han hade sin blå huvtröja på sig, den som hon tyckte var snygg. Håret var ovanligt ofixat. Men det var fint ändå, i all sin ofixade ostyrighet.

”Tack för att du kom.”

Han ryckte på axlarna, fortsatte le.

”Vad vill du göra?”

”Vi kan väl sätta oss någonstans. Någonstans lugnt.”

Daniel

SIGRID BESTÄMDE RUTTEN. De skulle börja längst bort, som var hemma hos henne, och systematiskt arbeta sig neråt mot stan för att så småningom korsa bron över till Teg och nå Jesper igen. Om planen höll skulle de ha minst åtta av sakerna från listan då. Kanske till och med tio med lite tur längs vägen. Daniel hade inget att invända mot det.

När de spurtade genom stan passade hon på att peka ut olika riktmärken åt honom.

”Kolla vänster, jättebra cykelverkstad om du får punka! Höger, kiosk med gammalt godis, gå inte dit, du blir lurad! Såg du?”

Han skrattade och svarade:

”Ja! Jag såg!”

På rekordtid, kändes det som, parkerade de utanför Sigrids hus. Ett vitt kedjehus som låg i ett bostadsområde ganska nära hans. De joggade till och med fram till dörren.

”Nedervåningen!”

Sigrid stannade inte för att dra av sig skorna och Daniel följde efter.

Ingen annan verkade vara hemma, det var alldeles tyst och tomt. Medan hon rev runt i sina byrålådor för att leta fram ett par prickiga strumpor hon trodde hon hade kvar, tittade han sig omkring i hennes rum. Inramade affischer för *Mandomsprovet*, *Donnie Darko* och *Breakfast Club* satt uppe på ena väggen. Hon hade en egen teve och video, och i bokhyllan var tre plan avdelade för filmer, både videor och dvd-filmer. Ett par tjocka filmlexikon på engelska stod också intryckta där.

”Du gillar film, va?”

”Skarp iakttagelse, Sherlock”, svarade hon medan sockparen flög omkring henne i jakten på det rätta prickiga. ”Det är väl bara att erkänna, jag är en filmnörd.”

”Åh, en nörd?” upprepade han gillande. ”Har du sett all vanlig film så nu får du leta upp obskyra japanska som ingen annan har hört talas om? Eller lär du dig replikerna i dina favoriter?”

”Nej, inte riktigt så … Jag älskar ju att se en massa film, men framförallt så kommer jag ihåg statister och producenter och allt sånt där utan att jag fattar hur det går till. Jag sitter liksom inte och pluggar in det, men min hjärna verkar ha ett filmcentrum. Alla detaljer fastnar utan att jag anstränger mig. Och sitter som berget. Det är väl ganska nördigt?”

”Ganska coolt.” Daniel lät pekfingret löpa längs titlarna i bokhyllan. Han hade inte ens sett hälften av filmerna, även om det saknades japanska obskyra titlar. ”Själv är jag bara en normal och tråkig nörd. Inte ett enda roligt eller speciellt hjärncentrum här, inte.”

”Mhmm”, sa Sigrid dröjande och det lät som att hon inte lyssnade på vad han sa.

Han tittade högst upp igen och märkte att filmerna var ordentligt sorterade i både bokstavsordning och ursprungsland. Danmark, England, USA, Sverige. Ännu mer nördigt.

”Jamen, har du tänkt på en sak?” frågade hon då. ”Killar är ju ibland lite efter i utvecklingen. Det är kanske bara det du är? Jag menar, det *kan* ju dyka upp ett hjärncentrum för dig också. Om du har tur.”

Daniel vände sig lite förvånat om mot henne och Sigrid började fnissa.

”Jag skojade bara.” Hon höll glatt upp sina prickiga sockor. ”Tada!

Första poängen." Sen knyckte hon med huvudet mot dörren och joggade uppför trappan. "Kom!"

Han hade inget annat val än att skynda ifatt henne för att inte komma ännu mer efter. I utvecklingen.

Efter tredje poängen visste han att hennes storasyster som fixade TC-barnotan hette Hedvig och läste till läkare, precis som båda deras föräldrar var och som deras morfar också hade varit.

"Det blev typ stor familjekris i åttan när jag sa att mitt drömyrke var att jobba i videoaffär", berättade Sigrid.

"Videoaffär? Vad gör du på natur i såna fall?"

"Men Daniel, jag är ju en nörd!" Sigrid flinade och såg mycket stolt ut över detta. "Jag var *tvungen* att gå natur. Videoaffär eller inte liksom. Jag hade inget val."

Mellan fjärde och femte poängen frågade hon hur de låg till när hon andfått kom ikapp honom efter en lång uppförsbacke.

"Det är lugnt", försäkrade han. "Klockan är inte alls mycket. Vi hinner galant."

"Galant?" upprepade hon.

"Vi hinner utan problem."

"Ja, ja, ja, klart jag vet vad det betyder, men ..." Hon log. "Den enda person jag vet som använder det ordet är min farmors syster. Och hon är väl kring sjuttio." Sigrid fnissade lite. "Inte för att det är något fel på galant."

"Eller på dom som använder det", intygade Daniel. "Oavsett hur gamla eller unga dom är. Eller hur?"

Sigrid nickade och försökte se allvarlig ut.

"Eller hur." Hon var tyst ett tag sen. "Vad kallar du det man använder när man har skrivit fel med en blyertspenna?"

”Kautschuk menar du?” Han flinade åt henne. ”Alltså, bara för att jag råkar använda ett gammalt ord betyder inte det att jag går in för att prata femtiotalssvenska. Jag kallar det för sudd, okej?”

Sjätte poängen. Sigrid Nord… någonting. Nordlund kanske. Minst en och sjuttiofem lång, brunt hår till axlarna, blå ögon, mörkblå jeans, turkos huvtröja, klarröda sneakers. Läste franska precis som han. Ställde smarta frågor ibland på mattelektionerna. Var en självutnämnd nörd. Brukade sitta tillsammans med Anna på lektionerna. Anna brukade då och då äta lunch tillsammans med honom och Hiro.

Varför hade han och Sigrid aldrig pratat med varandra ordentligt förut?

Sjunde poängen var servetten från Station. Inte som i tåg eller buss, utan som i ett fik.

”Har dom gratis vatten här?” Allt hade hittills gått i ett snabbt tempo, och de låg bra till både poäng- och tidsmässigt. Medan de cyklade tillbaka genom stan hade han fått ännu fler av Umeås viktiga landmärken utpekade för sig. ”Jag måste dricka.”

Sigrid sköt upp dörren.

”Toaletterna ligger precis här vid dörren. Jag fixar servetten.”

Daniel sköljde av sig i ansiktet, bälgade i sig stora klunkar kallt och gott vatten. Torkade av sig, även i nacken och på halsen. Klev ut som en ny vätskebalanserad människa till Sigrid som stod där och väntade.

Hon klappade på sin väska och han skulle precis följa efter henne ut när han hejdade sig. Där borta, vid ett av fönstren, satt Nina och Wille. Vid samma bord, mittemot varandra. Vad gjorde de här? Nina hade ju sagt att hon skulle till Elias, gjort stor affär av det. Och Wille som skulle vara hemma. Men nu var de här på Station. Tillsammans.

”Vad är det?” Sigrid märkte att han inte kom efter och vred på huvudet så att hon kunde följa hans blick. ”Jaha, Nina”, sa hon enkelt när hon såg vad han såg. ”Ska vi säga hej?”

Daniel svarade inte men hade redan börjat gå fram till dem. De fick syn på honom när han var några meter ifrån deras bord.

”Danne, hallå”, sa Wille förvånat. ”Är du här?”

”Vad gör ni?” kontrade Daniel.

Han såg från Wille till Nina och tillbaka till Wille.

”Fikar lite”, svarade Wille.

”Fikar lite?” upprepade Daniel.

”Ja.”

Nina svarade lika oberört och oskyldigt som Wille. Ingen av dem verkade tycka att det var det minsta märkligt att de satt här fast de båda högt och tydligt hade sagt att de skulle göra något helt annat.

Daniel stod kvar utan att säga något. Väntade på en förklaring eller något mer. De tittade i sin tur bara lika avvaktande på honom. De verkade inte ens komma på tanken att låtsas att de råkat stöta ihop här. Men det kanske inte var konstigt för dem. Det kanske inte heller var konstigt att de inte hade sagt något om det till honom? Var det här något de brukade göra, regelbundet?

Nina såg Sigrid stå bakom honom så hon hälsade på henne istället.

”Är klassfesten redan slut?”

”Nej, vi håller på med en …” Sigrid tvekade plötsligt. ”En lek.”

Det lät så barnsligt och löjligt när hon tvekade, och det syntes att Nina också tyckte det.

”Någon kul?” frågade hon med ett svagt leende på läpparna och allt blev ännu barnsligare. Björnen sover eller kurragömma. Den sortens lek såg hon ut att tro att det gällde.

”Ja, faktiskt”, sa Daniel kort, vände på klacken och gick utan att säga hej då.

Sigrid såg nyfiket på honom när de kom ut till cyklarna.

”Vad var det där om?”

Han svarade inte.

”Blev du sur?” framhärdade hon. ”Eller vad är det?”

”Inget.”

De kanske hade det här som en vana. Ibland när han trodde att Wille var på träning och Nina träffade sina kompisar, drog de i själva verket ner på stan och ”fikade lite” bara de två. I största hemlighet.

Som idag. Nina hade varit på glatt humör medan hon duschade och fixade sig. Kommit ut till hallspegeln och kollat minst tre olika klädkombinationer innan hon bestämde sig. Allt för att hon skulle till sin Elias. Det var vad hon hade sagt.

Under tiden hade Wille suttit vid datorn och chattat eller spelat, helt lugnt. *Han skulle vara hemma.*

Jomenvisst. I själva verket hade de kanske bara väntat på att Daniel skulle ge sig iväg, så de kunde göra vad de ville?

Sigrid gav honom en undrande blick.

Inte konstigt att det flöt på så bra för Nina och Wille med all deras kvalitetstid. Det skulle säkert ha flutit på skitbra för Nina och Daniel också om de hade ägnat sig åt något mer socialt än att bara cykla ner till skolan tillsammans. Vid en tidpunkt när hon var sömnig och tyst och svarade ”mmm” på allt han sa. Han som hade trott att det berodde på att hon var trött. Och han hade också gått runt och trott att ”det kommer, det kommer". Han hade tänkt att det inte gjorde något att det kändes som att han fortfarande knappt visste ett skit om Nina. Med lite tid skulle det bli bättre, när de hade lärt känna varandra mer. Nu fattade han ju. Det spelade ingen roll hur mycket han ansträngde sig och höll på och frågade om hennes oljemålningar och pratade om ditt och datt. Skitsamma för henne.

Vad bryr jag mig för? Vad håller jag på för? Det spelar ju ingen roll.

Om det hade varit Wille som gått i hennes klass, då hade det varit annorlunda. De skulle ha snackat nonstop ner till skolan. Och hem från skolan. Hon skulle ha suttit med honom då och då på lektionerna. Hon skulle ha gjort sällskap med honom till maten. Hon skulle ha sett på honom med en sån där blick och skrattat i samförstånd åt något som ingen annan än de fattade. Och sen skulle hon kanske ha föreslagit något kul de kunde göra tillsammans på kvällarna. Som att gå och fika. För att hon *ville* vara med honom. Han hade inte behövt anstränga sig ett jäkla dugg då.

Sigrid böjde sig ner och låste tyst upp sin cykel. Rullade iväg nerför backen framför honom och Daniel följde lika tyst efter. De sa knappt någonting till varandra medan de fixade de sista planerade två poängen och sen cyklade över bron till Jesper. Tio av sakerna från listan låg i Sigrids väska.

"Du känner alltså den där killen?" frågade hon när de var mitt på bron. "Han på fiket?"

"Typ", muttrade Daniel.

"Typ?" fiskade hon vidare.

"Det är min brorsa."

"Din brorsa …?" upprepade hon med stort eftertryck. "Men *då* fattar jag."

”Vadå?”

”Jamengud! Jag skulle också ha blivit skitsur.”

Han såg både förvånat och tacksamt på henne. Det *var* alltså fel det de gjort, objektivt och opartiskt. Vem som helst kunde inse det.

”Skulle du?”

”Givetvis!” Det lät som den mest självklara sak i världen när Sigrid sa det. ”Din brorsa går och fikar med henne, och du vet uppenbart inte om det. Dom bara sitter där på sin dejt när du råkar kliva in. Klart att man blir sur! Det fattar jag ju att du ...”

”Men vänta.” Daniel avbröt henne. ”Vad menar du?”

”Vet han om att du också gillar henne?” fortsatte Sigrid fråga. ”Eller har han ingen aning om det?”

”Gillar? Vem?”

”Nina.”

”Nina?” Daniel såg på Sigrid som nickade till svar. ”Vad menar du?” frågade han för andra gången.

”Så unikt är det inte”, svarade hon förstående. ”Du är inte precis den första killen som fallit för henne, om du nu trodde det.” Hon gjorde ett tillägg. ”Inte ens den andra.”

Det började sakta men säkert sjunka in hur Sigrid uppfattade hela situationen.

”Tror du att jag gillar Nina? Eller att Wille gör det?” upprepade han för att vara säker på att han hade tolkat henne rätt.

Sigrid nickade.

”Du, jag ’gillar’ inte Nina!”

”Inte? Du försöker bara prata med henne rätt ofta då, helt utan anledning? Och kollar på henne. Också utan anledning? För du gillar henne inte?”

"Nej!" Det här hade blivit så absurt att han knappt visste hur han skulle fortsätta. "Han på Station, min storebrorsa Wille, och Nina och jag, *vi bor ihop*. Hon är min, hon är vår låtsassyster. Det är därför jag pratar med henne. Och kollar på henne. Och allt annat. Hon är min syrra."

Nu var det Sigrids tur att bli skeptisk.

"Nina har inga syskon."

"Jo. Två. Låtsas. Jag och Wille."

Sigrid stirrade på honom. Det var tydligt att hon fortfarande inte trodde på ett ord av det han hade sagt.

"Ne-ej", envisades hon mycket bestämt. "Lägg av! Hur då? Du kommer ju inte härifrån. Du vet inte ens vad Station är. Ni har inte sagt något på skolan. Ni kan ju inte vara ..." De hade slagit ner på takten och hon stannade helt nu och såg mycket mycket tvivlande på honom. "Men kom igen. Du skojar inte? *Är* ni?"

"Ja." Daniel nickade. "Min pappa och hennes mamma", förklarade han. "En kontaktannons på nätet."

När Sigrid inte sa något mer, fortsatte han att berätta. Hon nickade bara storögt allt eftersom hon fick höra hela historien om nyår och påsk och allt.

"Jag hade verkligen ingen aning", sa hon väldigt generat när han var klar. "Och jag som tänkte ... Gud! Jag har fattat så fel."

Han ryckte på axlarna.

"Men sen när?" undrade hon. "Och varför har ni inte sagt något? Det är ju helt märkligt att ..."

"Vi flyttade ner hit när skolan började." Daniel såg ut över vattnet. "Vad ska man säga då? *Hej, jag har fått en ny syster.* Jag kände ju ändå ingen i den här klassen eller på skolan så det spelade väl ingen roll."

”Nej, fast ... näää.”

Sigrid tystnade med rynkad panna och han förstod precis vad hon tänkte. Nina. Hon kände ju massor av folk. Hade hon inte velat säga det till någon? I alla fall inte smussla med det. Så att folk gick omkring och trodde att han kollade in henne. Om man gjorde en enkät i klassen nu, hur många skulle satsa på rätt alternativ? 1) Daniel och Nina är låtsassyskon. 2) Daniel spanar in Nina.

”Jaha. Jaja.” Sigrid bet sig i läppen. ”Men på fiket då. Din brorsa och hon. Vad var *det* om?”

Han funderade en stund innan han svarade, ville inte längre dra till med ”inget” som automatiskt svar.

”Jag visste inte att dom var där. Jag vet inte om jag borde veta det. Eller bry mig överhuvudtaget. Det kändes bara så konstigt att dom inte hade sagt det till mig. Inte för att Wille och jag brukar gå och fika. Vi gör inte sånt. Han spelar hockey. Han är skitbra. Han har alltid varit skitbra. Så jag har mest fått följa med på hans matcher och suttit och väntat på att han ska bli klar. Men nu så ...” Han gjorde en paus. ”Äh. Jag vet inte varför jag blev så sur. Jag kanske bara överreagerade på allting. Dom får väl gå och fika hur mycket dom vill. Det är ju jättebra, för dom.”

”Mmmm”, svarade Sigrid betänksamt.

”Alltså, egentligen så *är* det ju jättebra”, fortsatte han då. ”Det är inte alls sådär som man hör om ibland när det blir nya familjer, att folk hatar varandra och man inte tål den nya föräldern och allt är som en krigszon och alla skriker. Jag tror inte Marie tycker att vi är så jobbiga och störiga. Och jag tycker att hon är helt okej. Hon är snäll. Och Nina med. Och pappa är ju skitglad, det märks, och ... Så det är ju bra. Egentligen.” Daniel tog ett djupt andetag. ”Det är det.”

De stod där mitt på bron och Sigrid drog undan håret som blåste ner i ögonen. Lyssnade och såg lugnt på honom. Han såg tillbaka och något i hennes blick sa ”men varför blev du sur då om allt är så himla bra?”. Så han hörde sig själv lägga ut texten ännu mer. Pappa som jobbade kväll jämt. I Luleå hade det varit någon gång då och då, men nu var det jämt. För att tjäna mer pengar eller visa att han var en exemplarisk och lojal anställd för sin nya chef? Daniel visste inte varför. Pappa var borta ovanligt mycket i alla fall. Och det blev inga stora familjemiddagar som på film. Inget gemytligt buller och bång över enorma pastakastruller där alla satt och skrattade och berättade om sin dag. Ofta var det Daniel och Marie som var hemma på kvällarna. Han kunde ju prata med henne, men det var liksom inte det här han hade tänkt sig när han satt i Luleå och funderade på hur det skulle bli. Nina med alla sina kompisar hela tiden. Wille med sitt nya lag. Pappa på jobbet.

Och dessutom hade Wille blivit så sur över flytten och att det tog slut med Emily, och pappa hade därför fjäskat som en galning för att få honom på gott humör. Speciellt efter att Wille inte följt med på fisketuren och nästan börjat pratvägra. Allt Wille sagt som inte var surt eller förbannat hade blivit superviktigt efter det. Om han råkade andas om att han var sugen på godis så hade pappa i princip kutat till affären och kommit hem med tre kilo lösgodis som han dumpat rakt i knäet på Wille med ett tjänstvilligt ”varsågod!”. Det hade verkligen varit Wille, Wille, Wille för hela slanten.

Daniel stod på bron och vräkte ur sig allting. Sigrid nickade och mm-ade då och då under tiden. Drog undan sitt hår från ögonen, nickade, fortsatte se på honom.

”Jag tror jag fattar”, sammanfattade hon när han var klar. ”Det finns ingenting att klaga på, egentligen, fast du känner dig ändå lite … utanför?"

Hon sa det sista försiktigt.

Utanför? Lät det *så* illa? Han hade aldrig tänkt på om han var innanför eller utanför förut. Det måste väl ha betytt att han var innanför? Eller så hade han inte fattat att Wille i själva verket hade längtat efter en annan sorts syskon att gå och fika med. Han hade kanske saknat något hela tiden. Och nu hade han fått det också. Tre kilo lösgodis plus en härlig, skitsöt, rolig, liten syster som älskade att sitta på kafé i timmar och tindra med ögonen och få honom att skratta och bli på riktigt gott humör.

"Jag vet inte", tvekade Daniel.

Han tänkte på allt kul de hade gjort förut. Sånt som han hade *trott* att de gillade. Följa med till pappas arbetskompis stuga och basta och grilla och spela minifotboll på gården, det hade Daniel trott att Wille också gillade. Eller att sticka ut och pimpla på vintern. En före detta favorit? Eller klassikern, att sitta en hel kväll och köra den ena matchen efter den andra på fotbollsspelet. Köpa spelare och lägga upp turneringar och grejer. Det hade han verkligen trott att Wille älskade som typ topp tre i livet efter hockey och Emily. Nu kändes det som om han inte hade en aning om någonting längre. För den Wille som verkade ha gillat allt det där, han brukade också fråga Daniel rätt ofta om han skulle hänga med på grejer. Han skulle till exempel aldrig med flit ha sagt att han skulle vara hemma och sen slunkit ner på stan i hemlighet. Det hade inte varit Willes stil.

"Men jag skulle ha blivit sur, jag också", försäkrade Sigrid. "Om vi fick en ny låtsasbrorsa och han och Hedvig stack och bondade utan att säga något om det."

Stack och bondade.

De stod båda tysta ett tag. Daniel tittade ner på sina skor, sparkade till en liten sten som låg på vägen så att den rullade under broräcket och föll ner i vattnet.

”Och jag är så trög ibland så du anar inte”, fortsatte Sigrid. ”Jag är bra på film, men inte lika super på att upptäcka saker i verkligheten. Du vet, med er på skolan. Jag lovar att det inte betyder så mycket att just jag missade det. Det är typiskt mig.”

Det var ett uppenbart och taffligt försök att skyla över och rädda, men det var åtminstone ett snällt försök. Hon nickade mot Teg.

”Ska vi … Målgången?”

”Ja, vi kör”, sa han och hoppade på sin cykel igen.

Det var mörkt och tyst när han kom hem vid halv ett. Alla verkade vara hemma och ligga och sova för sovrumsdörrarna var stängda. Daniel gick in till köket och spolade upp ett glas vatten som han drack i långsamma klunkar. Han hade hittat glaset på en gång. Han hittade allt på en gång nuförtiden, i köket och överallt annars. Här hemma.

Om det nu betydde att man var hemma bara för det. Han var inte lika säker längre.

Nina

”**JAG HAR KOLLAT** igenom allt på ettan och trean, och dom tyckte jag var ganska lugna.” Nina bläddrade igenom matteboken. ”Fast på tvåan, jag fattar inte det här med att …”

”Men du!” avbröt Manda henne. ”Berättade Frida om den där killen som var utbytesstudent i deras fadderklass? Eller hade du gått då?"

"Nä, jag hörde det."

"Han från Australien?"

"Jaa."

Nina pekade på boken.

Manda himlade med ögonen.

"*Jaa*", härmade hon Ninas ton och vände motvilligt blicken mot kapitel två. Det höll i hela åtta minuter den här gången innan det kom ett nytt avbrott. "Är Wille hemma? Jag såg inte honom när jag …"

"Nej", röt Nina och började bli irriterad på riktigt. "Kan vi göra det här? Det är tre dagar kvar och jag har hundra grejer jag vill fatta ordentligt."

Manda sket i hennes rytande.

"Var är han?"

Nina svarade inte.

"Ursäkta att jag frågar om din familj!" sa Manda surt. "Det är ju annars en ganska omtänksam grej att göra. För normala människor."

"Han är borta", fräste Nina. "Säkert träning. Han är alltid på träning."

"Hur länge? Tror du Daniel vet?"

Nina smällde argt igen boken.

"Jamen, gå och fråga så vet du. Sen kan vi prata om vad du vill i en kvart. Wille eller Fridas utbytesstudent eller vad fan som helst. Sen *ska* jag räkna matte. Jag skiter i vad du gör då, men jag gör matte. Fattar du? Jag måste plugga."

Manda var redan på väg ut från rummet.

"Du är inget trevlig när du blir stressad, Ninis." Hon var tillbaka en kort stund senare. "Daniel visste inte heller." Hon satte sig på sängen igen. "Jag börjar bestämma vad vi ska prata om." Manda lät riktigt entusiastisk nu, för första gången sen hon kommit. ”Vad tror du, och var ärlig nu, att Wille skulle säga om jag frågade om han vill gå på bio?”

Nina tryckte händerna mot pannan.

”Ingen aning.”

”Men håller dom på att bli ihop igen eller är det helt, helt, helt slut? Eller är han sådär ’jag vill ha en paus från tjejer’?” Hon petade till Nina i sidan när det inte kom ett tillräckligt snabbt svar. ”Hallå?”

”Ingen aning”, upprepade Nina matt bakom sina händer.

Manda gav sig inte.

”Ni bor ju ihop! Går han till exempel runt och visslar och flinar eller … eller ligger han på sin säng och lipar på kvällarna?”

”Nej.”

”Nej på vad? Visslar eller lipar?”

”På båda.” Nina såg trött på henne. ”Han verkar … Som vanligt. Tror jag. Jag vet inte.”

Manda smälte detta.

”Skulle du tycka att det var konstigt om jag frågade om Wille vill gå på bio med mig?”

Ja.

Nina ryckte på axlarna.

”Vet inte.”

Fråga honom inte.

”Vi kan fundera på det ett tag. Men om han börjar snacka om någon tjej, då måste du …”

”Slänga mig på luren till dig”, fyllde Nina i.

”Ja tack.” Manda log snällt mot henne. ”På sekunden.” Hon såg på sin klocka. ”Och vi har fortfarande tid kvar. Den där tjejen han hade i Luleå, hur var det när …”

Manda stannade i en timme till. Hon räknade matte i kanske tjugo minuter och sen satt hon och läste en gammal Vecko-Revyn medan Nina kämpade på. När Manda fattade att det verkligen bara var det som skulle hända idag och Wille fortfarande inte hade kommit tillbaka, packade hon ihop sin väska.

”Slit inte ihjäl dig nu”, var hennes avskedsord till Nina ute i hallen.

Daniel kom ut från sitt rum samtidigt som de stod där.

”Kan du gå in och distrahera Nina minst en gång i timmen?” frågade Manda honom. ”Hon börjar bli för seriös för sitt eget bästa. Det är jobbigt. För mig.”

Han grymtade något kort och surt till svar och gick in i köket.

”Gud, vad alla är glada här idag”, sa Manda så högt att han skulle höra det. ”Det är som att ni har ätit lyckopiller hela bunten!”

”Sluta.” Nina puttade ut henne. ”Vi ses imorgon.”

Hon gick också in i köket sen.

”Håller du på med matten?” frågade hon Daniels rygg.

Han stod och tittade in i skafferiet.

”Nej.”

”Vad gör du då?”

Han hade varit ovanligt mycket inne på sitt rum hela dagen. Ja, hela helgen när hon tänkte efter. Knappt sagt ett pip om klassfesten. Knappt sagt ett pip överhuvudtaget när han väl kommit ut från rummet.

”Inget.”

Han tog en hårdbrödsmörgås utan att smöra den, gick ut från köket, tillbaka in på rummet och drog igen dörren efter sig.

Nina såg efter honom. Tänk om han låg och runkade där inne?

”Vad gör du då?”

”Sätter nytt personligt. Jag har kommit åtta *gånger dom senaste två timmarna. Nu ska jag ta nian, så stör inte.”*

När hon knackade på en stund senare, väldigt högt och ordentligt för att vara på den säkra sidan, låg han på sängen med armarna under huvudet och stirrade upp i taket. Alla kläder i normal ordning, inga röda kinder eller flåsig andning. Inte ens musik på.

Nina stannade i dörröppningen.

”Sov du? Eller mår du dåligt?”

Daniel vred på huvudet mot henne med en suck.

”Nej. Vad vill du?”

Han såg hängig ut. Och Manda hade helt rätt i sin iakttagelse, han lät inte som att han gick på lyckopiller.

Deras mormor hade ringt på förmiddagen. När Daniel hade pratat färdigt med henne och skulle lämna luren till Tomas som stod på tur, så hade han liksom aggressivt deklarerat ”jag ska åka hem någon helg, bara så du vet” till Tomas och sen stegat in på rummet igen och dragit igen dörren. Han kanske hade en hemlängtanssvacka.

Nina gick fram med boken och pekade på en sida.

”Du kan garanterat det här.”

Daniel tog boken och såg kort på sidan.

”Ja”, sa han sen och gav tillbaka den.

Han la sig tillrätta med armarna och tog upp takstirrandet på nytt.

Nina höll tillbaka ett ögonhimlande.

”Har du lust att förklara?”

”Lust ...” Daniel begrundade det ett tag. ”Är det en uppriktig fråga eller bara en formalitet?”

Nu gick det inte att låta bli ögonhimlandet.

”Tusen tack”, sa hon syrligt. ”Säg till om du får lust senare.”

Det smartaste och ja-effektivaste sättet var att ta upp det igen vid middagen. Få det att låta som en ny fråga med Tomas och mamma närvarande. Tomas som tittade till på honom när Daniel oentusiastiskt muttrade ”okej då” ner i bordet.

”Det är väl inga problem?” frågade Tomas mycket riktigt.

Daniel suckade.

”Nej.”

”Jag tror han håller på att bli sjuk”, sa Nina. ”Visst ser det ut så?”

Wille, Tomas och Marie vände sina blickar mot Daniel. Daniel tittade surt på Nina. Tomas la en hand på hans panna, och Daniel vred sig undan. Då snappade Tomas tag i hans handled, hittade pulsen, höll fast, hårt.

”Men lägg av, ge dig, sa Daniel och försökte komma undan, men fick ge upp.

Tomas kollade på sin klocka samtidigt som han räknade. Alla de andra tystnade och stillnade i sina rörelser och iakttog dem spänt i femton sekunder. *Har Daniel puls? Lever han?*

”Ingen akut fara. Vi behöver ingen ambulans än”, förkunnade Tomas. ”Det är säkert bara den klassiska skolstartsbacillen som alltid kommer efter några veckor. Jag tror du överlever, eller hur, Daniel?”

Tomas log och strök honom över håret. Daniel böjde sig undan.

”Mest troligt.”

Han såg ännu buttrare ut än innan.

”I allra värsta fall får du väl ta en värktablett.” Wille lät mycket empatisk. ”Men låt oss hoppas att det inte går så långt. Jag ska be för dig.”

”Lägg av”, sa Daniel. ”Det är bara Nina som fantiserar. Jag är inte sjuk.”

Wille gjorde en lättad grimas och korstecknet. Två gånger.

Daniel

”DET ÄR KLART du får åka till Luleå när du vill, det vet du ju”, hade pappa sagt när han kommit in på rummet och satt sig på skrivbordsstolen. Daniel låg på sängen och läste. ”Inga problem.”

”Åka *hem*”, hade Daniel rättat surt. ”Du har ju bara bott där halva ditt liv. Kändes det aldrig hemma?”

”Jo, självklart, men … Jag jobbar ju på att bli hemma här också nu. Det var väl därför jag sa så.”

Daniel gav ifrån sig en fnysning.

”Du, det har nog ingen missat. Att du jobbar på här.”

”Jo. Jag vet. Det är svårt att missa.” En mycket skyldig min från pappa. ”Det är den här månaden ut och sen kommer jag att få ett bättre schema. Mer normala tider.”

”Jaja”, sa Daniel i ett försök att dra tillbaka lite av det dåliga samvetet han hade lyckats lämpa över. ”Det är ju inte som att du behöver stressa för att hämta småbarn på dagis nuförtiden.”

”Nej, och vilken cirkus det hade blivit.” Pappa log lite. ”Fast jag får fortfarande en sån impuls ibland på eftermiddagarna vid fyrarycket. Jag glömmer bort att ni har blivit så stora.” Han tittade på Daniel uppifrån och ner, förundrad över att det inte var en sexåring som låg där, verkade det som. ”Säg bara till vilken helg du vill åka. Mormor och morfar kommer att bli glada. Eller så kan du be Olle och

Jonathan att komma hit och hälsa på om du har lust med det. Eller göra båda."

Daniel mm-ade. Pappa satt kvar och tittade på honom.

"Hur går det i skolan då?"

"Hur brukar det gå i skolan?"

"Jag menade med nya klassen och lärarna. Känns det bra?"

"Ja."

"Är det mycket jobbigare än högstadiet?"

"Inte än."

"Är det något annat som är jobbigt?"

Daniel gav honom en trött blick. Hörde han inte själv hur det här lät? Så otroligt typiskt "förälder som har försummat sina barn och har dåligt samvete och nu ska fixa det på fem minuter med ett öppenhjärtigt samtal".

"Nej. Hur går det för dig med nya kollegorna och patienterna?"

"Hyfsat. En del kollegor är bra, andra är ... tja. Som det alltid är. Patienterna är ungefär likadana. Helt sjuka hela bunten, du vet." Tomas smålog men Daniel drog inte på munnen. "Allt faller inte på plats och blir perfekt på en gång", sa han då, allvarligare igen. "Det går mer steg för steg på vissa områden, så det gäller som bara att ... vara medveten om det. Att det tar tid."

Daniel suckade, ännu mer övertydligt:

"Har jag sagt något?"

"Nej ... Jag hoppas bara att ni ska vara glada och trivas här också."

"Tycker du verkligen att det är *mig* du ska prata med i såna fall?"

"Jag vet inte?" Pappa ryckte på axlarna och reste sig efter en stund. "En sista fråga då."

Daniel höll andan. Vad skulle det bli nu?

Hur kommer du och Nina överens egentligen? Vad säger du ifall jag och Marie gifter oss? Skulle du inte tycka det var roligt att få en liten bror eller syster?

”Vet du var vi har cykelgrejerna?”

Han andades ut.

”Pumpen är på hatthyllan och resten är väl i en kartong i källaren.”

”Äsch.” Pappa suckade. ”Just där jag höll tummarna för att dom inte skulle vara.”

Daniel kände sig inte alls hängig eller på väg att bli sjuk. Därför blev han förvånad när han vaknade mitt i natten och hade så ont i halsen att det nästan inte gick att svälja. Några timmar senare när väckarklockan ringde gick det knappt att prata. Huvudet hade börjat dunka. I det läget kändes det nästan som att Nina hade uttalat en förbannelse över honom.

Han fick släpa sig ut till de andra, kraxade fram ”pappa” med stor ansträngning och pekade på sin hals.

”Men nu du”, erkände Tomas efter att ha klämt på halskörtlarna och känt på pannan och ställt diverse hälsofrågor. ”Det ser ut som att det blir sängläge idag.”

Daniel släpade sig tillbaka till sitt rum.

Nina och Wille tassade in innan de skulle gå.

”Din stackare”, sa Nina med rösten full av medlidande. ”Ska jag köpa glass åt dig på vägen hem?”

Yeah, right. Daniel grymtade och vände sig om in mot väggen. *Säkert.*

”Han gillar jordgubb”, upplyste Wille. ”Han kaskadspyr av pistage. Kom ihåg det.”

Ni kan ju köpa det tillsammans, tänkte Daniel surt. Om ni hinner mellan fikorna. Stressa för all del inte ihjäl er för min skull.

Han drog täcket över huvudet och de tassade ut.

På eftermiddagen väckte någon honom genom att försiktigt röra vid hans axel. När han blinkande öppnade ögonen stod Nina där och höll tyst fram en skål med glass, skivade bananer och chokladsås. Ingen Wille, hon var ensam. Hon log väldigt uppmuntrande medan han tog första skeden. Det var jordgubbsglass.

"Jo, förresten", sa hon sen från dörren. "Jesper hälsar. Typ alla hälsar." Hon log snällt mot honom. "Men sov mer nu. Banka i väggen om du vill något."

Hon smög ut.

Han hade lust att banka på en gång. Alla? Vilka menade hon med alla? Jesper, Hiro, Sven? Eller ännu fler? *Verkligen* alla? Och betydde det här att Nina hade sagt något om honom, sin *låtsasbrorsa*, i skolan?

Han låg halvvaken och glassmätt en stund och hörde hur Nina rumsterade om på andra sidan väggen. Garderobsdörrar öppnades, fönstret gnisslade, en lätt duns, en väska kanske, och sen blev det tyst.

Han somnade.

Nina

"KOLLA INTE BAKÅT nu", väste Manda och grep tag hårt i hennes arm. "Vänta, vänta … vänta. Okej, nu."

Nina kollade försiktigt bakåt. Fred, Elias och en annan kille vid ett bord i maten. Tillsammans med två tjejer. En av dem satt bredvid

Fred med armen löst hängande över hans stol. Det såg ut som en arm som markerade äganderätt och puss och hångelrätt på långt håll. Ifall någon skulle få för sig något, en ”försök inte ens för det här är min kille”-arm.

”En i deras fadderklass”, viskade Manda innan Nina hunnit väsa: ”*Vem* är det där?”

Tjejen satt med ryggen mot Nina och Manda, men hon hade ljust blonderat hår i svans, en mörkröd fluffig halsduk och svart tröja.

”Det var där han var i lördags”, fortsatte Manda. ”Alltså, det är ju lika bra att jag berättar det. Dom har träffats ganska mycket.”

Nina vände sig om igen och stirrade på Fred och tjejen och framförallt den förbannade armen.

”Men hur vet du ...?”

”Frida. Hon visste det inte i lördags, men hon hörde det sen.”

Nina tänkte på alla armar hon inte slängt runt honom och som hon nu aldrig skulle få slänga heller. Inte pussa de där födelsemärkena nedanför öronsnibben, inte få luta huvudet mot hans bröst, inte få höra den gulliga rösten säga riktigt gulliga saker.

”Skit i det.” Manda kramade uppfordrande hennes hand. ”Du har ju ändå släppt honom för länge sen. Eller hur?”

Manda spände ögonen i henne.

Nina nickade, det fanns inget annat hon kunde göra. Det var bara att nicka och hålla med, i alla fall för syns skull. Ryggmärgsreflexen var att inleda en förförisk få-tillbaka-Fred-kampanj, men, nej.

”Vad heter hon?” kunde hon inte låta bli att fråga ändå.

Manda suckade.

”Spelar det någon roll?”

”Och i efternamn?”

”Jamen, typ Anna eller Emma eller något sånt där som alla heter. Jag minns inte.” Manda blängde över Ninas axel. ”Fult hår har hon också. Sönderblonderat. Hon borde ha hårinpackning i minst tre månader. Och så kommer hon från en by. Sävar, eller något. Långfärdsbuss.” Sen nickade hon åt andra hållet, ändrade om tonen till gladare och piggare. ”Kolla dom där vid fönstret. Han i grått? Han tycker jag är söt. Elins klass.”

Nina himlade med ögonen.

”Jaja, jag bara säger det”, sa Manda. ”Det finns ju liksom tusen möjligheter på den här skolan. Fred är en liten nolla i det stora hela.”

Daniel

HAN VAR TVUNGEN att stanna hemma på tisdagen med.

På kvällen när han låg och slöade i soffan kom Marie och gav honom ett papper.

”Det här kanske piggar upp dig”, sa hon och såg redan lika nöjd ut som Nina igår när han ätit upp all glass.

”Skrivarkurs för gymnasieungdomar på stadsbiblioteket. Varje tisdag mellan klockan 18.30 och 20.00. Prosa i olika genrer, lyrik, drama. Skrivövningar och textrespons. Författarbesök. Åtta tillfällen.”

”Ja, vad tror du?” propsade Marie. ”Är inte det något för dig?”

Hon förklarade att hon gick på yoga, Nina skulle börja på akvarell, Wille hade hockeyn och om Daniel ville så fick han gärna göra det här.

Daniel hade aldrig varit på skrivarkurs förut, hade ingen aning om vad man gjorde på såna. Satt och skrev givetvis. Sa säkert ”åh, vilken fin dikt, den känns så djup” eller ”jag gillar symboliken” till de andra.

”Men jag skriver ju inte så. Mest i skolan om det är uppgifter. Annars är jag ju bara ...”

Marie ryckte på axlarna.

”Jag har hört att hon är jättebra, ledaren. Du kanske kan prova en gång? Se vad du tycker.”

Daniel var fortfarande tveksam.

”Pappa då? Vad gör han?”

”Han betalar!” sa Tomas som också kommit in. ”Någon måste ju stå för fiolerna och denna någon, Daniel, det är jag.”

Han började skratta åt sig själv.

”Äh, tyst med dig.” Marie hyssjade åt honom. ”Det börjar nästa vecka. Jag var fräck nog att anmäla dig så du har lite tid på dig att fundera. Men jag tycker ju att du borde testa såklart.”

”Jag med”, sa pappa. ”Kör. Det är säkert kul. Och tänk på att du har ett rykte att upprätthålla. Som novellvinnare.”

”Är den dyr?” Daniel var fortfarande inte övertygad.

”Nej, nej, nej”, försäkrade Marie med en blick till Tomas som sa ungefär ”se nu vad du har gjort”. ”Det är kultursubventionerat och allt möjligt, så det behöver du inte oroa dig för.”

På onsdagen släpade han sig till skolan, mest för att göra matteprovet på förmiddagen. Han blev helt svettig av att cykla, och sen kändes det som att han gick runt i en bubbla och knappt hörde vad folk sa. Som tur var låg provet redan den andra lektionen för dagen. Matteläraren hade hotat med att här på gymnasiet var det bara ett enda provtillfälle så alla som brukade sätta i system att vara hemma för att få extra pluggtid fick lägga om strategi nu.

”Alla” blev glada att se honom igen. Jesper, Hiro, Sven, Ali och

Alena. De var alla. Sigrid och Anna hejade när de gick förbi honom i klassrummet.

Efter provet åkte han hem och däckade i sängen igen.

Han väcktes av ytterdörren som smällde igen. Sen hårda steg och sen Nina som stod inne på hans rum och lät och såg ut som att hon skulle explodera.

”Hon ska byta!!!”

”Va?”

”HON SKA BYTA PROGRAM!”

”Vem?”

”Vem tror du?! Manda såklart! Imorgon! På en gång!” Nina skakade förbannat på nävarna. ”Jag blir så JÄVLA, jävla …!!!”

”Men … eh, jahaa …” Daniel satte sig yrvaket upp. ”Till vad?”

”Skit-kuk-samhälls som ALLA tydligen måste gå. Fattar du? Samma jävla klass som Frida och Cissi. Hur FAN kan hon byta?!”

”Hon gillar väl inte natur?” föreslog Daniel trött. ”Eller så tycker hon att det är för …”

”Gillar!” tjöt Nina som om det var det mest idiotiska hon hade hört. ”Ingen *gillar* väl skolan! Det handlar fan inte om det!”

”Jag tycker det är ganska kul”, försökte han. ”Och det är ju roligare än på högstad…”

Nina avbröt honom igen, nu genom att slå ut med armarna och vråla ”men *du* är ju helt sjuk!” och sen storma ut innan han hann säga ”ja, faktiskt, jag är ju det”. Hon smällde igen hans dörr så hårt att hela hans huvud vibrerade efteråt.

Daniel föll matt tillbaka på sängen.

Hög musik sattes på inne på Ninas rum. Hårdrock. Han hade inte ens vetat att hon hade någon hårdrock förrän nu. Det var så långt från hennes musiksmak man kunde komma. Och hans. Nu dundrade den på där inne. På andra sidan väggen, tio korta centimeter bort eller så.

"Men snälla ...", kraxade han plågat för sig själv i oljudet.

Klockan var kvart över tre. Hur snabbt skulle någon annan komma hem? Marie, eller åtminstone Wille. Någon som kunde ta tag i ... det här. En förbannad Nina. Hårdrocken. Skrikandet.

Han hade bestämt sig för att strunta i henne, sluta jobba på att de skulle bli riktiga låtsassyskon. Om hon inte ville prata mer än nödvändigt med honom så behövde hon inte. Det var inget tvång att behöva anstränga sig bara för att man ingick i samma familj, det hade han ju fattat nu.

Och Wille. Daniel kunde inte låta bli att iaktta allt han gjorde och notera ett tyst "jaha, det *där* gäller minsann än?" varenda gång det var något förväntat och normalt. Som när de fick hemgjord klyftpotatis till middag häromdagen och Wille skrapade plåten tills absolut sista smulan var uppäten. Jaha, *det* gillar han fortfarande.

En annan kväll var Wille och Nina borta båda två och kom hem samtidigt. Det *verkade* som att Wille varit på träning (han hade i alla fall svettiga träningskläder att hänga upp), men man kunde ju inte veta. De pratade högljutt och livat med varandra. Daniel hade legat i sängen och lyssnat på dem, misstänksamt.

"Vill inte du spela lite förkylningsfotboll?" hade Wille kommit och frågat honom sen.

Jaså, noterade Daniel tyst, *det gillar han* också *fortfarande*.

Han såg på Wille som stod i dörröppningen. Han var sig precis lik, han sa precis de vanliga sakerna. Och ändå kunde han ju vara helt annorlunda. Utan att Daniel ens visste hur annorlunda. Han tackade högt nej till spel.

Men det var svårt att nonchalera just *det här* ljudet. Det lät som om Nina skruvade upp musiken högre och högre hela tiden. Trots att han hörde ljudet genom sin förkylningsbubbla så var volymen öronbedövande nu. Grannarna hörde det definitivt också. Även de i huset mittemot.

Efter elva minuter, efter att ha bankat hårt i väggen två gånger och bara fått en ny dålig, för hög hårdrockslåt till svar klarade han inte av det längre. Han stegade rakt in till henne och vred bestämt ner volymen.

”Höööj!” protesterade hon genast. Hon låg på sängen, ansiktet in mot väggen, benen uppdragna.

”Jag får tinnitus! Och du och alla andra som bor i det här huset också!”

”Tror du jag bryr mig?” fräste hon.

Men det värsta var att det lät som att hon, kanske, grät. Tjock, konstig röst.

Han fattade inte. Vad låg hon där och *lipade* för? Ja, det var väl tråkigt för henne att Manda skulle byta program, men de skulle fortsätta gå på exakt samma skola. I exakt samma stad. Nina skulle kunna träffa exakt samma kompisar som förut exakt lika mycket efter skolan. Det handlade inte om en flytt till Australien direkt.

Skit. Han skulle ha framhärdat och struntat i henne. Han kunde inte smyga ut obemärkt nu för hon visste ju redan att han var där. Han var tvungen att säga något. Men vad? Vad sa man i en sån här situation som i hans tycke inte ens var en situation? Bara så typiskt Ninas stil. När de flyttade hit hade de ju fått fixa en ny, större lägenhet. Nina hade hållit på och sucka över det, hur jobbigt det skulle bli för henne. Den nya lägenheten låg typ en kilometer från hennes och Maries förra. Den låg tjugofem mil från hans, pappas och Willes förra.

Han skulle lugnt ha legat kvar i oväsendet, väntat på Wille, skitit i vad grannarna eventuellt kunde tycka. Wille var en erfaren före detta pojkvän till en tjej som säkert hade gråtit någon gång. I alla fall när de hade gjort slut. Han hade förmodligen ett litet hum om hur man hanterade det här. Och de två kände ju varandra väl efter alla sina fikor.

Eller pappa. Pappa träffade väl hysteriska människor mer eller mindre dagligen där på akuten. Såna som verkligen hade anledning att bli hysteriska. Han hade kunnat fixa Nina och det här på en sekund.

”Ska jag ... Vill du prata med Marie?” kom Daniel på.

”Nej”, fräste Nina.

Ny snilleblixt.

”Vill du ha glass?”

”Nee-eej!”

Han stod kvar.

”Men du, tänk efter. Det är ju inte hela världen”, drog han till med och hoppades att det lät tillräckligt uppmuntrande och stöttande. ”Så annorlunda blir det väl inte. Du käkar ju med dom varje dag ändå. Och så träffas ni på ...”

En riktig snyftning trängde fram. Och sen en till fräsning för att kanske skyla över den. Daniel skruvade obekvämt på sig. Han ville helst vrida upp hårdrocken igen och smyga tillbaka in till sig.

”Lätt för dig att säga”, snörvlade hon. ”Det kommer inte att bli så. Jag vet redan det. För det är inte så ens nu. Allt är helt åt helvete.”

Uppenbarligen så fel spår som det kunde bli.

”Provet, då?” stressade han fram istället. ”Hur gick det för dig?”

En paus. Han väntade och hon låg tyst. Till slut tog hon ett djupt andetag innan hon svarade:

”Bra. Tror jag.” Harklade sig lite. Något mer kontrollerad röst lät det som. ”Du då?”

”Ingen aning. Jag kände mig rätt borta.”

Ny paus.

”Du menar att du kanske har ett helt fel?” Nina låg fortfarande vänd mot väggen, hopkurad som en boll, men det lät som att hon hade slutat akutsnyfta. ”Stor katastrof. Beställ tid hos syon direkt och byt till kukjävlasamhälls du också som alla andra.”

Han fnissade till, kunde inte hålla sig.

”Jag ska fira om det bara är ett fel. Men du hörde vad Oskar sa om att vara hemma, att man inte fick fler chanser.”

”Det där är ju så dumt. Fyra personer här kan intyga att du verkligen till hundra procent är sjuk.”

”Ja”, sa han. ”Etthundra procent helt sjuk, mest hela tiden. Ingen tvekan om det.”

Hon verkade inte uppfatta skämtet, men å andra sidan så fick det henne inte heller att börja gråta igen.

”Jag ska … jag kanske ska ta lite glass ändå, jag”, prövade han igen. ”Säkert att du inte vill ha? Den är snart slut. Och sen kommer Wille hem och är sugen och då går det fort. Den var ju god.”

Ett till djupt, lugnt andetag från henne.

”Nej, det är bra. Men tack ändå.”

”Ska jag sätta på musiken igen?” frågade han.

”Nej.”

”Vill du ha dörren stängd?”

”Nej.”

”Vill du ha hundra spänn?”

”Va?”

Hon slängde en förvånad blick mot honom över axeln.

”Skulle bara kolla om du var med.” Han log lite åt henne. ”Säg till om … om du vill ha något sen. Du kan ju banka i väggen, du vet.”

Hon nickade, vände sig mot väggen igen och han drog sig lättat därifrån.

Nina

HON SÅG PÅ långt håll att Manda stod och väntade på dem vid ingången. Ny topp hade hon, en mörkblå urringad som Nina aldrig hade sett tidigare. Fin. Manda kanske hade köpt den igår. När hon var på stan. Glad i hågen. Tillsammans med sina nygamla klasskompisar, Frida och Cissi.

Igår. När Nina åkt hem. Ensam. Och legat på sängen och känt sig helt knäckt. Manda hade ingen aning om *hur* knäckt, för så länge de pratade igår hade Nina betett sig okej. Först förvånad, Manda hade inte sagt ett ord om det här innan hon släppte bomben. Hon hade tydligen passat på att gå till studievägledaren på språket. Nina satt på spanskan och trodde att Manda satt på tyskan och övade på achtung, achtung. Istället hade Manda de senaste veckorna suttit och funderat på nytt program, bokat möte, diskuterat, tagit beslut, skrivit på papper.

Det enda Nina kunde göra när hon fick veta det var att gapa. Hon hade försökt övertala, massiv övertalning. ”Pröva lite till, det blir lättare sen, jag lovar, till efter jul i alla fall?” Det hade inte funkat. Manda hade redan tänkt igenom allt femton gånger, sa hon. Nu när det blivit en plats ledig på samhälls, då skulle hon ta den. Hon hade ursäktande och skamset kramat om Nina.

”Natur är rätt för dig, men jag vill … liksom ta det lite lugnare.”

Ninas andra impuls var att byta hon också. Bort med natur och in med samhälls. Varför inte? Cissi, Frida, Manda, Elias.

Fred. Även om han hade en Anna-Emma från Sävar. Och även om Nina bestämt sig för att släppa honom. Det var ändå *Fred*.

Men det förslaget hade fått Manda att lägga huvudet på sned.

”Men Nina, neeej?” hade hon sagt i en riktig mammaton. ”Du är ju skitduktig på det här.”

Nina hade ryckt på axlarna och vänt på klacken och gått därifrån för just då tappade hon nästan förmågan att hålla emot gråten.

Daniel och mamma hade sagt precis samma tröstande sak igår:

”Ni kan ju ses varenda dag ändå, det blir väl inte så stor skillnad?”

Nej, just det. Som med Fred och Elias kanske? De sågs ju också varenda dag, hon, Manda, Fred och Elias, om man tänkte efter. *Det var ju inte heller så stor skillnad mot förr.*

Bara totalt jävla, enorm, världsomdanande skillnad.

I korridorerna sågs de. Nickade glatt hej/tjena när de möttes. För ingen var ju sur, eller hur? Inget bråk. ”Hallå hallå! Tjena tjena!”

Nicka, le och gå vidare.

Och sen dök en Anna-Emma upp i matsalen och satt där med sin förbannade arm och signalerade allt som hon skulle få göra med Fred inom en snar framtid.

Precis som förut? Ha!

Det fanns så mycket man ville, som alla ville, som man sa att man skulle, lovade, försökte, bla bla bla.

Man skulle anstränga sig, höras och ses, man skulle gå natur, man hade bestämt sig för det, man skulle aldrig någonsin svika sin bästa vän, never ever. Men saker och ting hände och det blev ändå annorlunda. Fast alla ville gott. Ändå. Det blev mycket sämre annorlunda.

"Men ni kan ju ses varenda dag."

Hon suckade högt och märkte hur Daniel tittade till på henne, såg ut att fundera på vad han skulle behöva säga nu då. *"Du ser, där är hon ju"*, kanske. *"Sluta sjåpa dig!"*

Själv var han väl överlycklig för att han var frisk nog att få återvända till skolan och de hjärtligt saknade mattelektionerna. Tur för honom att det till och med var det de skulle börja denna fantastiska dag med. Han hade säkert haft svår abstinens medan han låg hemma och var förkyld.

Manda log från dörren och vinkade "skynda dig då!" till Nina. Nina knep ihop munnen så att inte fler suckar skulle komma igenom. Försökte ordna till ansiktet så att hon inte skulle se gråtig ut. Försökte verka helt normal och sansad medan de gick fram mot ingången.

"Jag är supersen, men jag ville säga hej", hasplade Manda stressat ur sig och slet in Nina i en hård puss-smack-kram som inte gick att värja sig emot.

Hon luktade gott. Som vanligt. Hon luktade alltid gott.

Nina stod stelt med Mandas armar och värme och doft om sig.

"Vi har lunch kvart i tolv. Visst väntar du på mig där?"

Manda släppte kramen och såg på henne.

Vi. Hon var redan *vi* med sin nya klass.

Nina ryckte snålt på axlarna.

"Får se."

Daniel trängde sig förbi dem, hejade kort på Manda på väg in till skolan. Nina grep instinktivt tag i hans arm.

”Vänta”, bad hon.

Han såg först på henne med en ovillig min som sa ”vad gör du?”, men sen nickade han och hon släppte taget. Han stannade några steg bort.

”Vadå, vill du inte det?” Manda gjorde en besviken grimas. ”Det är ju bara tio minuter efter er. Jooo?”

”Kanske”, sa Nina kort fast inte med lika mycket snålhet den här gången.

Vill och vill. Fattar du inte?

Manda såg noga på henne, snällt och ledset, och Nina var tvungen att snegla mot Daniel för att kunna upprätthålla sin normala fasad och sina icke-suckar. Han stod lutad mot en vägg och var synbart uttråkad.

”Jaja. Men är du där, så är du”, nöjde sig Manda med när Nina inte sa något mer. ”Jag sms:ar dig innan i alla fall. Ha på ljudlös.”

Hon kramade till igen, ännu hårdare, och sen en sista blick på Nina och en på Daniel, innan hon skyndade iväg.

Nina stod kvar och följde henne med blicken, genom hela långa korridoren.

Vill och vill.

Daniel ryckte ordlöst i remmen på hennes väska när han passerade bakom henne med långa, snabba steg och älgade iväg åt andra hållet mot deras skåp.

Han väntade inte på henne när han gick från skåpet heller. Hon vände sig om för att se om han var klar, och då var han inte där utan redan borta, på väg.

Brukade han inte vänta? Brukade de inte följas åt? Nina reste sig upp så snabbt att hon såg stjärnor framför ögonen och skyndade efter. Slängde ur sig en meningslös fråga som lasso till hans rygg för att få fast i honom igen. Han svarade, men slog inte av på takten så hon var tvungen att småjogga för att komma ikapp.

”Bara åtta minuter kvar nu”, sa hon när hon hunnit fram. ”Sen smäller det.”

Han såg frågande på henne.

”Känns det i kroppen att du har legat hemma i tre dagar och väntat?” fortsatte hon hurtigt.

”Vadå?”

Ögonen smalnade på honom.

”Oskars härliga genomgångar. Nya läxor med minst femtio sköna tal att göra tills imorgon. Du har saknat det, eller hur? Matten!”

Han grymtade något otydligt till svar.

Det kanske var så här han blev när han var sjuk. En del människor blev jobbigt klagiga och högljutt ynkliga när de var förkylda (säkert Wille), medan andra blev som musslor som utstod allt med hopknipna munnar och lidande miner och när man frågade hur de mådde svarade de bra fast alla kunde se att de höll på att svimma. Daniel hade sagt max fem ord sen han vaknade imorse. Han log inte. Han hade sett lika ointresserad ut hela morgonen, oavsett vad hon sa. Hela helgen, veckan och morgonen faktiskt. Han mådde säkert ”superbra”.

Nina log inte heller tillbaka då. Hon ryckte bara på axlarna och vek runt hörnet, det sista innan de kom fram till salen.

Flera stycken från klassen stod och väntade. Hon svepte med blicken över allihop. Vem kunde hon sitta med? Gå fram till Sigrid och plocka upp tråden från sjuan som om ingenting hade hänt? *Tjena, tjena, är det inte dags att kolla en film ihop i helgen? Åh, jättesnygga skor, är dom nya?*

Och har jag sagt att du är jättefin i håret? Då, när det var nyklippt, när vi började skolan. Jättesnyggt var det.

Eller pröva att trycka in sig med Ellinor, som oftast var med Sigrid och Anna. Det vill säga när Ellis inte var sjuk och borta, som hon var jämt, minst varannan vecka. Pålitligt substitut liksom.

Hallå Alena! Ska vi leka? Säg jaaaa!

Alena skulle bara stirra på henne, tro att hon var knäpp.

För dem var det en helt vanlig torsdag, men för Nina kändes det plötsligt som den allra första skoldagen. Ny klass, nya klasskompisar. Ny brorsa till och med. Allt nytt. Fast en och en halv månad för sent. Hon hade ingen peppad känsla att falla tillbaka på idag, inga snygga och utvalda kläder för att göra ett gott nytt första intryck igen. Det kändes som om hon stod där utan någonting alls. Hon visste redan att Ali var en snäll men oseriös flirt, att Alena kunde blixtra till och säga skitroliga saker ibland men var väldigt tyst däremellan, att Sebastian var ganska dryg.

Och de, de visste väl i sin tur att hon var bästis med Manda. Det var precis vid den här tiden som Manda brukade komma med andan i halsen och tjoa ”hallå Ninis!”.

Hon och Manda hade absolut inte isolerat sig, de hade pratat med varenda en i klassen och så, flera gånger, men … Det hade ju aldrig varit någon tvekan om vem Nina skulle sitta med, äta med, jobba med, vara med på rasterna. Det hade liksom varit skitsamma vad de andra hittade på, för hon och Manda … Och nu var Manda borta och alla andra tagna och uppbokade. Ali var med Kevin. Daniel med Hiro och Sven. Sigrid med Anna. Och så vidare. Det fanns ingen ledig kvar åt henne.

Nina slängde en blick över axeln. Hoppades för hundrade gången att Manda skulle ha ångrat sig, förstått sitt eget bästa, sagt hej då till Frida och Cissi, och rusat tillbaka till rätt klass.

Den enda som kom stressande runt hörnet var Anna.

”Men hej!” hälsade hon glatt på Daniel. ”Är du frisk nu?”

Han kraxade fram ett ”ja, ganska”.

Anna hejade på Nina också, som vanligt med ett kort ”hej” och utan leende. Ett hej som klart visade hur lite de hade att prata med varandra om.

Jag vet, tänkte Nina medan hon ansträngde sig och log ordentligt mot Anna. Tro mig, jag vet.

Ännu värre blev det när Sven också kom och ställde sig med dem. Han, Daniel och Anna började prata om något som hänt på en fest och på en minut hade Daniel kläckt ur sig fler ord än han sammanlagt hade gjort på hela veckan. Något med en grön växt och det var tydligen *så* kul tyckte Sven. Anna skrattade också och visade allt sitt tandkött.

Nina fattade ingenting av samtalet. Först fick hon till och med tänka efter för att komma på vilken fest de pratade om. Jespers klassfest. Aha. Hon kände sig så dum som stod där och försökte le naturligt medan de skrattade. Ingen av dem brydde sig om att förklara grejen med växten för henne. Inte ens Daniel.

Det kändes istället som att de tittade undrande på henne, alla tre, och hon kände sig ännu dummare med sitt uppenbara fejkleende. Men vad skulle hon göra då? Stå och grina? Hade det varit bättre? Hon försökte fånga Daniels blick men han såg på Sven istället. Och Sven fortsatte att ignorera henne.

Ingen i den här klassen bryr sig om mig, tänkte hon. Ingen gillar mig. Inte ens *min egen brorsa*. Vad gör jag här? Jag kan byta till samhälls, jag kan faktiskt det. Med alla mina kompisar. Allt är bättre än det här.

Korridorsklockan visade att det var fyra minuter kvar tills lektionen skulle börja. Fyra minuter att hinna gå därifrån, slinka runt hörnet, försvinna från skolan och cykla hem och lägga sig i sängen och slippa hela den här jävla dagen.

Jag hinner innan Oscar kommer.

Hon drog sig ett par steg bakåt. Sven och Anna slöt genast cirkeln med Daniel, som om ingenting hänt. Nina vände sig om för att skynda bort därifrån, men i vändningen gick hon rakt in i Sigrid.

”Oj!” utbrast Sigrid, sträckte reflexmässigt ut sin arm och tog tag i Nina som tappat balansen och fick parera den med några snedsteg. ”Förlåt.”

Fan. Oskar syntes där borta nu, han var alltid tidig, och hon kunde inte längre sticka osedd.

Nina såg upp på Sigrid. Sigrids lugna ögon i hennes, en outtalad fråga i dem: ”okej?”

”Nej, det var jag”, ursäktade sig Nina. ”Förlåt själv.”

Sigrid log ett sekundleende, ”ingen fara”, och sen släppte hon Ninas arm. Hennes blick vandrade över Ninas axel till Anna som stod där bakom, och nu kom ett längre leende, ett på riktigt när de såg varandra.

Jag brukade ju få ett sånt. Förr. Minns du?

Nina flyttade sig inte, stod med flit kvar mitt för Sigrid så att hon inte kunde komma fram till Anna och de andra. Såg på Sigrids hårspänne i luggen. En vanlig svart hårnål. I en numera oklippt och lite för lång lugg.

”Du är jättefin i håret”, sa hon. ”Slingorna.”

”Tycker du?” Sigrids blick återvände förvånat till henne, och hon låt glad för komplimangen. Hon strök sig självmedvetet över luggen, just där den vanliga svarta hårnålen satt. ”Åh. Tack.”

Och dina nya kläder. Färgerna. Du passar i det. Jag har inte sagt något om det, men jag tyckte det redan första dagen. Superfin.

Nina hörde Oskar skramla med sin nyckelknippa för att folk skulle släppa fram honom till dörren.

”Ja, verkligen”, sa hon och nickade för att understryka ännu mer. ”Jättefin.”

I kölvattnet av Oscar som låste upp och alla som trängde in kunde hon hänga på Ellinor och glida ner bredvid henne som om det var det mest naturliga i världen. Tack och lov så stirrade inte Ellis på henne med hat eller irritation i blicken, utan hon gjorde bara en grimas.

”Fatta att jag inte somnade förrän typ halv tre inatt. Jag är helt död!”

”Nej, gud, vad jobbigt”, sa Nina och la på fem lager extra medlidande för att Ellis garanterat skulle uppfatta henne som en snäll människa.

Daniel

”**DET VERKAR SOM** att det är din tur att bli sjuk nu”, sa pappa och gav Nina en frågande blick där hon satt och petade håglöst på sin middagsspätta.

”Va? Jag?” Hon tittade upp från fisken. ”Nej. Är bara …”

Hon viftade uttråkat med handen.

Daniel såg att Nina mötte Maries blick över bordet innan hon spetsade en potatishalva på gaffeln och åt upp den. Igår vid middagen hade hon suttit rödgråten och sett patetisk och ynklig ut. Då hade hon mitt i allt utbrustit ”fan, *vi* hade ju lika gärna kunnat flytta upp till Luleå!" och Marie hade blängt till mycket irriterat på henne. Wille hade tyst och anklagande sett på pappa som fått bråttom att lika tyst stirra ner i sin tallrik. Och sen hade ingen sagt något mer på en bra stund.

Idag var också en tyst middag, även om ingen hittills sagt fel saker. Ingen verkade ha något på hjärtat bara. Och Wille var på träning.

"Vad lärde ni er för nytt i skolan idag då?" fortsatte pappa fråga.

Han verkade fast besluten att få igång ett samtal även om ingen annan var intresserad. Såg på Nina. Hon skulle få börja berätta.

"Inte vet jag", mumlade hon ovilligt.

Pappa vände sig till Daniel.

"Inget särskilt."

"Tänk efter", framhärdade pappa. "Har ni gått runt där i fem, sex timmar utan att en enda gång känna "aha!" över något? Inget spännande? Inget banbrytande?"

Banbrytande? Daniel funderade. Han hade styrt med sig Hiro och Sven mot Annas och Sigrids bord på lunchen. Han hade satt sig ner, sett på henne, lett, sagt hej. Sigrid hade sett på honom, sagt "hallå!" och lett tillbaka. Hejat på Sven och Hiro. De hade pratat med varandra allihopa. Det hade varit ett hundraprocentigt normalt samtal. Inga stora missförstånd, inga jobbiga tystnader, inga döda partier. Ganska livligt och glatt faktiskt, men det hade ändå känts så ... lite. Inte som senast på bron. Jämfört med det var lunchen idag verkligen ingenting. Livligt och glatt, ja, men "aha!"? Nej.

Fast han visste ju inte ens vad det *borde* ha blivit idag. Bara att han absolut inte hade ångrat det han sagt där på bron. Inte senare på kvällen, inte under helgen eller när han låg hemma och halsontade. Mest blivit förvånad över sig själv. Det hade aldrig hänt förr att han träffade en ny människa och fem minuter senare stod och babblade på som en galning om allt. Framförallt inte en tjej. Det måste ju betyda något.

Pappa hoppades fortfarande på svar så Daniel ryckte på axlarna. Tomas vände sig till Marie. Sista chansen.

”Var man hittar fantastisk glass i Rom”, svarade hon leende. ”En på jobbet som gick i pension i våras kom och hälsade på. Dom hade just varit där på semester. Räcker det?”

”Javisst!” Pappa log pinsamt gulligt tillbaka och Daniel kunde se en ögonhimling som aldrig nådde ögonen hos Nina. ”Då har åtminstone en av oss fått ut något vettigt av den här dagen. Vad bra, Marie.”

Senare på kvällen satt han vid sitt skrivbord och gjorde franskaglosorna. Nina travade in utan att knacka, slog sig ner på hans säng. Han sneglade kort på henne, fortsatte skriva.

”Vad gör du?” frågade hon efter en stund.

”Franska.”

”Ska jag förhöra dig?”

”Kan dom redan.”

Hon drog upp benen under sig, makade sig till rätta på sängen.

Daniel såg på henne igen. Hon hade ingenting med sig. Oftast brukade hon komma in för att fråga om skolgrejer, eller för att ge honom besked som ”Tomas säger att du måste samla ihop din smutstvätt”. Ikväll satt hon bara där. Tittade ut genom fönstret, var alldeles tyst, såg trött och allvarlig ut.

Om han skulle gissa – hon och Amanda pratade såklart inte med varandra på grund av klassbytet. Wille var på träning. Återstod han, det supertrista men för tillfället enda alternativet.

När han skrivit alla ord två varv och gjort en övning och hon fortfarande inte rört sig ur fläcken (på tjugoåtta minuter, måste vara rekord), och inte verkade vara på väg att göra det inom den närmaste framtiden heller, kapitulerade han och sträckte henne boken.

Han fattade inte vad hon ville, men hon satt ju hursomhelst där nu och var störande.

”Femman.”

Nina

HON KÄNDE SIG som en innästlare, en objuden gäst, varje gång hon slog sig ner bredvid någon utan att våga fråga rätt ut ”är det okej om jag sitter här?” för risken fanns ju att de skulle säga nej. Så hon gjorde det till en konst att dröja lite när de blev insläppta i klassrummet, så länge att de andra redan hade börjat placera sig, men inte för länge så att de hunnit bli upptagna. Sen log hon sitt sötaste leende och hoppades att det skulle se helt naturligt ut när hon gled ner på den lediga platsen bredvid Sebastian, Alena, Pontus eller Ellis. Det var i alla fall lättare att göra så än att gå in först och sätta sig och hoppfullt vänta på att någon skulle komma fram till henne. Hon var helt övertygad om att det inte skulle hända.

Hon började förstå hur jobbigt mobboffer hade det. All energi som gick åt till att fixa allting. Få sitta med någon, få prata med någon på rasten, anstränga sig för att vara supersnäll och superalert så att den personen inte skulle tycka att hon var jordens tristaste och aldrig vilja prata med henne igen, sen ny lektion, ny rast, ny lektion … Och om man inte hittade någon, då fick man stå eller sitta själv och låtsas som att det var alldeles okej. Ja, kanske nästan trevligt.

Hon bestämde sig minst fyra gånger per dag för att stega iväg till syon och ge upp natur. En gång var hon så bestämd och övertygad och gick så långt som ända fram till syons dörr. Alla i klassen var så interna med varandra, alla hade saker de gjorde med andra, människor de satt med, människor de skrattade med. Det var bara hon som stod utanför, var ensam, fick tränga sig på. Och om hon inte orkade, då hade hon ingen. Hon *behövde* Manda.

Så hon ignorerade alla tankar på vad mamma sagt om att härda ut, det går, det blir bättre, och Mandas pepp om att natur var bra för henne, det var ju vad hon ville göra. Hela vägen nerför de två trapporna och genom den långa korridoren ignorerade hon det. Hon var helt övertygad, hon skulle byta. Hon stoppades först av en lapp om att syon var hemma med sjukt barn just den här dagen.

Tanken på att gå hela vägen upp till klassen igen och bita ihop och tvinga sig igenom resten av dagen fick klumpen i halsen att växa ännu mer. Och när hon ringde Manda på mobilen var det inget svar. *Alla* var upptagna med någon annan. *Allt* var emot henne.

Nina sjönk uppgivet ner på soffan utanför kontoret.

”Väntar du på henne?” frågade någon efter en stund.

Nina ryckte till och tittade upp.

”Är hon här ändå?”

Det var en kille som gick med kryckor. Han nickade mot syons dörr.

”Va? Nej, hon är, jag ska bara, alltså, nej …” Nina ruskade förvirrat på sig. ”Jag menar, hon är borta. Hon är inte här.”

”Okej.” Han nickade. ”Du såg ut som att du väntade så jag bara tänkte ifall att. Trots lappen.”

”Nej.” Nina reste sig, torkade sig snabbt över ögonen. ”Imorgon kanske.”

Nu log han lite och hon harklade sig för att få bort det sista darret i rösten och undrade hur knäpp hon verkade som satt här och fick sammanbrott.

”Ja. Imorgon kanske”, sa han.

Han hade börjat gå iväg när han vände sig om.

”Pallar du att vänta?” frågade han och överrumplade henne helt.

Pallar du att vänta? som i *Hur mår du?*

Det var snällt, men det var inte såna frågor hon behövde få nu, så här nära att börja grina.

Vad ser det ut som? Nej, jag pallar inte. Inte alls.

Hon rätade på ryggen, släppte ner axlarna, andades ut.

”Jodå”, sa hon och hoppades att det skulle bära. Det gjorde det, någorlunda.

Killen såg på henne och hon tänkte förskräckt ”åh men, snälla, sluta” för om han hade fortsatt fråga ...

”Jomen, det är klart jag gör”, sa hon med mer kraft för att förekomma honom.

”Okej. Bra”, svarade han och nöjde sig tydligen med det svaret. ”Vi ses.”

Nina tog vägen förbi skåpet men inte för att hämta jackan och cykla hem. Hon tvingade sig att leta fram böckerna och gå till rätt klassrum. Hon fick stå utanför och samla ihop sig lite igen för hon var över en kvart sen och alla skulle kolla på henne när hon klev in. Men hon klev in, och det var det som räknades.

Daniel

NÄSTA TISDAGSKVÄLL KLOCKAN arton och tjugotvå stod han tillsammans med några andra utanför konferensrum 2 på stadsbiblioteket och väntade. Alla var olika. Helt svartklädda, ”normala”, piercade. Bland annat såg Daniel en kille som han tyckte att han vagt kände igen från skolan. Killen höll en sliten läderportfölj hårt under armen som om han var livrädd för att tappa den. Den kanske innehöll det enda existerande exemplaret av hans handskrivna första diktsamling, inspirerad av … regnets ljud mot gatan.

När det var två minuter kvar kom läraren. Hon var en ganska ung och kraftig tjej i stora hiphop-jeans, röd huvtröja och ett brett leende. Hon hade långt hår i dreads, samlade i en svans. Såg definitivt *inte* ut som en bibliotekarie. (Ingen gjorde ju det.)

”Hallå, hallå, här står ni och väntar”, småpratade hon medan hon låste upp dörren. Hon hade skånsk dialekt. ”Roligt, roligt.”

Ett rum med ett ovalt bord i mitten. Alla slog sig ner runt det, helst med en tom stol emellan om det gick. Skånskan langade upp en fet mapp på bordet. Drog fram ett pennfodral ur ena byxfickan. Ställde sig myndigt med armarna korsade över bröstet och tittade på dem, ännu gladare, medan de satte sig på sina platser.

”Visst är det här spännande! Ingen känner någon och ni vet inte riktigt vad ni ska få göra än. Riktigt spännande, eller hur?”

Det var tydligen hennes grej att upprepa vissa ord två gånger.

Hon tittade på sin mobil, klockan, sen räknade hon dem högt, sexsjuåttanie, och sen stängde hon dörren ordentligt efter att ha kastat en snabb blick ut i korridoren.

Nu måste jag vara här inne minst en timme, tänkte han nervöst när dörren gick igen. Och det kan bli precis hur som helst.

Han hade kollat med Marie om hon hade hört något mer om innehållet. Det enda hon kunde säga var att man fick pröva att skriva olika slags texter.

Skånskan harklade sig.

”Välkomna! Det är jätteroligt att se er här. Allihop. Jätteroligt. Jag heter Anna Olofsson och det är jag som ...”

Daniel såg på hennes mun medan hon pratade. Valde folk från Skåne gärna ord med många r i för att få skorra extra mycket? Gillade de att skorra?

Strax efter att skånskan kommit in på hur hon själv hamnat på den så kallade skrivarbanan (en olycklig kärlekshistoria när hon var sexton) öppnades dörren en liten glipa och någon kikade in. Skånskan tystnade och tittade dit. Först såg Daniel inte vem det var, men sen öppnades dörren lite till, och Sigrids huvud dök fram.

Sigrid?

”Ursäkta. Är det här skrivarkursen?”

Skulle hon gå här?

”Jajamensan”, sa Anna Olofsson hurtigt. ”Och du ska vara med här?”

På skrivarkursen?

Sigrid öppnade dörren ordentligt och klev in i rummet.

Hon *skulle* gå här.

Daniel svalde och kände att han blev ännu mer nervös. Han hade inte fattat att hon skrev. Hon hade aldrig sagt ett pip om det på skolan, bara att hon gillade filmer.

”Förlåt att jag är sen”, sa hon och gled ner på första bästa stol närmast dörren utan att se på någon annan än Anna Olofsson. Hon hade ansträngningsröda kinder och lät mycket andfådd. "Jag fick punka på cykeln ...", andning, andning, "... så jag fick gå sista biten. Ursäkta."

Det såg inte ut som att hon hade gått sista biten, mer som att hon hade kutat. Hon grävde i högra jeansfickan, sen i den vänstra, och fick fram en hopskrynklad, ynklig, liten pappersservett som hon torkade svetten ur pannan med.

"Åh, det gör ingenting", försäkrade Anna Olofsson. "Då är vi bara ännu gladare att du kom. Trots allt. Välkommen!"

Sigrid nickade och torkade sig i pannan en gång till. Anna Olofsson log uppmuntrande mot henne, fortsatte med sin lilla presentation. Daniel väntade på att Sigrid skulle vända på huvudet, kolla in de andra som var där och upptäcka honom. Inte förrän skånskan läste upp deras namn högt från en lista, vände sig Sigrid om och tittade mycket förvånat på honom. Daniel mimade "hej".

Hon blinkade till ett par gånger och sen mimade hon också "hej" innan hon tvärt vände huvudet mot Anna Olofsson igen. Det var omöjligt att säga om hon gillade att han var där eller inte.

"Jag tänkte så här", berättade skånskan. "Vi tar hela presentationsrundan lite senare, innan rasten. Ni ska få berätta allt ni vill om er själva och vad ni gör här. Men vi börjar med att skriva och värma upp lite. Det är ju det roligaste av allt! Vad tror ni om det?" Hon delade ut ett papper med några rader text på. Åtta korta rader för att vara mer exakt. "All information om händelsen som finns här ...", hon viftade med papperet, "ska ni förvandla till en dialog. Ni har tio minuter på er."

"Tio!" pep en tjejerna förskräckt. "Bara så kort?!"

"Tio." Anna Olofsson höjde dramatiskt ena armen som om hon skulle vinka igång ett lopp. "Från och med ... nu!"

Det kändes som om hon sköt med en startpistol. Alla runt bordet böjde sig på sekunden ner över sina block och papper och började skriva under koncentrerad och frenetisk tystnad. Det var så kort tid att man inte hann sitta och tänka efter alls. Han bara satte igång.

Efter de tio minuterna tittade alla upp igen och det var flera som hade röda kinder. Portföljkillen satt och knakade sin händer på ett väldigt exalterat sätt. Han såg ut att ha spunnit igång rejält. Kanske ovanligt mycket regndroppar i hans text. Skånskan verkade lika upphetsad själv. Hon hade också suttit och skrivit, precis som de.

"Fick ni ihop något?" frågade hon. "Vi ska prata om dialoger idag. Vad man ska ha såna till egentligen."

Hon bad en av tjejerna läsa upp sin, först en gång "lyssna riktigt noga nu!" och sen en gång till. Skånskan själv lyssnade riktigt, riktigt noga med hela kroppen. När tjejen var klar med sin hyfsade text (Daniel andades ut, han var inte sämst här inne i alla fall) kom en massa frågor till henne och till de andra om vad de uppfattat och hört i dialogen och hur tjejen funderat själv.

Skånskan slängde ut armen i rummet igen, och Daniel höll andan och tänkte "inte jag!". Det blev givetvis han. Första sekunden drabbades han av akut prestationsångest och övervägde att tvärvägra, eller att skriva en lapp och hålla upp "jätteont i halsen!" men sen harklade han sig och läste, två gånger. Han kände hur han blev röd i ansiktet redan efter tredje ordet, och fortsatte stirra ner på texten efter att han var klar.

Skånskan gnuggade händerna av entusiasm och förtjusning.

"Hörde ni? Märker ni hur olika Daniel och Cornelia har gjort? Det är samma historia, men ändå inte. Åh, jag älskar sånt här!" Hon spände ögonen i honom. "Daniel, nu är vi så nyfikna, berätta mer om din kvinna!"

Och på andra sidan bordet fick någon sätta upp handen för munnen och fejka akuthosta för att dölja en fnissattack. Sigrid.

"Joo, eeh, jaa", började han staka sig generat. "Jag tänkte väl ungefär att hon ..."

De körde sin presentationsrunda före rasten och sen försåg sig alla med ballerinakex och saftmuggar eller tekoppar. Han hittade Sigrid och tjejen som fått läsa ute på en bänk i biblioteket. Sigrid vinkade dit honom och makade efter så att han också rymdes på kanten.

"Vad tyckte du om första passet då?" frågade Sigrid.

"Jo, bra." Han nickade. "Eller hur? Vad tyckte ni?"

"*Daniel, berätta mer om din kvinna!*" härmade Sigrid skånskan. "Åh gud, jag höll på att dö!" Hon fnissade. "Men det var skitkul övningar."

Han och den andra tjejen höll med.

"Och *din kvinna*", log Sigrid. "Hon var också bra. Det var inte därför jag fnissade."

"Va? Jaha. Jag menar, nänä. Eller, tack, menar jag kanske egentligen."

Han bet fort en tugga av sitt kex. Det var väldigt torrt. Fattades bara att han skulle få i fel strupe och börja tokhosta nu. Han harklade sig förekommande.

Nya dialogövningar efter rasten, i par. Hips vips viftade skånskan med armarna igen och meddelade att klockan var 19.57. Det sista alla skulle göra var att skriva upp sin mejladress på en lista.

"Och givetvis komma tillbaka nästa gång, eller hur? Jag kan redan nu avslöja att då ska jag fresta er med en egenhändigt bakad citronkaka, så tänk på det!"

Alla verkade redo att svara "ja!".

”Ska du gå hem nu?” frågade han Sigrid när de stod utanför biblioteksentrén. Han pekade med foten mot hennes punkaframdäck. ”Vi kan göra …”

”Mamma kommer med bilen”, avbröt hon.

”Aha.” Daniel nickade. ”Då så.”

Ett par av de andra från kursen gick förbi och sa hej då. Daniel stod kvar bredvid Sigrid, lite veligt.

”Jag hade ingen aning om att du skulle hit”, sa han.

”Detsamma”, svarade hon. ”Vilken överraskning.”

”Ja.” Han nickade. ”Men det var ju …”

Han tystnade.

”Vadå?” Sigrid såg nyfiket på honom. ”Vad var det?”

Det var ju … Ja, vad var det?

”Kul.”

Alla bara ”wow, vågen!” till killen i grön jacka. Han som har så många intressanta saker att säga. Lyssna riktigt noga på allt han kläcker ur sig.

”Men du ska komma nästa gång då?” frågade han snabbt.

”Ska inte du?”

”Jo.”

”Ja, jag med.”

Sigrid spanade bortåt gatan. Ingen bil med en mamma i sikte än.

Daniel stod och vägde med ena foten på cykelpedalen.

”Okej, vi ses imorgon då”, sa han.

En blå gammal Volvo svängde in på gatan.

”Visst”, Sigrid log. ”Och du förresten, du inser att du också har ett nördigt hjärncentrum?”

Den blå Volvon stannade framför biblioteket och en kvinna klev ur.

Hon var lång och brunhårig, såg ut som en potentiell Sigrid-mamma.

"Har jag?"

"Ja-aa, definitivt!"

Hon hejade på sin mamma, höjde snabbt handen till Daniel "ses".

"Vilket då?" Han tänkte hastigt igenom vad de gjort ikväll, vad hon sagt. Det enda speciella han kom på var: "... kvinnor?"

"Kvinnor?" Sigrid fnittrade till. "Jag tänkte mer på ord, så här generellt. Att använda olika ord, och varför. Men du kanske är bra på kvinnor också, det vet ju inte jag."

"Men du kanske är bra på kvinnor också."

Sigrid och hennes mamma langade upp cykeln i bakluckan och åkte iväg. Hon vinkade åt honom genom bilfönstret och Daniel vinkade stumt och generat tillbaka. *"Men du kanske är bra på kvinnor också."* Vilken final.

Nina

DAGARNA OCH VECKAN hade masat sig fram med nya imorgon. På onsdagen hade hon fejkat huvudvärk och faktiskt åkt hem en lektion för tidigt. På torsdagen hade Manda och Elias suttit i bibblan och haft håltimme när Ninas klass kom dit. Istället för att göra en tråkig litteratursökningsövning hade hon tacksamt sjunkit ner i en fåtölj och pratat med dem. Hiro som var i hennes grupp blängde surt, men hon orkade inte bry sig om honom.

Till slut var det i alla fall fredag, och det kändes som en triumf att hon klarat hela veckan utan nytt besök hos syon. Inga tårar och inga offentliga sammanbrott heller. Hurra.

Alla hemma verkade ungefär lika trötta som hon. Mamma och Tomas säckade ihop i soffan framför nyheterna efter maten. Wille stack till en kompis. Daniel satt inne på sitt rum.

"Det är helg nu, du kommer ihåg det, va?" frågade Nina när hon tittade in och såg honom sitta med franskaböckerna igen.

"Prov på tisdag", muttrade han utan att se upp.

"Ska jag förhöra dig?"

Han svarade inte.

"Jag gör det gärna."

Han suckade.

"Vill du något viktigt? För jag måste plugga."

"Plugga på du."

Hon la sig på hans säng. Det var mycket skönare att ligga där och dåsa än ensam inne på sitt eget rum. Daniel tittade på henne då och då, men hon sa ju inte ett pip så han kunde inte klaga på att hon var störande.

Det hördes svagt mummel från teven som stod på låg volym i vardagsrummet. Hans penna mot papperet. Hur han förstrött kliade sig i pannan, mellan ögonen när han tänkte. Hon tittade på hans ögon som hoppade över raderna, försökte räkna hur många stopp det blev. De hade kommit in på tekniker att läsa snabbt på en lektion. Så få stopp som möjligt på en rad var en. Om man nu var ute efter det här i livet.

Till slut räckte han henne boken med gloslistorna uppslagna. "Sexan och sjuan då. Bara dom som är markerade."

Tomas kom in och meddelade att han och Marie skulle ta en kvällspromenad.

"Här lyser flitens lampa", sa han glatt. "Man borde ta kort på er och visa alla som tycker att det går utför med Sveriges ungdom."

Nina försökte få rösten att låta som i gamla svartvita journalfilmer.

”Vi befinner oss på Mariehem i Umeå, en helt vanlig fredagskväll. Femtonåringen Daniel Holmström unnar sig inte en ledig sekund från sin krävande naturvetenskapliga utbildning. Storasyster Nina Larsson hjälper gladeligen till med läxläsningen. Knarkpartyn och väskryckningar är långt från dessa ungdomars värld.”

Tomas skrattade. Daniel sa skeptiskt:

”Storasyster hjälper till?”

”Ja? Jag förhör dig och jag är åtta månader äldre. Jag är en storasyster som hjälper till.”

Daniel väntade tills de gått och sen såg han på Nina.

”Vet du att Sigrid inte ens visste om att vi var låtsassyskon. Hon trodde jag skämtade. Och när du och Wille satt och fikade så trodde hon att ni var på dejt.”

”På dejt?!” storknade Nina. ”Men hur kunde hon få för sig det?”

”Ja, hur?”

Daniel lät plötsligt skarp och anklagande.

”Fråga inte mig.”

”Vadå, tyckte hon att det såg ut som om vi satt och hånglade?”

Nina var på vippen att börja skratta åt det och trodde hon skulle få medhåll av Daniel, men han var inte inne på den linjen. Inte alls. Tvärtom.

”Ingen aning”, svarade han ilsket.

”Så knäppt!”

”Ja, tänk så knäppt”, fortsatte han i samma hårda ton. ”Undrar om det är några fler som inte vet att vi är låtsassyskon? Som du kanske har glömt att berätta det för? Eller inte velat?”

Hon såg förvånat på honom.

”Jag? Jag har ju sagt till alla jag känner att ni skulle flytta hit.”

Daniel var tyst.

”Tycker du att jag borde ha satt in en annons i tidningen eller?”

Nu fnös han till hånfullt.

”Löjla dig inte.”

”Löjla dig inte själv då”, fräste hon sårat tillbaka. ”Hur blir det mitt fel att Sigge inte ... Det är ju skitlöjligt, Daniel! Och vad menar du med att *jag* inte har velat berätta?”

”Ingenting.” Daniel bet ihop. ”Glöm det.”

”Nej!” protesterade hon ilsket. ”Säg!”

”Det var inget.”

Total lögn, det syntes lång väg.

”Men säg!!”

De stirrade argt på varandra. Daniel var den första som vek undan med blicken och vände sig sammanbitet mot böckerna igen.

”Skit i det då!” avgjorde hon och var på väg att storma ut. Hon gjorde ett stopp i dörröppningen. ”Som om du bryr dig så jäkla mycket själv!”

Dörrsmäll. Och ett dovt ”tack detsamma!” som svar från andra sidan.

Daniel

FLERA TIMMAR SENARE när han hade hört Nina komma hem och tassa in på sitt rum, och legat vaken länge efter det och inte kunnat somna, kom han på en sak. Nu hade de också skrikit åt varandra.

Det kändes inte som han hade trott att det skulle göra.

Nina

HON VAKNADE TIDIGT på lördagsmorgonen. Låg och drog sig en timme. Under den tiden hörde hon alla andra stiga upp. Mamma, Tomas. Wille. Sist Daniel. Igår när hon kommit hem från Manda hade alla sovit. Hon visste inte om Daniel hade gått raka spåret till Tomas och avslöjat att Nina till exempel hade svurit åt honom. Och gjort en massa andra skitoschysta saker. Hon visste inte om mamma skulle ge henne en utskällning om hur man skulle och inte skulle bete sig mot sina låtsassyskon så fort hon visade sig i köket. Eller om Tomas skulle sitta och se på henne med mycket bister och besviken min under tiden. Hon ville *så* att han inte skulle göra det.

Hon smög in på badrummet. Kissade. Tvättade händerna. Sköljde av sig i ansiktet med varmt vatten, gång på gång. Drog tillbaka håret i en svans. Gick ut.

Mamma, Tomas och Daniel i köket. Mamma kramade och pussade henne.

”Morgon, gumman.”

Precis som vanligt. Tomas såg inte det minsta anklagande på henne. Daniel tittade inte alls på henne. Morgnar var inte hans bästa och mest alerta tid på dygnet, men han brukade i alla fall *se* på henne. Idag satt han och stirrade demonstrativt i bordet, lyfte inte blicken en enda millimeter från sin filtallrik. Sur. Definitivt sur.

Nina fixade sin smörgås och sitt O'boy-glas och lyssnade spänt på mamma och Tomas som kollade i en möbelkatalog och diskuterade garderober med eller utan skjutdörrar, med eller utan speglar. Det lät som en vanlig diskussion, inget som bara var en show i väntan på att få börja skälla ut henne. Daniel sa inte ett ljud. Han åt inte ens längre, han bara satt där, med sina nonchalerande ögon.

Slipp då, tänkte hon och balanserade mackorna på glaset ut till vardagsrummet. Sista stoppet, sista familjemedlemmen. Om Daniel inte hade sagt något till Tomas så hade han kanske i alla fall kallat in Wille på sin sida när han kom hem igårkväll.

Wille låg utfläkt i ena soffan framför teven. Just nu var det basket på Eurosport. Han sköt över fjärrkontrollen med foten mot henne så fort hon satt sig.

”Du får byta om du vill.”

Daniel hade inte sagt något till honom heller.

Daniel

DET VAR KONSTIGT att ingen hemma märkte något. Att ingen noterade att det var ganska tyst hela lördagen och söndagen till exempel. Hopknipna munnar. Ovanligt stängda dörrar. Överglidande blickar. Och att det fortsatte när helgen blev vecka igen.

På måndagsmorgonen hade han och Nina tydligen hittat ett sätt att kommunicera utan att prata. Inga uttalade ord eller uppmaningar behövdes för att de skulle gå ut i hallen ungefär samtidigt och åka iväg under tystnad. (Han funderade på det, men det hade varit *för* magstarkt att sticka ensam.)

Ingen annan verkade inse att de inte sagt mer än det nödvändigaste åt varandra på flera dagar. Ingen pappa och ingen Marie som plötsligt tittade upp och sa ”men stopp och belägg, vad håller ni två på med egentligen?”. Eller Wille. Wille märkte inte heller ett dugg. Inget om att någon kanske var jävligt besviken på honom, och inget om att två pers här inte snackade med varandra längre.

Det var en lättnad att ge sig av till skolan på morgnarna. Att Nina inte sa ett pip åt honom där skulle inte kännas ens en åttondel så mycket som hennes stängda dörr och tysta rum hemma. Där, i skolan, där fanns Sven och Hiro och alla. Sigrid. Det enda han behövde göra var att cykla efter Nina dit, parkera bredvid, gå in och sen uppslukas av de andra i klassen.

Nina

”FÖLJ MED MIG till bibblan, Nina.” Ellis drog henne i armen när de gick ut från maten. ”Jag ska bara kolla en bok.”

”Visst ids du?” tillade hon när hon såg Ninas förvånade blick.

Ids jag? tänkte Nina. Jag kan gå till bibblan med dig tre gånger per dag om du vill. Det är bara att hugga tag.

Daniel

PÅ ANDRA SKRIVARKURSEN lanserade Anna Olofsson deras första hemuppgift. Man skulle välja en scen i en film eller teveserie. Försöka få ner allt som hände och sas i ord. Man fick gärna ta med sin filmscen och visa upp också. Och man fick *hemskt* gärna samarbeta och välja samma scen som någon annan, bara man skrev själv. Redovisning om två veckor.

Direkt Anna Olofsson började berätta om uppgiften hade Daniels blick hoppat till Sigrid, tre platser till höger om honom. Hennes nördiga bokhylla med alla filmer sorterade efter alfabet och nationalitet. En riktig skattgömma för att hitta en bra scen, men han var orolig för att verka tjatig och jobbig om han sa det. Därför frågade han inte något om ett samarbete när de cyklade hem tillsammans, även om det var det han tänkte på. Om hon var intresserad så skulle hon ju säga det.

Nina

VISSELPIPAN BLÅSTE TVÅ hårda skarpa.

”Rush i mitten och jogg längs kortsidan. Fem varv. Kör!”

De hade en inhyrd gympalärare. En benhård, liten tjej som skulle köra boxning med dem. I ena hörnet satt deras vanliga gympalärare, Henke, och ”observerade” med en kopp kaffe i handen. I en annan hörna låg alla boxhandskar och mitsar och väntade. Innan de fick sätta igång på riktigt skulle det vara en spyframkallande uppvärmning. Fast enligt tjejen ”en lätt uppvärmning”. På tio minuter hade hon fått de flesta i klassen att bli högröda i ansiktet och genomsvettiga. Nu stod hon i mitten och drev på så att en rush verkligen var en rush, komplett med blodsmak.

Nytt visslande.

”Bilda par med den som står närmast!”

Nina kollade åt höger: Ellis, som redan hookat upp med Sven. Åt vänster: Kevin med Patrik. Bakåt: Daniel.

Ensam.

Hon stannade till och tvekade, och han såg precis lika tveksam ut när han fick syn på henne. Hans ögon hoppade snabbt åt både höger och vänster. Där fanns det fortfarande inte någon annan ledig. Sen blåste muskeltjejen uppfordrande i visselpipan och Daniel såg på Nina igen.

”Ska vi då?”

”Fast du är ju längre”, sa hon för att ge honom en utväg.

Om han inte ville skulle inte hon tvinga honom att boxas med henne. Precis som att hon inte tvingade honom att säga mer än det nödvändiga till henne. Ville han vara sur och tyst så fick han. Fritt fram. Dygnet runt.

Det första hon hade frågat Ellis och Ali på måndagsmorgonen var om de visste att hon och Daniel var låtsassyskon. Båda hade sett på henne som om hon frågat om jorden var rund. Nina hade rapporterat till Daniel och han hade syrligt svarat ”strålande”. Och fortsatt vara sur. Vad mer kunde hon göra i det läget? Låta honom vara långsint och gå förbi när hon satt där i en bänk och hoppades att någon självmant skulle komma och slå sig ner. Låta honom knappt säga ett ord åt henne hemma. Det var inte hennes fel om Sigrid inte fattat ett par väldigt grundläggande saker. Hon vägrade ta på sig skulden för det. Hon hade liksom inte ett par tusen över just nu till en annons i Västerbottens-Kuriren.

Daniel såg sig desperat runt en gång till. Alla var fortfarande upptagna. Precis som för ett par sekunder sen.

”Äh. Jag tar det lugnt”, bestämde han.

”Okej då, jag med”, instämde hon.

Det såg nästan ut som att skymten av ett hastigt småleende drog över munnen på honom innan han joggade bort för att hämta boxhandskar. Nästan.

Men det måste ju vara inbillning, tänkte hon och joggade efter.

Upper cut, högerkrok, vänsterkrok. De fick turas om att pröva på olika slag och sen kombinera i enkla serier mot den andra som höll upp mitsarna.

Båda två var mycket reserverade och avvaktande i början. Daniel var extremt försiktig när det var hans tur att boxas, och hans första slag nuddade knappt mitsarna hon höll upp. Hon kunde hetsa på honom flera gånger. När de lämnat grundslagen och skulle köra kombinationer tittade hon upp efter en, som hon tyckte, lyckad sån och mötte ett riktigt, fullt synligt leende som han inte gjorde något för att dölja.

”Du ser så målmedveten ut, du skulle se dig själv”, förklarade han innan hon hann fråga vad han log åt. Han härmade henne pang, pang, pang i luften i snabbt tempo. ”Som en stressad liten mygga.”

”Va?” Nina skrattade till. ”En stressad liten *mygga*? Och jag trodde du snart skulle säga att jag slog skithårt, att jag kanske kunde hålla tillbaka lite.”

Daniel ryckte ursäktande på axlarna. Han satte upp garden, mitsarna, igen.

”Inte riktigt än, myggan. Kör på du.”

”Men sluta, jag vill inte vara en mygga!” protesterade hon och tog i för kung och fosterland.

”Geting?” föreslog han när hon var klar med sin serie och förväntansfullt såg på honom för nytt betyg.

Hon protesterade vilt bara för att få en ursäkt att fortsätta prata. Få se hur han log och retades och hur han såg ut som ”det här var ju skitkul, eller hur!” och hon som svarade ”ja, menar du!” fast de inte sa det högt, utan låtsaskäbblade om myggor mot getingar samtidigt som Daniel drog på sig handskarna. Skrattet hängde kvar i ögonen på honom när Nina ställde sig i rätt position.

”Tio minuter kvar innan nervarvning och stretch!” hojtade tjejen när hon gick runt och instruerade. ”Kör hårt nu! Ta ut ert allra, allra sista! Ni ska krypa till omklädningsrummen sen!”

Ninas tur att boxas igen. Andra gången hon skulle köra sin fyraslagsserie såg hon i slowmotion hur hans mits inte var uppe som skydd där den skulle vara. Hennes hårda ingen-liten-mygga-högerkrok var på väg rakt mot hans panna, och hon märkte det alldeles för sent, hann inte hålla tillbaka och han hann inte få upp mitsen rätt för att täcka. Hon kände träffen, hörde ljudet och såg hur Daniel flög snett bakåt.

Det kändes som att det blev en paus i tiden och hon hann alldeles chockat tänka ”shit, jag träffade honom ju, åh jävlar!”.

Sen såg hon Daniel stå med nerböjt huvud, handen för pannan. Och sen tog han bort handen som i slowmotion och såg på den. Den var blodig.

Blodig.

Från ögat. Det rann. Ner på kinden på honom.

Och sen rusade tiden igång igen och hon tittade mot Henke som hade ställt sig upp och på andra sidan fanns boxartjejen som vänt sig mot dem. Och när Nina tittade på Daniel igen så var det ännu mer blod och *shit shit shit,* tänk om hon förstört, tänk om hans öga var helt ...

Nästa sak hon såg var Henke, Ali och Ellis som satt böjda över henne.

”Hej Nina. Du svimmade lite”, sa Henke.

Daniel

DET KÄNDES SOM att det ena mer ofattbara än det andra inträffade.

Nina boxade till honom. På riktigt. Han blev helt paff när hela han plötsligt flög bakåt av hennes *riktiga* slag.

Sen kände han sig liksom både bedövad och full av smärta på en och samma gång när han stod där och svajade, men så extremt ont gjorde det inte, så när han såg på sin hand fattade han inte först vad det röda var.

”Kolla”, sa han häpet och höll upp den för henne. ”Blöder jag?”

Istället för att svara ja eller nej blev hon alldeles vit och säckade ihop. Det gick så snabbt att han inte hade en chans att hinna räcka ut en arm för att ta tag i henne. Hon bara föll i golvet med en obehagligt hög smäll.

Och sen kom det folk rusande från alla håll och kanter.

Inte förrän de satt i baksätet på Henkes bil på väg till sjukhuset, lugnade det ner sig något. Ett provisoriskt förband och en ispåse på ett spräckt ögonbryn. Det var därifrån allt blod kommit. Inget värre än så. Nina med en misstänkt hjärnskakning efter sin svimning. Men hon var inte yr, kände sig inte konstig, sa hon. Nu skulle de båda två till pappa i alla fall, eller egentligen till akuten. Men han var ju där.

”Det här är så fruktansvärt.” Nina jämrade sig. ”Jag fattar inte hur jag kunde. *Jag fattar det inte.* Daniel, förlåt. Tusen gånger förlåt.”

”Det gör inget”, sa han för minst tionde gången. ”Det är ingen fara.”

”Jo! Det är hemskt! Det är så hemskt. Ditt öga. Guuud!”

Hon verkade fortfarande inte ha tagit in den milsvida skillnaden mellan ett skadat öga och ett spräckt ögonbryn. Ett hårt slag med vilja eller ett hårt slag i missförstånd.

”Nina, slappna av. Det *gör* inget.”

De anmälde sig i receptionen och Daniel bad sköterskan kolla om Tomas Holmström kunde komma och träffa dem. Han poängterade att hon skulle säga noga vad det var när hon ringde efter honom.

”Bara smågrejer. Inget allvarligt.”

”Visst allvarligt”, pep Nina dramatiskt bredvid honom.

”Nej, det är det inte. Han är min pappa. Vår pappa”, fortsatte Daniel bestämt och önskade att Nina skulle sluta pipa.

Den senaste gången som pappa blivit uppringd för att en familjemedlem hade kommit in till akuten så var det Daniels mamma. Med något betydligt värre än en småskada.

De hade knappt hunnit vinka av Henke och sätta sig i väntrummet förrän en läkare kom och förde in dem i ett patientrum och sa att Tomas var på väg alldeles strax.

”Vem ska vi börja med?” frågade läkaren efter att hon hade fått en snabbresumé av vad som hänt.

”Hon!”/”Han!” sa Nina och Daniel i munnen på varandra.

När pappa väl klev in med ett icke-oroligt ”jag hörde att jag hade fått finbesök!” var läkaren nästan klar med att plåstra ihop Daniels ögonbryn. Nina hade insisterat på att hon inte ens hade en minihjärnskakning och att hans ”trasiga öga” var betydligt viktigare. Hon avgjorde hela prioriteringsfrågan genom att plantera sig i besöksfåtöljen. Daniel fick ta plats på undersökningssängen som patient nummer ett.

”Och två stycken!” utbrast pappa. ”Jättetrevligt för mig, men Daniel, du vet ju att du bara kan säga till om du saknar mig så mycket att du vill komma och hälsa på." Han gick runt sängen och kom inom synhåll för Daniel när han böjde sig ner och tittade på såret. "Hur ser den andra killen ut då?" frågade han med ett leende och från Nina kom det först en djup suck och sen en snyftning.

Pappa lånade en bil av en kollega och skjutsade hem dem. De fick tillåtelse att snabbduscha. Sen parkerade han dem mittemot varandra i varsin soffa med filt och kudde, fixade fram juiceglas och smörgåsfat.

"Nu ska ni ligga här och ta det lugnt. Det är dagens enda uppgift", beordrade han dem. "Ingen får gå upp förrän jag kommer hem. Om någon blir illamående, får jätteont i huvudet eller känner sig yr, då ringer ni mig på en gång. Okej? Jag jobbar till halv fem, så det är bara två timmar kvar. Men ni ringer oavsett vad klockan är. Och ni håller koll på varandra. Är ni med?"

Båda två mm-ade. Han nickade uppmuntrande åt dem, och sen var han borta. Dörren som låstes från utsidan, tystnaden som la sig över lägenheten.

Det här kändes som när han och Wille bråkat eller slagits när de var små och pappa hade ställt upp dem mot varandra. Kanske fått hålla en av dem eller båda två hårt i handen för att de inte skulle springa bort. "Nu lägger ni av och pratar med varandra istället. Säg förlåt." Precis samma sak hade han gjort nu, utan att ens vara medveten om det. *"Och ni håller koll på varandra. Är ni med?"* Ingen fick rymma in på sitt rum och stänga dörren för att komma undan. Nu var det mittemot varandra i soffan man skulle ligga och vila, punkt slut.

Daniel såg på Nina och märkte att hon satt och tittade allvarligt och noggrant på honom. Det såg verkligen ut som att hon skulle säga något viktigt och han kände hur han blev nervös redan innan hon öppnat munnen.

”Ska du inte klippa dig snart?”

Han svalde förvånat.

”Va?”

”Ditt hår. Har du tänkt ha långt?”

Han drog undan luggen.

”Nääej.”

”Uuuh.” Nina gjorde en plågad grimas och tittade snabbt bort. ”Det är redan helt ... lila.” En paus medan hennes blick var envist fixerad på teverutan. ”Gör det mycket ont? Säg ärligt.”

”Bedövningen sitter i än. Du då?”

”Nej, jag är okej. Men gud, vilken grej, Daniel”, sa hon med stort eftertryck, men inte lika förtvivlat som tidigare. ”Kan du fatta? Jag hade ju kunnat knocka dig helt. Så att du blev medvetslös eller något. Skadad på riktigt.”

”På riktigt?”

Han smålog. *Som en stressad liten mygga* och Ninas tydliga förtjusning över det och hur oväntat glad han hade känt sig för den lilla grejen. Äntligen ett ord som funkat. *Mygga.* Vem hade kunnat gissa det imorse?

Nina vågade halvkika på honom igen men hon log inte tillbaka.

”Jag hatar blåögon”, förklarade hon. ”Allt med ögon. Det är ungefär det värsta jag vet. Vi fick göra en obduktion på ett koöga förra året och jag kunde inte ens vara i klassrummet. Jag höll på att svimma då också.”

Dissektion, tänkte han. Men struntsamma.

”Försöker du få mig att gå härifrån?”

”Nej, nej, nej.” Hon skakade på huvudet och sen kom hon ihåg att hon hade ont i det så hon stönade till och höll sig för pannan. ”Jag bara förklarar varför jag inte kommer att kunna se på dig dom närmaste dagarna. Men om du vill, kan du kanske stå vänd liksom halvt ifrån mig när vi ska prata? För säkerhets skull, så att jag inte svimmar igen.”

När vi ska prata. Behövdes det inget mer? Inga attacker eller försvar, inga förlåt från någons håll. Hips vips säger jag *mygga* och sen har hon bestämt att vi ska prata igen. Och att hon ska se på mig, utan att se på mig. Så självklart. Jag kan stå åt höger och vänster och upp och ner då, tänkte han. Inga problem.

”Typ så här?” frågade han och vred huvudet åt sidan. ”Påminn mig.”

”Påminn?!” pep Nina. ”Men gud, jag hinner ju inte påminna förrän jag bara … Allt försvinner!” Hon illustrerade en fallande, svimmande rörelse med handen, men hon log medan hon gjorde det. ”Men sitt inte sådär nu. Det räcker med stygnen, du ska inte behöva få nackspärr på grund av mig också.”

Tejpen, rättade han tyst. Inga stygn. Men vem bryr sig? Pappa skulle ha varit mer än nöjd nu.

Marie kom hem tidigare från jobbet. Hon hade med sig godis och två hyrfilmer. Pappa hade köpt pizzor. Dukade upp allt i vardagsrummet. En förälder med ett barn i varje soffa.

”Hjärnskakningar och spruckna ögonbryn. Vad mysigt. Det här får vi göra oftare”, fnissade Marie när hon kröp in under samma filt som Nina.

”Ja, jag önskar mig boxgrejer i födelsedagspresent”, sa Daniel. ”Det var skitkul.”

Pappa kramade om hans axlar.

”Din stackare, var det en så hård smäll?”

Den enda som opåverkad höll sitt normala schema var Wille. Han dök upp i vanlig tid efter hockeyn, men det första han hojtade när han kom in var ”var är vår lilla Muhammad Ali?”.

Han tillät sig till och med en sväng in till vardagsrummet för blåögeinspektion innan han styrde mot köket för att fortsätta sitt ständiga favoritprojekt ”äta upp all mat”. Han tjoade glatt till över pizzan.

När Daniel stod och tittade i badrumsspegeln på kvällen och försiktigt kände på svullnaden, släcktes taklampan och Nina kom in.

”Pre-emptive strike”, sa hon som förklaring och ställde sig bakom ryggen på honom, utom synhåll. ”Hur ont gör det nu?”

”Samma som för en timme sen. Och nu behöver du inte fråga igen på ett dygn. Ja, du kan vänta två när du ändå håller på.”

”Men jag kanske måste fråga”, sa hon lågt bakom honom. ”Helt tvångsmässigt. För att jag känner mig skyldig.”

Hennes nerböjda ensamma nacke någon rad framför honom på lektionerna. Hennes ögon på honom när hon trodde att han inte märkte. Han visste att han borde ha gått fram och pratat med henne, att han borde ha satt sig bredvid. Han visste att han skulle ha gjort det också. Om inte. Det var så svårt att sluta tänka på henne och Wille och fiket. *Nu ser hon, så här känns det*, och sen rättfärdiga med: *det är hennes eget fel.* Det var ju inte han som hade börjat.

Nästa gång han inte kunnat hålla sig från att titta åt hennes håll så var hennes ögon någon annanstans, eller hon hade vänt sig om, eller gått därifrån, eller fått sällskap av någon annan och då hade han lättat kunna skjuta bort samvetet som låg där och malde. Han måste inte göra någonting.

"Var inte det", sa han nu. "Det behöver du inte."

Utandning från henne. Han kände den varma vindpusten i nacken.

"Inte? Säkert?"

"Ja."

Hennes armar kom oväntat runt hans midja och hon lutade sig mot honom, hennes huvud mot hans skuldror.

De hade kramats en enda gång förut. När han, Wille och pappa kom med flyttlasset ner hit. En luftig snabb halvkroppskram, hennes kind som stötte mot hans haka, ett blygt "hej" från båda och så var den över.

Daniel såg häpet ner på hennes händer nu, löst hopflätade på hans mage.

"Helt säkert", sa han, och fick ännu lite mer av hennes tyngd mot sig.

Han la sina händer lätt ovanpå hennes. Hon stod kvar. Tätt intill hans rygg. Höll om. Hennes andetag kändes mot honom, vartenda ett. Och värmen från henne.

Men jag då, tänkte han. Jag är ju minst lika skyldig. Tusen gånger förlåt själv.

Han kände hur han slappnade av från topp till tå i den där omfamningen. Hur det smärtsamt dunkande i blåögat försvann. Det kändes som att han kunde blunda och stå så här i en kvart, en halvtimme, längre, bara just så här.

Okej, vi är inte skyldiga, eller vi är lika skyldiga båda två. Men jag ska bli bättre nu, jag lovar.

"Folk pratar en massa om oss på skolan", mumlade hon mot hans rygg. ”Manda sa det. Att vi fick åka ambulans och att jag var medvetslös skitlänge och sånt. Överdrivna grejer.”

”Oj då.”

”Mmm”, svarade hon.

Andades djupt igen. Höll fortfarande kvar armarna. Den här kramen, den var så lång. Var det en kram fortfarande, eller fanns det tidsgränser för såna? Vad blev det sen?

Men spelar roll.

I mörkret såg han mest bara konturerna av sig själv i spegeln, och toppen av hennes huvud som stack upp bakom hans axel. Ett tofsigt litet mörkbrunt huvud. Som nästan inte syntes.

Vad har jag för tröja? kom han plötsligt på. Den luktar väl inte svett. Han ville inte röra sig för mycket så att hon skulle få en ursäkt att släppa taget. Han sneglade försiktigt neråt. Grå t-shirt. Visst hade han tagit den ny efter duschen idag?

”Daniel”, sa hon lågt efter en stund och avbröt alla tankar.

Nästan bara en viskning, knappt så han hörde, han hade kunnat inbilla sig att han inte gjorde det.

Det blev tyst, ingen fortsättning.

”Ja, vad?” sa han för han ville höra.

Det hade låtit viktigt, sättet hon sa det på.

Nina skakade lite på huvudet mot hans rygg. Och då smög det sig på från någonstans; vetskapen och känslan av att *hon* stod så tätt emot, att *hon* var tryckt mot hans rygg. Hennes *kropp, bröst, mun.*

Han lyckades komma ihåg; jag ska inte tänka på det.

Likadant med lusten att vända sig om; nej, lägg av.

Eller insistera på att hon skulle säga det hon tänkt; äh, strunta i det, inget viktigt.

Pre-emptive strike; inte orsaka svimningar, inte göra fel, inte vända sig om.

"Sov gott", sa hon efter vad som kunde vara en minut eller tio eller tjugo.

Hon släppte taget om honom och smög ut från badrummet.

"Du med, Nina", svarade han för sent och stod kvar i kylan som kommer när något som man har vant sig vid lämnar en.

En annans ben, hand, arm mot ens eget ben, hand, arm. En tjej mot ens rygg. Nej, fel. Han rättade till sin tanke. En *låtsassyster* mot ens rygg.

Men det var inte godnatt hon hade tänkt säga, det visste han.

Nina

BÅDE MAMMA OCH Wille stannade upp i sina rörelser och följde Daniel med blicken när han kom in i köket morgonen därpå. Nina satt med ryggen mot dörren så hon skulle slippa se. De andras reaktion var nog. *Tävlingen om Sveriges sämsta låtsassyskon förklaras härmed öppnad.*

"Hej bilolycka", sa Wille, medan mamma utbrast i ett oroligt: "Men Daniel! Hur känns det?"

"Utseendemässigt lite varning på stan", svarade han. "Men annars är det tipptopp."

"Tipptopp? Skämtar du?" Mamma klev upp och gick fram till honom. "Ska du verkligen gå till skolan? Har du kunnat sova alls inatt? Du skulle faktiskt kunna stanna hemma och vila och ..."

För att få vara med och tävla bör du ha en hel del på meritlistan. Till exempel 1) fysisk misshandel och 2) generande och överdriven fysisk närhet. På samma dag självklart, annars blir det ingen medaljplats.

Först slår du din låtsasbrorsa gul och blå. Så att han måste sys. *Du* blir själv märkligt glad av detta hallabaloo. Ja, trots stygn och allt är du en riktig happy camper hela kvällen. Så glad att du går in och kramar om honom innan ni ska sova, du kan bara inte hålla dig. Och du släpper inte taget sen efter två sekunder, som en normal människa gör, utan du låter kramen fortsätta och fortsätta i oändlighet. Bara för att *du* tycker det är så skönt att stå där och klänga på din låtsasbrorsa. Och bara för att *du* är så knäppt glad över din misshandel och den mysiga hemmakvällen på grund av den. Så du står där och klänger och tänker på hur gott han luktar och vad skönt allt blev, och du glömmer tid och rum. Inte förrän du märker att *han* har blivit stel som en pinne och antagligen väntar och ber för sitt liv att du ska lägga av, fattar du att du ska, just det, lägga av. *Han* andas ut, *du* känner dig knäpp.

Det är några bra exempel på hur Sveriges sämsta låtsassyskon bör bete sig. Och den här veckan går priset till … Nina Larsson!

Mamma satte sig igen.

”Men du då, gumman?” kom hon ihåg sig först då. ”Hur är det med hjärnskakningen?”

”Den är ju inte ens”, mumlade Nina. ”Så, så bra är det med den.”

Mamma snabblog tröstande mot henne.

”Vad tur.” Sen såg hon oroligt på Daniel igen. ”Kan du inte gå och väcka Tomas och höra vad han säger? Jag tycker att du kunde ta det lite lugnt nu idag om …”

Daniel

HAN HADE VAKNAT i en sång. *"För vi har tagit studeeenten, fy fan vad vi är bra!"* Helt fel egentligen, utom kanske *"fy fan vad vi är bra!"*-snutten. Det kändes buddistiskt eller något annat österländskt och religiöst, sen när han såg sig i spegeln och jämförde hur han såg ut med hur han kände sig. *Kroppen är bara en kropp. Kroppen har ont men hjärnan är glad. Skitglad. Och hjärnan styr. Allt.*

Djupt. Han log för sig själv medan han stod och valde kläder. Vad passar bra med lila blåögon? Svart? Blått? Vitt?

Marie insisterade på att dra upp pappa. Både Daniel och Wille protesterade:

"Varför det? Det är ju bara ett vanligt blåöga."

Pappa klev upp, gav honom en kort och sömnig sekundundersökning och sen kom ett avfärdande "äh".

Exakt, tänkte Daniel.

Nu var det Marie som protesterade.

"Kan du åtminstone kolla ordentligt innan du säger någonting!"

"Det är ju bara ett blåöga", sa pappa. "Dom ser alltid värre ut än vad dom är." Han klappade henne på kinden. "Visst får jag gå och sova en timme till nu?"

Nina hade varit osynlig nästan hela morgonen, men nu kom hon ut från sitt rum, påklädd, klar och redo.

"Hur blir det? Ska du med?" frågade hon medan hon trängde sig förbi dem och inte såg på honom.

Han höll sig lydigt halvt bortvänd.

"Får jag fem minuter?"

”Du får tio”, sa hennes rygg. ”Det är ingen stress.”

”För vi har tagit studenten, fy fan vad vi är bra!”

Det kändes som att var och varannan stannade upp lite och tittade på honom när de gick genom korridorerna. Alla lärare visste vad som hade hänt också, kom fram och frågade hur han och Nina mådde.

”Påminn mig om det här om jag får för mig att bli kändis”, sa han skämtsamt till Nina medan de stod vid skåpen och lastade av sakerna innan lunchen. ”Jag har insett att jag hellre håller en låg och diskret profil i offentligheten. Det är nog mer min stil. Eller hur?”

Hon svarade inte så Daniel såg, noggrant halvt frånvänt, på henne. Hon hade varit så tyst och tillbakadragen hela morgonen och förmiddagen. Han hade liksom känt hennes närvaro där bakom ryggen någonstans, utom synhåll, hört lite lösryckta meningar av hennes och Ellis prat, sett lärarnas blickar och frågor hoppa från honom längre bak till henne. ”Och Nina, hur är det med dig?” Alltid samma korta svar: ”Bra.”

Hon såg rätt blek och hängig ut nu.

”Är du trött?” frågade han henne.

”Nej.”

”Har du ont i huvudet?”

”Nej.”

”Svimmig?”

”Neeeej. Kan du sluta?”

Hon hade lika gärna kunnat svara ja på allt. Trött röst, trött min, trötta och långsamma rörelser. De andra i klassen blev färdiga allt eftersom och började gå mot matsalen, men Nina stod kvar vid skåpet och fumlade med något.

”Kommer du då?” kollade han.

”Mmm.” Hon fumlade på. ”Snart.”

Ellis släntrade iväg med Alena och några andra. Sven och Hiro. Sigrid och Anna.

”Du kan gå.” Han stod kvar och väntade, och hon slängde en blick åt hans håll. ”Alltså, du kan gå.”

Han visste att Mandas klass inte hade samma lunchtid som dem idag, så han fattade inte varför hon sölade så mycket.

”Ja, du har rätt”, sa han. ”Kolla.” Han tog några steg runt henne. ”Jag går. Hurra! Jag går!”

Hon suckade, men hon låste äntligen skåpet och började masa sig iväg.

”Och du också, wow!” fortsatte han och föll in i takt bredvid henne. ”Fan, vad bra vi är.”

En fnysning, bara för att, men också i ögonvrån en blick från henne, en liten liten kort blick som var motsatsen till fnysningen. Och han fick en sån där impuls igen. Sträcka ut armen och dra in henne. Säga något. *”Hej myggan.”* Deras ben nära bredvid varandra på väg framåt i korridoren. Sida vid sida, höger, vänster, i takt. *”Vad kul vi har, myggan.”*

Men han såg rakt fram och körde ner händerna i jeansfickorna och sa ingenting.

Nina

EN HAND I ryggen, en lätt styrning mot höger och ett ledigt bänkpar. Bara sådär.

Hon och Daniel.

Daniel

”HAR DU SKRIVIT din scen?” frågade Sigrid på väg hem från tredje skrivarkursen.

Ett par kvällar senare stod han i hennes rum och tittade rådvillt på tre dvd-filmer som hon höll upp. Tre för honom helt okända filmer. Hon hade kort beskrivit vilken scen hon hade tänkt sig i varje. Tanken var nu att han skulle välja.

”Kanske den första?” sa han i ett försök att vinna tid. ”Eller vilken tycker du?”

”Har du inte sett dom?”

”Nää, men …”

”På allvar? Dom är ju klassiker! Hur kan du inte ha sett *Donnie Darko*?”

Det lät som en anklagelse i stil med att säga att han var rasist eller för extra plågsamma djurförsök.

”Inte vet jag. Min filmdealer har väl inte haft samma smak som du. Han gillar action. Och spioner.”

”Action och spioner?” Sigrid himlade med ögonen. ”Det har tillhör ju allmänbildningen! Jag menar, jag skippade *Mandomsprovet* och

Änglar, finns dom för dom är det ingen som har sett."

"Nej, exakt!" höll han med. "Tack så mycket."

Sigrid kom av sig och drog motvilligt på munnen.

"Vi får ändra arbetsordningen lite bara. Vilken av dom här känner du för att se?"

Hon kavlade upp ärmarna på sin tröja som om ett tungt kroppsarbete väntade.

Han såg på filmerna, så såg han på henne och på filmerna igen.

"*Donnie Darko?* Folk säger ju att den är jäkligt bra. Typ allmänbildande. Ja, något av ett måste."

Det var den typen av replik som hade fått Nina att kasta en kudde på honom, men Sigrid fnissade till istället.

"Det är en sak till jag måste avslöja", sa han medan han väntade på att hon skulle få igång filmen. "Det är lika bra att jag klämmer ur mig det på en gång, så får du bestämma om vi ska fortsätta eller inte. Du kanske tar det väldigt personligt."

Hon såg nyfiket på honom.

"Håll i dig." Daniel fuktade läpparna. "Jag fattar inte grejen med Ingmar Bergman. Jag tycker helt ärligt att han är ..." Han gjorde en konstpaus. "Skittrist." Han tittade ångerfullt ner i sitt knä. "Ska jag gå ut och leta reda på en sten som du får kasta på mig?"

Sigrid skrattade.

"Ha! Det där har du snott av Astrid Lindgren." Hon skakade på huvudet. "Du har väl redan fått stryk så det räcker. Och Bergman är inte min favorit heller."

"Så vi kör?"

"Jajamensan. Sitter du bra?"

Sigrid lutade sig tillbaka i sängen och knölade till kuddarna bakom ryggen. Han hade fått fåtöljen. Hon höjde fjärrkontrollen, beredd att trycka på play.

Ingen av dem sa ett pip mer förrän eftertexterna började rulla och Sigrid sänkte volymen lite.

”Nå?”

”Jag måste se den igen! *Nu* fattar man ju. Som när han är på ...”

Efter en stund avbröt Sigrids pappa genom att knacka på hennes dörr och titta in.

”Vi går och lägger oss nu.”

Det lät ganska menande.

”Kod för ’dags att tänka på refrängen’”, sa hon och Daniel märkte till sin förvåning att klockan blivit kvart över tio. ”Vi får ta skrivandet en annan kväll.”

”Ja, och dom där andra filmerna du hade. Är dom lika ...? Jag menar, varför har Olle aldrig fixat såna här åt mig förut? Jag vill ju se fler!”

Hon svepte leende med handen över sin bokhylla.

”Simsalabim, kolla vad lätt ordnat.”

Vad lätt ordnat. Ja. Faktiskt. Hon måste ju också ha tyckt att det här var kul, tänkte han. Eller är det bara jag? Nej, det kan inte bara vara jag. Det är helt omöjligt.

Hemma hos honom höll folk också på att lägga sig.

”God kväll, Daniel”, hälsade Nina med en tandborste i munnen, ute på kvällens vanliga rundvandring. ”Var har du varit?”

”Ja, hallå där”, kom pappa genast. ”Jag började undra. Hörde du inte mobilen?”

Daniel klämde på jackfickorna, hittade den. Tre missade samtal.

Inte konstigt om ens jacka och mobil befinner sig en halvstängd dörr bort och en våning ovanför en själv.

”Förlåt. Vi kollade på film.” Han bläddrade igenom de missade. De första två var från pappa, och det tredje från Nina. ”Vad ville du?” frågade han.

”Änta.” Hon var tvungen att gå och spotta först. Sen kom hon tillbaka och log olydigt, sänkte rösten så att pappa inte skulle höra. ”Jag tänkte bara att du kanske var ute på något kul och då vill du inte svara om Tomas ringer, men om *jag* ringer, då kan du svara. Och berätta!”

”Åh”, sa han. ”Synd att jag missade.”

Tio minuter senare när han gjort sig i ordning och gått in på sitt rum hörde han hur hans mobil ringde i hallen. Han rusade ut och letade fram den ur fickan så fort det gick så att de andra inte skulle vakna.

Nina.

”Men …?” frågade han lågt.

”Du sa aldrig vilken film det var.”

”Va?”

Daniel gick mot hennes rum. Hon fnissade.

”Säg vilken film.”

”Nina, allvarligt …”

Han tryckte bort samtalet och öppnade dörren till hennes rum. Hon låg i sängen, täcket ända upp till hakan, hopkurad med bara en liten hand synlig som höll telefonen.

Hon log mot honom.

”Donnie Darko”, sa han och stod kvar i dörröppningen. ”Med Jake Gyllenhaal.”

”Aha. Inte sett den.” Hon la bort sin mobil. ”Var den bra?”

”Skitbra. Fler frågor?”

Nina drog leende ut på svaret.

”Mmm ... Låt mig fundera.”

Han kunde inte hålla sig från att le tillbaka.

”Är inte du trött?”

”Nej, faktiskt inte. Jag och Manda var och joggade, jag blev hur pigg som helst sen. Och kul var det! Vi ska köra minst två gånger i veckan. Och om vi blir bra så kanske vi anmäler oss till ett lopp. Tomas har redan sagt att han ska sponsra min avgift.”

”Typiskt honom.”

”Och så tycker han att du eller Wille ska följa med oss på kvällarna när det är mörkt, att vi inte ska sticka ut själva.”

”Men hur ska Wille hinna det?”

”Jag vet, så det blir ju du, Daniel. Vad säger du om måndag?”

Cute as a button-Nina. Med täcket upp till hakan och allt hår tillbakadraget i en sovfläta så att man verkligen såg ögon, näsa, mun. Och all söthet.

Daniel ryckte på axlarna.

”Kanske.”

Som i ”ja”.

”Toppen.” Hon kurade nöjt ihop sig ännu mer. ”Nu får du gå och sova om du vill.”

OKTOBER

Nina

TOMAS KOM HEM från jobbet sent en söndagskväll och såg supertrött och glad ut på samma gång.

”Sista dagen på det här jobbiga schemat! Nu kan jag börja baka bullar och lördagsmysa och läsa godnattsagor för alla snälla barn igen!”

Wille skrek högt i spelad skräck. Daniel tittade ut från sitt rum:

”Vadå *igen*?”

Mamma hoppade upp och kramade Tomas:

”Hurra!”

Och Nina kunde inte hålla sig utan hoppade efter och hängde skrattande på kramen:

”Hurra, Tomas!” Hon vinkade till sig både Wille och Daniel: ”Grouphug!”

De tvekade först men sen kom de och det blev en stor gruppkram tills Wille började tjuvbrottas med Tomas.

”Vilken kärlek”, flämtade Tomas lyckligt där han låg nervält på rygg och kämpade allt han kunde för att få bort Wille. ”Men … åh, fa-an! Det är mitt livs misstag att jag lät dig börja på hockeyn!” Han fick ge upp kampen och fläkte andfått ut armarna åt sidorna. ”Nu kommer jag i alla fall att vara hemma så ofta att ni blir less på mig.”

”Menar du att vi ska få förmånen att städa tillsammans varje helg nu?” log Nina mot honom.

”Det finns ju annat roligt här i livet. Vad sägs om att frosta av frysen?” Tomas log tillbaka och pekade på Wille. ”Nina, gumman, du som är experten, kan du hjälpa till lite? Avlägsna den här sonen?”

Hon började skratta.

”Men Tomas, har du missat det senaste? Jag är ju helpacifist nu!”

Wille klev upp och räckte fram handen åt Tomas, hjälpte honom upp.

Sen stegade Wille runt med triumfarmar i skyn, som en riktig vinnande brottare som tog emot publikens jubel.

”Vegetarian hit och pacifist dit”, sa Daniel när han och Nina stod i hallen och tryckte ner rätt böcker inför morgondagen i sina väskor. En av hans och Willes kvällsrutiner som Nina börjat anamma. ”Du är ju nya saker hela tiden. Inte konstigt om man inte hänger med.”

”Du glömmer till och med en nu”, svarade hon och gjorde en parodi på sig själv, hur han hade härmat hennes boxande. Snabb, liten och stressad. ”Myggan. Som du ju kom på helt själv.”

”Ja, den! Herregud, hur kunde jag glömma den?”

Han strök sig över ögonbrynet. Blåögat hade försvunnit, och ögonbrynet som läkaren rakat bort lite av för att tejpa ihop såret höll på att växa ut igen.

”Du kanske fick en minneslucka”, föreslog hon. ”Av smällen. Hur mycket minns du egentligen från den där dagen? Innan, under och efter gympan?”

”Du menar till exempel att du lovade att ta min disk i en månad, när läkaren tejpade ihop såret? Och, just det, när vi cyklade till skolan sa du ju att du var så less på din mp3 att jag kunde få skräpet. Jag kan ta den nu på en gång.”

”Ojojoj.” Nina lät en mycket, mycket långsam högerkrok gå ut från kroppen i perfekt båge mot hans panna. Han stod alldeles stilla och väntade, såg med ett leende på hennes hand som närmade sig. ”Det här kanske är allvarliga hjärnskador, Daniel. Ring genast och boka tid för en koll.”

Hennes knutna hand nuddade vid hans panna och hon stannade. Daniel tog tag om handen och vek ner den. Hans ögon glittrade sådär som de gjorde när man inte kunde vara säker på vad han skulle säga, man visste bara att det kunde bli farligt för en själv om man inte passade sig.

”Tänk på att du också smällde i huvudet. Minst lika hårt. Tänk om det inte är jag som har minnesluckor eller hjärnskador?”

Utan tänk om det är jag, fladdrade det oroligt genom hennes huvud för en sekund fastän hon visste att han skämtade. Ingen av dem led av hjärnskador eller minnesluckor. Det märktes och kändes väl? I annat fall så hade Tomas upptäckt det hur snabbt som helst.

Men tänk om det var så, och att man kunde skylla den senaste tiden på det. I samma takt som blåögat bleknade bort hade Daniel börjat glida upp bredvid henne på skolan då och då. Ibland när hon stod och pratade med någon, ibland när hon var ensam. Ibland tittade hon sig över axeln när de blev insläppta i klassrummen för lektion och då fanns han där bakom och tittade tillbaka, som om han bara hade väntat på att hon skulle vända sig om och fånga hans blick. Inte ens när Ellis var sjuk och hemma tre dagar i sträck fick Nina småpanik. Hon behövde inte känna att hon *måste* stå och vänta på Manda i maten eller efter skolan för att inte bli ensam. Och två gånger hade han följt med henne och Manda ut på kvällsjoggingturer, utan att protestera så mycket över det.

Hon hade inte varit på väg till syon på evigheter.

Tänk om allt det berodde på att ett par delar i hans huvud, eller hennes, blivit temporärt omskakade, och när de så småningom föll tillbaka på rätt plats igen skulle allt bli som förr!

"Äh", sa Daniel avfärdande och lät precis som Tomas när han tyckte att någon sjåpade sig över något. Han skakade på huvudet. "Oroa dig inte, myggan. Vi är friska som två nötkärnor."

Daniel

"**DET VORE GANSKA** coolt att vara osynlig också", sa Daniel och höll upp dörren för dem allihop när de var på väg ut till cykelparkeringen. "Man skulle kunna få reda på en hel del."

"Njaaa." Sigrid lät inte så såld. "Jag tycker osynlig är lite … överreklamerat."

"Överreklamerat?" protesterade Daniel. "Kom igen! Du skulle ju kunna ha stor nytta av det."

"Se in i framtiden." Sven lät stolt. "Fatta vidden av det."

"Ja, fatta", sa Nina oengagerat.

Det syntes lång väg att hon tyckte det var en skittöntig diskussion.

"Men kan man verkligen kalla det en superpower?" ifrågasatte Jesper det Sven sagt. "Är inte det liksom en … annan slags … gåva?"

"Jag tycker ändå att påverka hur folk tänker är den bästa. Styra dom utan att dom fattar det. Då skulle man få mycket gjort", sa Sigrid.

Daniel nickade.

"Det *är* den bästa. Den blir bättre och bättre ju mer jag tänker på det."

"Som alla du skulle kunna få att börja säga *galant*."

Han fnös förtjust.

"Som att jag skulle prioritera det!"

"Men det värsta är ju att du *skulle* det." Sigrid skrattade och hoppade undan hans försök att puffa till henne. "Faktiskt!" Hon spände fast sin väska på pakethållaren. "Jag måste ner på stan en sväng, men vi ses sen ikväll då."

När han tittade upp från sin cykel möttes han av tre nyfikna blickar, och han insåg vad de just hade sagt.

"Ikväll? Vadå?" frågade Jesper. "Ska ni träffas och bestämma vilken superpower ni vill ha en gång för alla?"

"Njaa, inte direkt." Daniel kände pinsamt nog att han förmodligen skulle börja rodna. "Det är en skrivarkurs vi går på bibblan." Han rodnade nu, han visste det. "Ikväll, alltså. På tisdagar."

Nina såg förvånat på honom.

"Går Sigrid på den också? Det har ni aldrig sagt."

"Det har jag väl?"

"Inte till mig i alla fall", sa hon. "Jesper, visste du? Sven?"

"Faktiskt inte, nu när jag ..."

"Okej", avbröt Daniel dem. "Jag har väl glömt att säga det. Men, ja, hon går också på den."

"Vad kul", sa Nina hjärtligt och såg på honom på det där sättet han avskydde. Ett sätt som innebar att man hade klantat sig på något vis; gjort fel eller sagt fel. Ett sätt som absolut inte gick att misstolka nu när hon log ett snällt leende som egentligen inte var ett snällt leende. ”Eller hur?”

Han kände för att stöna.

”Visst.”

Inte för att skrivarkursen var uttalat hemlig på något vis. Inte alls. Men det var ... Först hade han inte tänkt att det var så mycket att säga just om att Sigrid gick där, och sen hade han inte haft en aning om vad han skulle säga.

Nina och Sigrid var så olika. Med Nina såg man direkt att hon var söt, man kände direkt att man ville att hon skulle gilla en, och att man så lätt skulle gilla henne tillbaka. Det var uppenbart för alla. Med Sigrid var det annorlunda. Han hade knappt lagt märke till henne före festen och sen hade de börjat prata där under tävlingen och allt han sa till henne förvånade honom. Efter det hade han upptäckt fler och fler saker med henne, men det var fortfarande svårt att säga något definitivt om *vad* det var han upptäckt. Ja, hon var smart och rolig att prata med, och snygg på ett helt annorlunda sätt än Nina, och han gillade när de fick den där kontakten och allt flöt så bra att man glömde bort tid och rum. Fast däremellan var det dagar när det inte kändes speciellt alls att prata med henne. Det var bara som vanligt, och han tänkte varje gång ”jaha, nu blir det väl inget mer”. Och sen när han minst anade det var det något som kopplades på och det blev skitbra och brokänsla igen.

Men var han till exempel kär i henne? Kände han att de borde bli ihop? Tänkte han på hur det skulle vara att ligga med henne? Kändes det helt laddat när de satt i hennes rum och kollade på en film? Fick han enorm lust att ta i henne då och blev kåt av att tänka på det? Kunde han inte släppa tanken på hennes bröst, hur de såg ut, hur de kändes, hur det skulle vara att få smeka dem? Märkte han att han började rodna när hon kollade på honom? Blev han glad när hon retades med honom som nu om *galant*?

Ja. Ibland.

Och ibland inte. Ibland var hon bara en vanlig tjej med vanligt utseende och vanlig kropp och vanliga bröst som pratade om vanliga grejer. Han kunde sitta bredvid henne och inte känna något alls. Hon kunde säga något till honom och det märktes lika mycket som om … Sven eller Jesper sagt det.

Det var de här vanliga dagarna som ställde till det. Wille hade sagt att han fattat direkt han såg Emily att han ville vara tillsammans med henne. Det hade tagit två sekunder för den tanken att slå rot. Och sen ville han bara vara med henne hela tiden. Daniel hade sett Sigrid bra mycket längre än två sekunder och han tyckte fortfarande helt olika saker om henne varje dag.

Han trampade lite extra för att hinna ifatt Nina. Fortfarande samma ickeanklagande, men åh-så-anklagande min hos henne. Han fattade vad hon menade. Men inte hur han skulle börja, eller med vad.

Nina

EN VARDAGSKVÄLL. En helt vanlig middag. En mamma som oroade sig över att en thaikycklinggryta blivit för stark. En Tomas som förväntat försäkrade att det bara var bra med lite bett. Och en Wille och en Daniel som satte i sig stora stövarportioner i vanlig ordning.

”Titta på det här”, hade mamma och Nina sagt till varandra i början när de flyttat, och de hade stått och kikat in i kylskåpet som var absolut fullproppat med mat efter helghandlingarna. Fem, sex liter mjölk på rad. Hela falukorvsringar. Bananer i drivor. Två paket flingor på en gång, ”lika bra”.

”Säkert att det inte var för mycket sambal?” frågade mamma igen, nu till någon annan än Tomas. ”Jag kan spä ut med mer kokosmjölk och socker. Vill ni det?”

”Nej, det är bra”, sa Wille. Ett snabbleende till henne innan han dök på nästa tugga ”Säkert.”

Daniel verkade inte ha märkt frågan, men han verkade inte tycka att det var för starkt heller. Han åt bara tyst på. Han hade inte sagt mycket ikväll. De gånger Wille åt middag tillsammans med dem, som inte var så ofta under veckorna, var det mest han som brukade stå för pratet och få flest frågor.

Nina såg på Daniel som satt där tyst med en fundersam min och systematiskt stoppade i sig gryta och ris.

Hoppas han tänker på mig, for det genom hennes huvud.

Och sen lika snabbt; men varför skulle han göra det?

För att jag vill bara, för att jag gillar när han gör det, för att jag …

Hon såg ner på sin mat och kände hur hon själv började rodna. Lägg av nu, tänkte hon. Han sitter väl för guds skull inte och tänker på mig. Vad tusan skulle han göra det för? Och varför ska *jag* sitta och tänka på honom?

Daniel

HAN TITTADE PÅ Nina. Hon hade kommit intassande för en timme sen kanske, som hon brukade. Lagt sig på hans säng, som hon också brukade. Och sen hade hon somnat. Det brukade hon inte. Nu, en timme senare, sov hon på riktigt. Det hördes på de djupa, rofyllda andetagen och de små ljudpuffarna som kom då och då (inte snarkningar), och det syntes på sättet hon kurat ihop sig med ena armen under kudden och benen lite uppdragna. Klockan var tio över tio på kvällen.

Jag borde förstås väcka henne, tänkte han. Och hon borde gå och borsta tänderna och klä av sig och lägga sig på riktigt. Och jag borde göra samma sak.

Men sen satt han ändå där en minut till och tittade och lyssnade på henne. Han gillade det. Han ville inte väcka henne för hon sov så gott. Men allra mest för att hon kommit in och bara somnat så självklart på *hans* säng. Och just det var något han verkligen inte ville störa. Inte förrän Marie stod i hans dörr och såg på dem och sa ”Oj då. Ska ni byta rum inatt?” sträckte Daniel ut handen och la den på Ninas axel, rörde lätt.

Nina

”MAN KAN ÅKA sexton och femton från sjukhuset.” Daniel satt och knappade vid datorn när hon kom hem från Cissi en kväll. Mamma och Tomas i soffan. ”Framme tjugo och tjugo. Och hem …” Mer knappande. ”Alla bussar efter två på söndag tar skitlång tid.”

”Ja, det är dom som går in överallt”, sa mamma. ”Hej gumman! Hur är det?”

”Vilka bussar på söndag?” frågade Nina.

”Länstrafiken”, sa Daniel med ryggen åt henne.

Ingen utveckling.

”Och? Hallå?” vevade hon otåligt med handen fast det såg ju inte han.

”Till Luleå.” Han hoppade runt mellan tre olika fönster och en chatt. ”Jag ska dit på fredag.”

”Skulle du inte dit på lovet?”

”Då också, men Olle ska bort då, så ...”

Daniel fnissade till och skrev något på chatten.

”Så du ska dit på lovet *och* nu till helgen?” förtydligade hon.

”Just.”

Just? Vad var det för sätt att svara?

”Kul att man får veta vad som händer här. Att du berättar *någonting*. Som vanligt.”

Det blev oväntat skarpt och alla tittade förvånat till på henne. Inte minst Daniel.

”Men ta det lugnt. Jag bestämde mig ju för en minut sen”, sa han.

Nina himlade ”yeah, right!” med ögonen till svar och gick ut i köket.

Med tanke på hur många tillfällen och hur mycket tid han hade att kläcka ur sig saker så var det otroligt hur få av dem han använde. Han kunde tydligen gå runt där och få det att kännas som att de pratade och att det var bra och kul och att han gjorde det för att han ville. Sen fattade hon att det var en massa viktiga saker han inte ens tänkte på att säga till henne. *”Ja, just det, Sigrid går ju på skrivarkursen. Ja, precis, vi har ju kollat på film och gjort grejer till den hemma hos henne. Mmm, exakt, vi sitter och fnittrar ibland just på grund av det.”* Det skulle inte förvåna henne om han hade chattat med Sigrid nu och upplyst henne om busstider och alla andra viktiga planer för framtiden, men till Nina kunde han inte klämma ur sig det. Det var inte viktigt alls att hon visste.

Hon började irriterat slamra med skärbrädor, knivar, kvällsmackor och brödrostar. Hon var fullt upptagen när Daniel kom lommande efter en stund.

”Olle ska bort på lovet. Till London. Hans mamma fick en jobbresa och …”, började han bakom ryggen på henne. Snäll, försiktig röst. ”Han sa det ikväll. Du har ju liksom kommit hem för en halv minut sen.”

Nina suckade igen.

”Och jag har ju inte varit där på flera månader”, fortsatte han. ”Så pappa sa att jag kunde åka både nu och på lovet.”

Hon svarade inte.

”Men du”, sa han ännu snällare och gled upp bredvid henne. ”Bli inte sur för det här.”

”Jag är inte sur”, sa hon sammanbitet.

Och du fattar ju ändå inte varför.

”Vad är du då?” insisterade han och Nina kunde inte låta bli att fräsa fram ett riktigt surt svar.

”Måste du alltid hålla på och fråga så jäkla mycket! Vet du hur jobbigt det är!”

Han ryckte till och sen såg han ner i golvet.

”Nej. Ursäkta då.”

Faaaan. Hon blundade, höll andan och räknade till fem. *Det där var inte meningen.*

Tack och lov stod han kvar i alla fall. Nina hyvlade tyst tre skivor ost. Räckte den sista till honom, han tog den. Och sen hans händer som gled in och tog över kniv och skärbräda och hennes plats för att ordna en egen macka, makade sig närmare. Han tog en tugga. Knaster och tuggande. Tystnad medan de stod där med varsin macka.

”Du, om du vill så kan du ju följa med”, föreslog han. ”I helgen. Till Luleå.”

Hon såg långsamt upp på honom. Väntade på ett ”äh, skämtade

bara". Det kom inget sånt. Om något så såg han blyg och osäker ut. Som att förslaget hoppat fram och förvånat honom också.

"Alltså, jag är inte sur", försäkrade hon.

Han tog en ny tugga.

"Nej, men ändå."

Kände han sig tvungen att fråga det här? Trodde han att han behövde göra en så jättedrastisk grej för att få henne på gott humör igen?

"På fredag klockan sexton och femton", fortsatte han mindre blygt. "Från sjukhuset."

"Daniel." Nina skakade lätt på huvudet. "Det är lugnt, jag lovar."

"Bra. Vill du?"

"Varför det? Du ska ju träffa dina kompisar och hålla på och, inte vet jag, spela schack och sånt, och vad skulle jag ...?"

"Vi skippar schacket", avbröt han. "Vi gör andra grejer. Sånt som du gillar."

"Men ..." Nina stakade sig. "Varför skulle jag ...? Det blir ju inte samma ... Tänk om jag säger ja?"

"Gör det." Nu började ett leende komma fram. Inte ett ironiskt eller skämtsamt. Bara ett glatt med glada ögon som såg ivrigt på henne. "Marie!" sa han högt mot vardagsrummet. "Nina behöver pengar i helgen. Några hundra."

"Ta det lugnt!" väste Nina. "Jag har ju inte ..."

"Vi bor hos mormor och morfar."

"Men, vänta! Gud! Vad ska *jag* göra där?"

Han behövde inte fundera länge.

"Du kan bli vegetarian igen", log han. "Kom igen. Det blir kul."

Daniel

”DU FÅR ÅNGRA dig”, hade hon sagt minst en gång om dagen, oftast på väg till eller från skolan när de var ensamma. ”Jag lovar att jag fattar precis. Jag behöver inte följa med.”

”Du får också ångra dig”, hade han kontrat.

Varje gång hade hon bitit sig i läppen och sett väldigt osäker ut och han blev nervös över att hon hade ångrat sig, men inte visste hur hon skulle få fram det på ett schyst sätt. För varför skulle hon vilja följa med? Träffa hans nördiga kompisar och vara med honom en hel helg. Hur kul var det i jämförelse med Manda, Sally, Wille – alla dem – att göra allt de nu brukade göra?

Varenda dag fram till fredag kvart över tolv (när Nina sa att hon skulle med fick de plötsligt lov att ta ledigt på eftermiddagen för att åka tidigare) väntade han att hon skulle se ursäktande ut, förklara att Elias skulle ha en jättekul fest eller att Sally hade fått hela *Sex and the city*-boxen och det skulle bli maratontittning ... visst var det okej, visst fattade han?

Absolut!

Inte förrän de stod på hållplatsen vid sjukhuset och väntade på bussen och pappa kommit ut för att vinka av och ge en påse godis och läsk, kändes det lugnt och säkert. Ingen hade ångrat sig. Det var som att båda två slappnade av då och de stod och flamsade med pappa tills det var dags att kliva på.

Nina

MANDA RINGDE PÅ söndagsförmiddagen. Pratade på, kollade vad de gjorde.

”Vi är bara ute en sväng”, sa Nina. *På promenad med hans mormor och morfar.* ”Daniel ville kolla deras gamla hus och se vem som flyttat in.”

”Åh, spännande.” Manda lät som ”åh, gäsp”. ”Och igårkväll då?”

”Hans kompisar kom över”, sa Nina. ”Du, jag har snart slut på batteriet. Ska vi …?”

”Ja, hörs sen. Puss, puss, gumman.”

Allt lät så himla tråkigt om hon skulle räkna upp det för Manda.

”Vad har du gjort för kul i helgen då?”

”Jo, bott hos en mormor och en morfar, varit med som åskådare på en schackmatch, suttit och fikat med ett par nördkillar, gått en promenad och försökt snoka in genom köksfönster, ätit rätt mycket godis.”

”Aha … wow.”

Det var som om Manda skulle jämföra Daniel och Wille. Det skulle fortfarande bli helt orättvist. *Den ena är lång och mörk och snygg, gillar att vara lite flirtig och skämta och hålla på, har jämt snygga kläder, är skitkul. Den andra ser väl helt normal ut, kanske över medellängd, inte tjock eller något, är snäll. Typ så?*

Den andra som gick här och spånade på en vild historia om att det kanske var hockeyproffset Mats Sundin som lagt karriären på hyllan och flyttat från Kanada till deras gamla hyreslägenhet (bara för att det stått M & B Sundin på dörren). Och hur Mats Sundin i såna fall skulle tackla livet som vanlig svensk på Porsön i Luleå. Var kunde han till exempel parkera alla sina Porschar? (Det var ju garagekö.) Hur skulle hans skridskosamling och alla pokaler rymmas i det lilla förrådet? Hur skulle han lyckas övertala Icaaffären att ta in äkta maple syrup så att han kunde göra sin söndagspannkaksfrukost?

Den andra som jämt blev tjuvkramad av sin mormor och helt gulligt stod och lät sig hållas om medan mormodern kuttrade på om hur lång han blivit och att det var så roligt att de var här och att de borde komma upp minst en gång i månaden. Och Nina tänkte ja, varför inte? För *den andra* hade gjort så att inte ens en schackmatch var tråkig att kolla på. Trots att hon inte kunde reglerna, och trots att den där kompisen Olle hade klar Sven-varning.

Den andra var ingen Manda-kille, han var alldeles för ouppenbar för det, men Nina hade kommit på sig själv med att tänka ”åh, vad kul”/”åh, vad glad jag är”/”åh, vad snällt”, ungefär en gång i halvtimmen. Grejen med Daniel var inte att tjejer flockades i drivor kring honom bara för att han var världens sötaste eller världens flirtigaste. Grejen med honom var att när han till exempel sa ”vi gör andra saker som du gillar” så var det precis det han försökte få till. Under längre tid än fem minuter. Han var så o-Fred som man kunde bli. Det var så himla skönt att ligga på soffan och bläddra i hans mormors veckotidningar. Och innan Nina ens tänkt ”är det inte lite aningens långtråkigt nu?” så kom det en fråga från honom, som satt och spelade sin schackmatch med Olle just då, om hon ville hitta på något annat.

”Nina, hallå!” Daniel vinkade åt henne. ”Häng på nu, gå inte där bak och söla.”

”Men hallå, är det mitt fel att jag är kortast av alla? Vad kan jag göra?”

”Men hallå, du tar det långa benet före såklart.”

Han stannade för att vänta in henne.

Daniel

"TYCKER DU ATT det var roligt?" frågade hon när de satt på bussen hem igen och just lämnade Skellefteå bakom sig. De hade mest varit tysta under färden, lyssnat på musik på hennes mp3 med varsin hörsnäcka. "Är du nöjd med din Luleåhelg?"

"Jätte", svarade han. "Är du?"

"Mmm, super." Hon var tyst en stund till. "Tänk om någon sagt det här för ett år sen. Då hade jag ju *aldrig* trott på det. Du vet, att jag skulle få en ny låtsaspappa, två låtsasbrorsor, flytta till en ny lägenhet med dom. Och sen följa med den ena brorsan upp till Luleå och hälsa på. Det låter som science fiction alltihop!"

Just det sista hade jag inte ens trott på för en månad sen, tänkte Daniel. Det är science fiction om något. I alla fall att det blev den här tråkiga brorsan du följde med.

"Men ganska coolt", sa han.

"Ganska? Tänk på att jag har varit ett asocialt ensambarn hela livet. Och att det är typ sex år sen mamma och Mikael skilde sig. Och han hade inga barn. Det här är ju som … helt galet i jämförelse, faktiskt."

Hon bytte musik på mp3-spelaren till något ännu lugnare och tystare, lutade huvudet mot hans axel. Några minuter senare verkade det som att hon hade somnat. Han sträckte försiktigt på den andra armen och släckte smålamporna ovanför dem.

Faktiskt, helt galet i jämförelse, tänkte han och slöt ögonen själv.

"Och du, vet du en annan sak?" sa hon sömnigt i samma sekund. "Jag kanske inte ens hade gått natur om inte ni hade kommit hit."

"Varför inte? Det hade du ju redan bestämt för länge sen."

”Ja, men sen, nu, när Manda bytte. Jag kanske också hade bytt då. För om inte du hade varit här så hade jag ju inte haft någon utan varit helt ensam i klassen.”

Han öppnade ögonen igen. Ett möjligt svar: *”Helt ensam? Förstår du inte att det bara är för dig att vilja vara med någon så kommer den personen garanterat att vilja vara med dig. Lovar, Ninis. Du skulle inte ha blivit ensam.”*

Ett annat. Glädjen som spred sig i hela kroppen: *”Men nu känner du dig inte ensam, för att* jag *är här? Menar du det? Åh …”*

Han som inte ens hade fattat att hon funderat så seriöst på att byta. Tänk om hon också kommit en dag och annonserat det. ”Jag följer med Manda till kuk-jävla-samhälls nu!” Allt de aldrig hade gjort då, aldrig sagt. Inga blåtiror. Ingen kram. Inga mobilsamtal. Inga joggingturer. Inte den här helgen. Om Nina hade bytt, då hade de säkert bara cyklat ner tillsammans några morgnar i veckan, och sen hade de hejat på varandra några luncher i veckan, och sen hade det inte varit något mer. Verkligen inget mer. *”Vet du hur tråkigt det skulle bli om du bytte. Gör det inte. Du får inte. Hör du det?”*

Ett fjärde. Ett helt menlöst fast uttalat ”men vadå, näää” bara för att han inte visste vad han skulle säga. Om hon tyckte att hon var ett asocialt endabarn (inte sant), så var han definitivt en asocial låtsasbrorsa som inte hade det minsta kläm på hur man skulle bete sig mot sina låtsassyrror. Det var ju konstaterat sen länge. *Och* sant.

Nina

MITT I ALLT kom Wille hem med en tjej en kväll efter träningen. Han hade inte förvarnat något innan han dök upp med henne vid halv åttatiden och hojtade: "Hallå!"

Det var en tisdag så bara Nina och Tomas var hemma. Nina satt i köket och gjorde matte, Tomas diskade. Wille gled in med ett konstigt leende och Nina tänkte "vad har hänt nu då?" innan hon sekunden senare såg tjejen där bakom. Ahaaaa ...! Normallång, mellanbrunt hår till axlarna, lite kurvig, lagom söt. Lite för lång näsa liksom så ingen tiopoängare, men kanske en sexa, sjua. Tjejen såg mer mysig än snygg ut.

"Finns det mat?" sa Wille och det var ju hans normala replik, men han lät lika konstig som han såg ut. "Vi är hungriga."

"Där."

Tomas fortsatte att diska och pekade bara med armbågen mot resterna som stod på spisen, utan att vända sig om. Han märkte uppenbarligen inte viet eller någonting konstigt.

"Vill du ha?" frågade Wille tjejen som stod och tryckte i dörröppningen.

Nina såg spänt från Tomas diskande rygg, till Wille och sen till tjejen igen.

"Jag kan ta en macka", sa hon och nu först märkte Tomas att det var något på gång och vände sig om.

En halvrodnande tjej och Wille, presentationer all around. Hon hette Mia. Gick på samma skola fast annat program. I trean, inte i tvåan som Wille. Hon hade varit med och kollat på träningen nu.

Tomas langade villigt fram allt de hade i mackväg, och Nina passade på att fråga så mycket det gick utan att gå över gränsen till störig ("är ni ihop?") medan tjejen åt sina mackor och Wille skövlade i sig sin middag.

Så fort de hade ätit klart gick de in på Willes rum, han stängde noga dörren och Nina och Tomas såg uppspelt på varandra.

"Jag måste ringa Daniel!" viskade hon upphetsat.

"Undrar hur länge det där har varit", viskade Tomas. "Har han sagt något till dig?"

"Nej! Men gud så spännande!"

Daniel drabbades inte riktigt av samma upphetsning när Nina meddelande att han måste komma hem *nu*.

"Wille har en ny tjej! Dom är inne på hans rum! Jag och Tomas har fikat med dom!"

"Var det bara det?" frågade han. "Det lät minst som att någon dött."

"Det här är ju skitviktigt!" insisterade Nina. "När slutar skrivarkursen?"

"Nu. Men jag kommer om en stund. Jag måste göra en … en grej först."

"Jag lovar att dom satt och höll handen under bordet! Du måste komma hem och kolla in dom. Dom var så himla gulliga."

Nina ringde Manda istället. Henne var det betydligt svårare att hålla på avstånd. Nina lyckades med nöd och näppe övertyga henne om att det var bättre ifall hon kom andra eller tredje gången Wille tog hem tjejen. Då kanske de till exempel skulle vara mer bekväma så att de inte behövde rusa in på hans rum och stänga om sig.

Ett par dagar senare plingade det på dörrklockan och kort därefter ropade mamma på henne.

”Men åh, vad roligt att se dig igen!” stod mamma och babblade på i hallen när Nina kom dit. Till Sigrid. Nina hann precis bli förvirrad och tänka ”har *vi* sagt att ska vi träffas?” när Daniel kom utstörtande från badrummet med en väldig fart.

”Hej”, hälsade han stressat på Sigrid innan Nina hunnit få ur sig ett pip. ”Kom in. Vi går till mitt rum.”

”Va? Åh, jaha”, sa mamma och såg förvånat på honom och Sigrid. ”Och jag som trodde att du skulle …”

Hälsa på mig, fyllde Nina i tyst. Som förr i tiden.

”Okej, men nu är jag med.”

Mamma försökte le och släta över.

Inte jag! tänkte Nina. Jag är *inte* med! Vad gör Sigrid här? Varför kommer hon hit, ensam? Varför har han inte sagt något om det innan?

Daniel tog inte omvägen förbi köket och en social macka utan försvann direkt in på sitt rum med Sigrid i tätt släptåg. Däremot upprepade han en annan av Willes procedurer; att stänga dörren noga.

”Oj!” sa mamma lågt. ”Borde jag ha haft koll på det där?”

”På vad?”

Att Sigrid skulle komma? Att hon och Nina inte hade blivit bästisar igen? Att Sigrid skulle hälsa på Daniel?

”Jamen, är dom också tillsammans?” fortsatte mamma fråga ännu lägre och ännu mer nyfiket. Hon nickade mot Daniels rum. ”Eller tror du att Daniel är …”

”Tillsammans?!”

Nina tänkte febrilt igenom den sista tiden. Hur hade de betett sig på skolan? Hade de pratat uppseendeväckande mycket med varandra?

Hemlighetsgullat? Smygpussats hej då vid cyklarna? Hade *de* suttit och hållit varandra i hand under matbordet på lunchen?

Ett definitivt och rungande nej på allt. De brukade inte ens sitta bredvid varandra. Det fanns faktiskt inte ett enda tecken som tydde på något sånt, hur många Daniel- och Sigrid-bilder Nina än plockade fram ur minnet. Inga hemliga ögonkast, inga hemliga beröringar, inga röda kinder, inget tillsammans. Ingenting!

Men. Idag hade han dammsugit på sitt rum direkt de kom hem från skolan. Helt oombett en torsdagskväll. Det var inte Daniels stil. Han hade också kommit ut med en hög smutsiga kläder och proppat ner i tvätthögen. Plockat undan alltså. Och! Han hade nyss duschat. Han brukade aldrig duscha en gång till på kvällen. Var allt det förberedelse för …?

Hon såg mot Daniels nu stängda dörr. Tänk om allt mellan dem hade varit så hemligt att absolut ingen märkt något? Precis vad som helst skulle kunna hålla på där inne nu. Det här kunde ju vara deras femtionde träff eller så.

”Men herregud, inte vet väl jag!” sa Nina till mamma. ”Fråga honom!”

Varför kan han inte bara berätta det då? Om dom nu är tillsammans? Varför kan han aldrig *berätta något för mig?*

Hon la sig i soffan med en roman de skulle läsa på svenskan. Tomas hade följt med och kollat på Willes träning, mamma satt och betalade räkningar på nätet. Förutom en radio som knappt hördes från köket var det inte många störande ljud. Dessutom låg både hennes och Daniels rum mot vardagsrummet så när de kom ut skulle hon inte missa en sekund av Daniel- och Sigrid-spaning.

Det dröjde en kvart och sen öppnade Daniel dörren, snabba steg in till köket, på med vattenkokaren. Sen kom han tillbaka med lika snabba steg. Mycket normal och neutral min. Han såg inte konstig ut som Wille gjort.

”Ville du ha mjölk eller socker?” frågade han in i rummet.

Ut i köket igen. Nina låg kvar på soffan och låtsades läsa. Han hade fixat två tekoppar.

”Åh, gärna”, kunde hon inte låta bli att säga när han passerade soffan. ”En sockerbit men ingen mjölk för mig. Supergulligt, tack.”

Han gav henne bara en blick. *Kul.*

”Det finns vatten.”

Drog igen dörren efter sig igen.

Sen var de bara där inne. Gjorde inget väsen av sig. Om Nina gick in på sitt rum och la örat mot väggen kunde hon höra svagt svagt mummel, men det var knappt det. Efter drygt en timme öppnades dörren igen. Sigrid kom ut först. Hon hade sin tekopp i handen. Log snabbt ”hej då” mot Nina. Nina log tillbaka.

Sigrid hade inte upphetsat röda kinder, inte rufsigt hår, inte skrynkliga kläder. Daniel hade i och för sig rufsigt hår, men det kunde han lika gärna ha haft innan Sigrid plingade på. Han såg däremot inte svettig eller generad ut han heller.

Han höjde sin tekopp mot Nina.

”Ska du ha? Marie, vill du också ha te?”

Efter att ha sagt hej då till Sigrid (inga misstänkta pauser i den processen, det lät bara som att hon tog på sig skorna och jackan och sa ”ses imorgon” och han svarade ”visst, cykla försiktigt”) kom han in med tre rykande heta tekoppar. Mamma fick sin vid datorn medan han la sig i den andra soffan mittemot Nina.

”Vi gjorde en grej till skrivarkursen”, sa han och såg på Nina.

”Är Sigrid med i den också? Vad kul!” utbrast mamma och började fråga en massa.

”Det var en responsgrej man skulle göra”, sa han när alla hennes frågor var besvarade. Han såg på Nina igen. ”Man skulle vara minst två på den. Så här, man fick läsa en sak och sen …”

Men guuuud! Ingen brydde sig väl om upplägget på deras jäkla läxa! Det var ju inte direkt prio ett i vad folk ville veta nu. Nina vände sida i romanen.

Daniel förklarade på. Helt ointressant. Men *jag* ska inte fråga om Sigrid, tänkte hon. Vill han berätta så får han göra det själv. Jag. Frågar. Inte.

Daniel kände tydligen inte något behov av att berätta mer om det väsentliga för ett par minuter senare slog han på teven och fipplade runt mellan kanalerna. Och med det så var det slutpratat om besöket.

”Kolla på dom där”, sa hon lågt till Manda när de satt i matsalen dagen efter. ”Daniel och Sigrid.” Manda följde Ninas nick mot det bord där de satt. ”Märker du något?”

Manda såg på dem en stund.

”Vad ska jag märka?”

”Vet inte. Det är det som är den stora frågan.”

Manda såg på dem igen. Nina berättade om gårdagskvällen.

”Nej?” sa Manda förtjust. ”Här händer det grejer. Men dom passar väl bra ihop. Willes tjej då, har hon varit över något mer?”

Nina såg förvånat på henne.

”Tycker du?”

”Ja, båda är ju så här långa och pluggiga och så. Tror du hon sover över i helgen eller är det för tidigt?”

”Va?!” Nina vände sig häftigt om och stirrade på Daniel och Sigrid. De satt precis som förut, vid samma bord men i varsin ände, inte en enda liten ledtråd om att det var något på gång där. Och nu hade hon ändå intensivt studerat varje litet möjligt tecken på samröre mellan dem. ”Det kan hon väl inte!”

”Jag pratar om Wille.” Manda la en hand på hennes arm, påkallade hennes uppmärksamhet. ”Vad är det med dig?”

Nina skakade på huvudet.

”Det är bara det att han aldrig säger något. Daniel. Du vet, om vad som helst, vad han ska göra och med vem. Han kan babbla på om allt möjligt, men när det är något sånt här viktigt. Som en jäkla mussla! Jag tycker att det börjar bli ganska irriterande nu alltså.”

”Ja, jag märker det. Och Wille, vad har han sagt?”

Faktum var att Wille inte hade sagt något heller. Men det behövdes inte. Även om han inte övertydligt fällt ner Mia i en tangodrop och högljutt kysst henne farväl så hade man fattat att aha, det var *så* det var. Hela hans kroppsspråk och ordknappa uppenbarelse efter att hon gått hem skrek ut: ”Jag har en tjej! Visst är hon söt! Vi har hånglat!” Bara det att han inte sa något var faktiskt allra mest avslöjande.

”Jag tror han skulle på bortamatch i helgen, så det är nog inte så stor chans att hon kommer och …”

Det var en chansning. Men å andra sidan var det mycket troligt. Det var jämt träningar, matcher, ännu mer träningar. Om man tänkte efter fattade man inte ens hur han hann ha en tjej mellan allt det.

Manda verkade köpa det svaret i alla fall.

”Ska du följa med till Sanne imorgon? Du vet, han som är skitlång i vår klass. Han har en fest. Typ en fest. Men det ska komma lite folk dit. Vi ska gå förbi och kolla.”

”Vet inte. Jag får se.”

”Snälla? Han är kul, faktiskt. Kan du inte komma?”

”Vem mer ska dit?”

Hon kunde inte sluta tänka på det Manda hade sagt om att Daniel och Sigrid passade bra ihop. Daniel hade fortfarande inte sagt ett ord om det. Han hade inte hejat på ett ovanligt vänligt sätt på Sigrid imorse. Inte nonchalerat henne heller, för det hade ju också varit ett tecken. Allt hade varit precis som vanligt. Han hade inte suttit med henne på lektionerna. Han hade faktiskt suttit med Nina varenda lektion idag. Ja, ända sen de var uppe i Luleå så hade de varit tillsammans väldigt mycket, hon och Daniel. Det kanske var det som hade fått henne att inte märka tecknen, om det nu fanns några? Han var för nära för att hon skulle upptäcka något ovanligt. Inte se skogen för alla träden.

Under lunchen, när hon satt med Manda, hade han och Sigrid inte tagit chansen att dra sig undan till ett eget bord. De hade käkat med Jesper och gänget, precis som vanligt. Allt var så exakt som vanligt hela tiden att det gjorde det ännu svårare för Nina att inte ställa sig upp och frustrerat vråla: ”Men snälla, berätta nu! Vad gjorde ni egentligen igår? Vad är det mellan er?!”

Hela dagen hade hon väntat på att det skulle komma något litet, litet avslöjande som visade vad som var på gång. För om Daniel, som hittills bara tagit hem Jesper och de där killarna hela terminen, plötsligt drar hem Sigrid för att ”göra en grej till skrivarkursen”, så *måste* det ju betyda något.

Men kan man till exempel hångla med någon och sekunden senare se ut och bete sig så coolt som de hade gjort igår? Vara så opåverkade? När hon och Daniel varit uppe i Luleå och suttit och fikat med hans kompisar och han hade vunnit sin eviga schackmatch. Det hade märkts så tydligt på honom att han tyckte *det* var kul, att han gillade det, massor. Han hade inte varit sådär cool då.

”Funderar du på något, Nina?”

Erica, deras svenskafröken kom fram till hennes bänk.

Ja, det kan man lugnt säga.

Nina skakade på huvudet, tvingade ner blicken till papperet med instruktionerna för referatskrivande. *”När du ska citera är det viktigt att du ...”*

Hon sneglade på Sigrid som satt två rader snett bakom henne tillsammans med Anna. Huvudet nerböjt, skrev på flitigt.

Lång och pluggig? Plus nyfriserad och nyslingad igen. Det var ju jättefint. Och så alla nya kläder i flera färger än svart. Makeovern. Den nya smalheten, eller vad man skulle kalla det. Nina hade tänkt på det när de duschade på gympan. Sigrid var fortfarande lång och stor, men hon var verkligen inte *stor*. Kraftig benstomme: ja. Tjock: nej. Hon måste ha gått ner flera kilon. Mamma hade också kommenterat det igår.

Var hon snygg? Alla man kände och gillade blev ju automatiskt snygga. Det var omöjligt för Nina att se på Sigrid objektivt och gissa hur Daniel, eller någon annan, kunde se på henne.

”Hallå, jorden till Nina.”

Daniel petade henne på armen med sin penna. Han log lite förebrående mot henne.

Och han, hur såg han ut? Om man inte hette Manda, vad såg man då? Bruna ögon som kunde glittra till. Snäll mun. Fina saker som kunde sägas med den. Vilda, fnittriga historier kunde också berättas. Hård och mjuk kropp att luta sig mot. Varm hand. Ärr i ögonbryn. Hur snyggt var det? Och vad hade han sagt till Sigrid? Fick han henne att fnittra? Fick hon se ögonglittret? Förstod hon att man skulle passa sig då eller hade hon inte lärt sig det än? Tyckte hon att de passade bra ihop? Såg hon på Daniel och bara helt lyckligt "ååååh" från magen och längst ut till fingertopparna?

"Vad ska du göra ikväll?" frågade Nina honom.

"Inget särskilt. Hur så?"

Hur så? För att jag blir störd av det här, för att jag inte fattar varför du inte kan säga något, för att jag önskar att du skulle vilja göra det, för att ...

"Bara undrade." Hon gjorde en paus, sa sen prövande: "Jag ska nog vara hemma."

"Mmm, jag är nog också det", svarade Daniel frånvarande samtidigt som han skrev.

Väntar du besök då? var ju nästa givna fråga men Nina knep igen och försökte med papperet på nytt.

"När du ska citera ..."

Daniel

DANIEL SÅG SIG omkring. Han satt i en soffa. Soffan stod i ett vardagsrum som var varmt och fullt av människor. Flera tjejer. Snygga tjejer. Framför honom ett bord med ölburkar och flaskor uppradade. Från stereon hög musik. I hallen ett berg av skor och jackor. I köket ännu fler människor. Utanför på verandan stod ett par och rökte. Det var lördag och *fest*. Kanske till och med den sorts fest som får grannarna att vilja ringa polisen så småningom.

Allt var i alla fall precis som att han klivit in i en tonårsfilm. Rekvisitan på plats, alla vanliga rollfigurer och konflikter (ett par stod och hånglade i ett hörn, en tjej i den andra soffan verkade skitfull och blev uppstöttad av sin kompis). Och så Sally som bumpade ner halvt på soffans armstöd och halvt på honom.

”Det är någon som har spytt på toan.” En äcklad grimas, en snabb avskanning runt rummet och sen kom hennes blick tillbaka till honom. ”Hur har du det?”

”Toppen.” Känner mig lite surrealistisk, men annars är det prima liv, tänkte han. ”Du då?”

Hon log och slog ut med händerna mot rummet som svar. Han fattade.

Han hade inte haft något speciellt att göra ikväll. Nina hade frågat om han ville följa med på en fest. En timme senare var de hemma hos Sally och han satt på hennes säng medan hon, Nina och Manda höll på att göra sig i ordning.

Sallys rum låg på övervåningen, och nere i vardagsrummet satt hennes föräldrar och kollade på teve. Därför fick de vara mycket hemliga och försiktiga med den vitvinsflaska som Manda korkade upp och som Sally letade fram plastglas till ur sin garderob. Gömda plastglas! För om hon gick ner och hämtade glas från köket skulle kanske hennes föräldrar misstänka något. Så *erfaret*.

Han hade fascinerat sett på när Sally hällde upp med millimeterprecision i fyra glas, utan att fråga först vilka som ville ha. Det hade fått Nina att göra oroliga ljud och skjuta nervösa blickar mot honom och ”vad gör du?”-blickar mot Sally.

”Vänta nu, jag hade ju inte direkt tänkt att *vi* …”, började Nina.

”Nej, just det”, hade han sagt och grävt upp mobilen ur fickan. ”Jag ringer och kollar med pappa först om det är okej att vi super lite.”

Det var alltid lika kul att se hur stor förskräckelse drog över hennes ansikte i en sekund, innan hon fattade hans skämt. Vilken sadist jag är, tänkte han förtjust när Nina gjorde en grimas åt honom. ”Men, Da-ni-el, var inte så himla jobbig!”-grimasen. Den var också alltid lika kul.

Sen fick alla sitt glas, ”skål!”, fnitter. Ninas blick på honom, förmanande, ”säg inget nu!”.

Det skulle jag väl aldrig drömma om, tänkte han medan han svalde den första sura, dåliga klunken. Undrar om jag blir full nu. Undrar hur det här ska bli. Wow.

Han lutade sig tillbaka mot väggen och väntade på att vinet skulle börja kännas medan han smuttade i sig några klunkar till av det.

Nina kom och satte sig bredvid honom.

”Gott”, sa Daniel och höjde glaset lite.

”Mhm?” sa hon med *ett* höjt ögonbryn och han tänkte genast att vinet kanske inte var så gott.

Det kanske var ett skitvin, och det fattade alla här utom han. Och nu fattade Nina att på avslutningsfesten i nian så hade Daniel och Olle hållit sig till sitt lilla hörn och mest nöjt sig med att iaktta alla vilt festande klasskompisar. Och när de blev för vilda för att märka något, hade Olle och Daniel lika nöjt smugit hem.

Han skyndade sig att svälja en rejäl klunk. Gott? Skit?

”Vänta, blunda”, sa Nina. Han gjorde som hon sa och kände hur hon strök några gånger med ett försiktigt pekfinger under vänsterögat. ”Ett hårstrå”, förklarade hon.

Och sen kände han hur hon strök över hans ögonbryn, det med boxningsärret.

”Känns det här?” frågade hon.

”Såklart.” Daniel öppnade ögonen och log mot henne. Nina log inte tillbaka och han tänkte på hennes trettio identiska frågor dagen det hade hänt. ”Fast inte som att det gör ont”, försäkrade han.

Hon drog tillbaka handen.

”Om du glömmer bort mig någon gång så kan du titta på det där och då kanske du minns mig igen”, sa hon.

”Varför skulle jag glömma dig?”

”Inte vet jag”, sa Nina och han såg att hon plötsligt fick röda kinder. ”Sånt händer ibland.” Hon vände sig hastigt bort mot Sally och Manda. ”Får jag lite läppgrejs”, sa hon och reste sig.

Nej, tänkte Daniel. Det kommer inte att hända. Kanske när man är två, men inte när man är sexton och den andra är cute as a button och en liten mygga. Ingen chans att jag måste titta på ett ärr för att komma ihåg dig.

”Du borde följa med oftare”, sa Sally och fluffade till håret så att en doftpuff av hennes goda schampo/parfym/body lotion nådde hans näsa.

”Jaa, kanske det. Vi får väl se.”

Sally skulle säga något mer, men sen drogs hennes blick mot dörröppningen och hon utbrast i ett ”uh-uh”. En kille som var misstänkt lik Fred stod där tillsammans med en tjej.

Allt blev ännu mer filmlikt när Nina, som stått med ryggen mot och pratat med Manda och en lång kille, vände sig om i samma sekund och direkt såg Fred hon med.

Jesus, vilken tajming, tänkte Daniel imponerat. Hon kände på sig att *den* Fred är här. Hur utvecklar man en sån förmåga?

Ninas leende stelnade till och hon tog några steg bakåt så att hon doldes mer av Manda, sa något till henne. Manda vände sig också mot dörren. Den långa killen de pratade med gick bort till Fred och tjejen och hejade. Så fort de gått in i köket allihop, kom Nina över till Daniel med snabba steg.

"Jag ska gå nu."

Ett ögonblick senare var de på väg nerför gatan, bort från huset, i mycket snabb takt. Han hade knappt ens fått på sig skorna ordentligt.

"Kan du inte lugna ner dig lite?" undrade han där han pinnade på bredvid henne. "Varför måste vi kuta?"

Hon gav honom en idiotblick.

"Är du blind? Märkte du inte Fred och hans tjej? Tror du jag tänker stå där och se på när dom hånglar?"

Han kunde inte hålla sig.

"Men dom är ju kvar i huset. Som vi redan lämnat. I överljudsfart."

Nina såg ut som att hennes svar skulle kunna bli ett ärr i det andra ögonbrynet. Som tur var bestämde hon sig för att hålla inne med högerkroken och satte av längs gatan istället. Han skyndade efter.

Hon höll trumpet tyst ända tills de kom ner till busshållplatsen där han fick upplysa om att klockan var tjugo och tjugoåtta och att de hade tur för det var bara tretton minuter innan bussen skulle komma. Sen var det en hel timme tills nästa.

Nina satte sig tungt på bänken.

"Jag vill *inte* åka hem. Dom är ju uppe fortfarande."

"Nähä. Bio?"

"För lite pengar för det."

Hon drog upp jackan och kragen och halsduken och burrade in sig i den. Han räknade igenom sedlarna i sin plånbok. Det var inte så många att det räckte till bio för två.

”Fika?” Inget svar. ”Promenad? Gratis. Stärkande.”

Plötsligt såg hon helt ynklig och ledsen ut.

”Du får tänka på saken. Vi har all tid i världen. I alla fall minst tolv minuter”, skyndade han sig att säga.

Höll tummarna för att hon inte skulle börja gråta.

Hon var tyst en stund. Tack och lov inga snörvlingar och inga snyftningar.

”Ibland pratar du som din mormor, vet du det? ’All tid i världen’.”

Han sneglade på henne.

”Jo. Folk har sagt det förr.”

”Du är ganska lik din mamma, eller hur?” Nina såg ordentligt på honom. ”Du är ju lik Tomas också, men inte så mycket. Kanske inte mest?”

”Nej, kanske inte mest. Och ibland säger du dom mest oväntade saker, vet du det?”

”Gör jag? Det har ingen sagt förr.”

”Bara jag. Alldeles nyss.”

”Amen ...”

Det skulle kanske låta fräsigt och trött, men hon kunde inte dölja det lilla, lilla leendet som kom in också. Så hon burrade huvudet ännu längre in i halsduken. Efter en stund kom en suck och ett huvud mot hans axel, och sen makade hon sig ännu lite närmre.

”Egentligen så skiter jag i det. Jag gör faktiskt det”, sa hon lågt. ”Men jag klarar liksom inte av om han ska stå där och *hångla* med en tjej. Där går gränsen. Så, det var därför som ...”

Vilken idiot *den* Fred är, tänkte Daniel. Han hade alltså chansen, men på fullt allvar så väljer han den där tjejen framför Nina? *Varför*?

Han kunde inte hålla sig, drog upp armen, la den om henne. Hon hoppade inte till och hon sprang inte iväg. Hon kröp bara in mot honom ännu mer. Så satt de där i tystnad tills 5:ans buss kom pysande.

Nina

”DU HAR ETT nytt meddelande.”

Mandas upphetsade röst, hon lät som att hon pratade samtidigt som hon gick.

”Nina! Gud, Nina! Ring mig ring mig ring mig ring mig! Så fort du hör det här, ring på en gång!”

”Inkom idag klockan ett och arton. Vill du lyssna på meddelandet igen, tryck …”

”Så fort du hör det här.”

Gällde det även klockan halv nio på morgonen, om man hade varit uppe till minst halv två?

Det gjorde det. Om det hade kommit en kompis till Sanne till festen, sen när Nina gått. Och om den kompisen, Anton, hade varit skitsöt och skitkul och om Manda hade pratat skitmycket med honom, och om det hade varit så guuuud! allting med honom. Och sen sen sen, om han hade gett sitt mobilnummer och bett om hennes. *Om* allt det där inföll en lördagsnatt, *då* fick man ringa så fort man vaknade, halv nio en söndagsmorgon, utan att vara störande.

”Anton och Amanda. Men det kan ju inte hjälpas.”

Manda kuttrade fnittrigt med sömnhes röst.

”Är det sant?!” pliktkuttrade Nina tillbaka och hoppades att det lät skitlyckligt å Mandas vägnar.

Hon visste att hon måste låta glad för Mandas skull nu. Intresserad och alldeles överförtjust glad. *Manda har hittat en flirt! Hurra hurra hurra! Hoppas han ringer!* I själva hoppades hon att han inte skulle ringa. Hon hoppades att han skulle vara precis likadan som Fred. Ja. Hon var en alldeles fruktansvärd människa.

”Vem är han? Har vi sett honom förut?”

”Nej, han är helt ny! En av Sannes kompisar. Ett år äldre än oss. Och så går han på Minerva. Idrottsprogrammet. Gissa om *det* syns?” Lycklig suck och flera minuter till av Anton-info. ”Det var synd att du stack.”

Nina svarade inte.

”Jag vet, jag vet”, sa Manda förstående. ”Fast dom stannade inte så länge.”

På vilket sätt var det en bra upplysning? Det betydde väl bara att de åkte hem och hånglade och var skitlyckliga ihop de också. Som hela världen var nuförtiden. Tack för påminnelsen.

”Vi gick på Schmäck”, sa Nina. ”Jag och Daniel. Fikade och så satt vi där ett tag och …”

Det var som en parodi, hon märkte på en sekund hur Manda blev frånvarande och distraherad bara för att samtalet glidit från henne och Anton.

”Jag måste försöka sova mer. Jag är så sjukt trött, men jag kan liksom inte slappna av.”

Nytt lyckligt fnitter.

Nina kände sig också som en parodi när de la på. Den avundsjuka bästisen som inte kan acceptera att hennes kompis har träffat en kille.

Som måste *låtsas* vara jätteglad och jätteintresserad av att höra om killen, men som egentligen bara känner sig ensam och övergiven och redan oroar sig för all tid som kompisen kommer att tillbringa med honom. Nina drog deprimerat täcket över sig. Var hon än tittade poppade det upp lyckliga par. Fred och Anna-Emma. Anton och Amanda. Wille och Mia. Daniel och Sigrid, kanske.

Guuud. Just nu ville hon bara be alla lyckliga och nykära att sluta glittra och kuttra. Och sluta vara så jävla lyckligt *ihop*.

Daniel

TORSDAGSKVÄLL VAR STORA packarkvällen. Han och Wille skulle åka upp till Luleå på höstlovet. Daniel skulle vara där hela veckan, Wille bara några dagar för det var hockeycup i Ö-vik sen. De gick fram och tillbaka med saker att stoppa ner i sina väskor och de andra satt uppradade i sofforna och tittade på. Pappa pekade ut något uppenbart ibland för syns skull, ”glöm inte mobilladdaren”, men annars såg de ut som åskådare på en tennismatch.

”Det kommer att eka här nu”, sa Marie. ”Bara Nina hemma.”

”Ja, herregud”, sa pappa. ”Vad ska vi hitta på hela kvällarna?”

”Städa ditt rum”, föreslog Wille sakligt och Daniel fnissade till.

”Jag då?” undrade Nina.

Wille behövde ingen betänketid.

”Rita en teckning.”

”Eller baka en kaka”, fyllde Daniel på.

”Jamen, precis!” sa Marie till pappa. ”Kommer *du* ihåg bullarna du lovade oss för en månad sen?”

”Vad tråkiga grejer ni hittar på.” Han spelade gnällig. ”Jag vill göra något kul.”

”Jaha-a, något *kul*”, sa Wille som om han inte fattat det förrän nu. ”Då vet jag. Gå och panta tomflaskorna.”

Han bollade över till Daniel som tog fortsättningen:

”Du får behålla alla pengar själv.”

Han och Wille gjorde high five i luften och de andra skrattade.

”Vilket tag-team ni är”, fnissade Nina. ”Har ni tränat länge?”

”Varje dag i arton år. Ofrivilligt. Visst börjar vi bli bra?”

Wille såg nöjd ut.

Allihop följde med till bussen på fredagskvällen och vinkade hej då. Willes nya tjej, Mia, kom också. En hel liten avskedskommitté som stod på rad för att kramas innan de klev på bussen.

”Kolla nu vad söta dom är”, viskade Nina förtjust till Daniel när Mia och Wille stod några steg bort och pratade med armarna om varandra. ”Wille ser så gullig ut när han är med henne. Eller hur?”

”Ja, jättegullig”, sa Daniel i överdrivet sockersöt ton och Nina himlade leende med ögonen åt honom.

”Om du inte hade varit en sån machokille så hade du kunnat erkänna det”, bet hon tillbaka sen.

”Ska du ta av dig skorna så har du fem minuter på dig”, sa Wille när han satt sig tillrätta i sätet och all eventuell jättegullighet var spårlöst försvunnen. ”Sen är det kört.”

Nina

DET KOM TVÅ familjenyheter under lördagsmorgonen en vecka senare. Den goda var att Willes lag skulle spela final i Ö-vik imorgon. Den dåliga att Daniel fått magsjuka i Luleå. Smittad av en kompis. Att sitta på en buss i fyra timmar var helt uteslutet för tillfället.

”Inte förrän tidigast måndag”, berättade Tomas. ”Allt beror på hur länge han är dålig.”

”Va?” sa Nina. ”Först på måndag?”

”Tidigast. Två karantändygn efter sista spyan”, sa Tomas sakligt. ”För att inte smitta.”

”Kan han inte bara sitta i den där allergidelen då? Där är ju ingen, och det är precis bredvid toan. Det går väl?”

Tomas skakade på huvudet.

På söndagen kom rapporter om att Willes lag tagit silver och att sjuklingen ätit ett kex och en yoghurt till lunch. Det hade inte kommit upp än, en timme senare. Det fanns hopp om livet.

Daniel

"JAG VAR OCH sprang fyra gånger förra veckan. Hörde du, fyra! Det blev ju rena sportlovet. Och näst sista gången var det säkert sex kilometer, utan att jag gick ett enda steg. Och så kom jag på en idé till min novell. Alltså, medan jag sprang. Jag har till och med gjort en plan, vi fick börja på lektionen igår och det ..."

Nina surrade entusiastiskt bredvid honom på väg ner till skolan. Som att ha en liten Duracellmygga i örat. Han hade redan hört nästan allt hon sa minst en gång förut, men han sa inget om det. Lät henne prata på.

Hon och pappa hade kommit och hämtat honom på busshållplatsen vid sjukhuset igårkväll, men då hade han varit så trött att han gått och lagt sig nästan på en gång. Idag var han piggare. Tolv dagar sen han varit i skolan sist, två dagars extra lov på grund av magsjukan. Han återvände ett par kilo lättare och med ett löfte från Marie att de skulle göra allt de kunde för att fetta upp honom så att han inte såg så tärd ut.

Nina

DET VAR INTE vad de sa ("hej") och det var inte hur de rörde sig (inga häftiga kramar, inga handhållningar), men nu när Nina hade börjat tänka på det så kändes det faktiskt som om det var något annorlunda mellan Sigrid och Daniel. De stod bredvid varandra utanför klassrummet. Precis som vanligt. Men hade hon missat att Sigrids arm nuddade vid Daniels? Eller att hans hand som hastigast kramade hennes i en hemlig, lycklig hälsning? Vad annars kunde förklara det där ansiktsuttrycket hos dem?

Det var som om Nina var på bio och en väldigt lång och bred person kom och satte sig mitt framför, dolde en massa av duken. Hon fick hela tiden böja sig åt höger och vänster för att se ordentligt, men var ändå alltid säker på att hon missade någon viktig och avgörande del av all action som hon fick försöka gissa och fylla i.

Nina iakttog med falkögon, och hon såg vissa saker tydligt.

De satt snett mittemot varandra i maten.

Hade hon missat att Sigrid sträckte ut sina ben under bordet och hittade hans fötter? Eller att hon tittade på honom och mimade något internt (”love you”?), så hastigt att ingen annan märkte det? För varför annars böjde Daniel nacken som för att försöka dölja sina förtjust röda kinder och sin glada ögon genom att titta ner i bordet?

Givetvis var det ju ingen av dem som sa ett pip om det, men det hade hon slutat vänta på. Den dag Daniel självmant skulle avslöja något om Sigrid var väl när det var fem minuter kvar till deras bröllop och det absolut inte gick att undvika längre.

Det kändes alltså inte så förvånande sen efter skolan när Daniel berättade för Nina att Sigrid ”skulle komma över en sväng ikväll”.

”Jaha”, sa Nina och tog en klunk av sin O'boy. ”Är det någon skrivarkursgrej?”

”Mmmm”, svarade han medan han bredde en macka.

Nina såg misstänksamt på honom. Hon visste att skrivarkursen var slut. För att han hade berättat det. Sista gången var innan höstlovet.

”Vadå för någonting?”

”Vi tänkte, den här novelltävlingen. Du ville ju till Åre, eller hur?”

Daniel log åt henne. Det var en grej deras svenskalärare hade lanserat innan lovet. Förstapris var en klassresa vart som helst i Sverige, och hela klassen hade med liv och lust kastat sig in i en diskussion om vart man skulle resa ifall man vann. ”Så det blir väl den vi gör, tror jag.”

Det tror inte *jag*, tänkte Nina och tittade på medan han åt sin smörgås i tre, stressade tuggor innan han hoppade upp för att rota runt i skafferiet. Han skulle göra chokladbollar.

Nina såg framför sig hur hon höll upp en genomskinlig liten plastpåse med en kladdig, halvmosad chokladboll i för en domstol. *”Your honor, exhibit A.”*

”Kan du redan äta sånt? Efter magsjukan?”

Igårkväll hade mamma lagat en mild fisksoppa till middag, enkom för hans skull.

”Det är ju mycket bättre nu. Och jag tar väl bara en eller två.”

”Jaha … Så då kanske vi kan sticka ut och springa imorgonkväll? Om du nu är helt frisk?”

”Visst. Åh, kolla!” Daniel vände sig om och höll upp en burk med silverströssel. ”Är det här Maries? Får man använda det?”

De hade haft det liggande i flera år i skafferiet. Nina snörpte på munnen.

”Helst inte, tror jag.”

Daniel

NINA MÖTTE HONOM i hallen med en mycket förbannad min när han kom hem.

”Kommer du ihåg vad vi skulle göra ikväll? Springa! Minns du det? Och vad fan har du inte på din mobil för! Kul för mig att sitta här och vänta i timmar!”

”Va? Åh, nej.” Han tog sig för pannan. ”Förlåt! Jag glömde. Förlåt!”

”Tack så mycket!” fräste hon.

”Jamen, förlåt. Jag tänkte inte på …” Han såg på klockan. Halv tio. ”Det är för sent nu, va?”

”Menar du.”

Nina gjorde ännu en förbannad fräsning och slog ut med händerna.

”Imorgon, vi springer imorgon?”

”Wille har redan lovat. *Du* behöver inte.”

”Men jag vill ju, det var bara det att jag …” Han sträckte ut handen och försökte ta tag i henne men hon girade undan. ”Min mobil laddade ur också. Jag hade inte alls tänkt att jag skulle …” Han suckade. ”Du, Nina, snälla? Jag glömde bara, jag *vill* springa.”

Hon blängde på honom.

”Kunde du inte ha ringt Manda då?” frågade han. ”Om du nu var så peppad?”

”Varför tror du jag bad dig från början?” blixtrade hon till. ”Manda kunde inte!”

Hon gick in i badrummet och drog igen dörren mitt framför näsan på honom.

”Smidigt”, sa Wille från soffan.

Daniel sjönk ner bredvid honom.

”Var är pappa och Marie?”

”På operan.”

”Operan?”

”Marie kom väl på att hon ville testa det.” Wille gäspade och bytte tevekanal. ”Och pappa tordes väl inte säga nej. Eller också är han för kär.” Wille gäspade igen, ännu större, och masade sig upp ur soffan. ”Jag måste sova.”

Redan? Klockan var ju bara halv tio.

Daniel såg besviket på honom.

”Jaha. Godnatt.”

Han hade tänkt att han skulle komma hem och kunna prata med Wille. Berätta om Sigrid, så att allt blev ett pussel som Wille kunde hjälpa till att lösa.

Igår när han kommit tillbaka till skolan efter sitt extralånga magsjukelov, då hade hon verkat riktigt glad att se honom. Direkt föreslagit att de skulle köra en egen liten skrivarkurs med novelltävlingen. Och idag. Sigrid hade frågat honom, bara honom, om han hade lust att ta en fika efter skolan. De hade gått till bibliotekskaféet. Först en macka och sitta lite med novellerna för tävlingen. När klockan närmade sig halv sex, frågade hon om han hade lust att kolla en film. Hemma hos henne. Han kunde äta där också. Så han hade ringt pappas mobil, lämnat ett meddelande och följt med hem till henne. De hade sett *Mandomsprovet*. Han i fåtöljen, hon på sängen. Precis samma som förut. Och andra kvällen i rad som de träffades.

Vad är på gång? hade han funderat medan han satt där. Är något på gång? Är det något jag borde fatta? Typ, hon gillar mig? Eller, jag gillar henne?

Gjorde han det? Utan att förstå det?

Han hade smygsneglat på henne och verkligen, verkligen försökt känna efter. Blir jag kåt nu? Vill jag välta omkull henne i sängen och börja hångla? Vill jag att hon ska kasta sig över mig? Vill jag aldrig gå hem härifrån?

Jo, han ville gå hem. Och nej, han kände sig inte speciellt kåt alls. Fast det kanske var magsjukans fel? Eller?

Och sen märkte han plötsligt att hon hade lagt sin arm nära hans. Var det av en slump eller för att hon ville något?

"Jag måste bara på toa", sa han snabbt och reste sig. "Du behöver inte stoppa."

Om han inte ville vara tillsammans med henne. Kunde man träffas så här ändå? Fick man säga ja till film och fikor bara för att just fika och se film. Eller var det ohederligt? Borde han till exempel ha suttit i hennes fåtölj ikväll och planerat *hur* han skulle gå till väga för att förföra, inte *om*?

Sigrid hade dragit armen till sig när han kom tillbaka.

"Jag stoppade ändå", sa hon med ett snällt leende. "Det är ett bra avsnitt nu. Som man faktiskt inte borde missa."

Daniel nickade.

"Schyst."

Hon var smart, snygg, snäll, skojig, skitbra. Faktiskt. Han såg på henne och nu märkte hon det och tittade tillbaka:

"Vad är det?"

"Nej, inget", sa han.

Tyvärr.

Nina kom ut från badrummet. Så hade han missat en springtur med henne också. Hon svepte ordlöst och anklagande förbi honom. Allt hår hopsamlat i hennes vanliga sovfläta. Renskrubbat ansikte. En mycket sur mun.

Ibland glömde han helt bort hur söt hon var. Under allt annat så var hon också så väldigt söt.

”Du, jag har i alla fall jobbat på att du ska komma till Åre”, sa han i ett nytt försök att sudda bort lite av den sura munnen.

Responsen blev en dräpande blick.

”Men fattar du ingenting, du kommer aldrig att vinna den där tävlingen. Man gör aldrig det.”

Hon var fortfarande sur och fräsig dagen efter. Varenda gång han frågade eller sa något kom det ett svar i ”bry dig inte”-stil. De andra på skolan märkte det också.

”Ingen vidare familjefrid idag?” frågade Jesper.

”Neej ... Jag råkade glömma bort en grej igår.”

”Hennes födelsedag?”

För en kort stund fick Daniel lätt panik. Sen mindes han, de hade skickat ett kort, det var vårsol och bara lite snö på gatorna och det var medan de bodde kvar i Luleå. Typ i mars.

”Nej.” Daniel ryckte lite på axlarna. ”Bara ... Äh, jag vet inte.”

Jesper tittade på honom med förstående min. *Om* han visste.

”Fyller inte du år snart förresten?”

”Om två veckor.”

”Ska du ha fest?”

Ha fest? Daniel brukade inte ha fest. Men å andra sidan, han hade aldrig fyllt år i Umeå förut.

”Jag kanske borde det”, sa han fundersamt. ”Jag fyller till och med år på en lördag, så ...”

Jesper kom genast med positiv respons.

Det skulle aldrig gå att ha en sån fest som den han följt med Nina på. Men det var han inte så sugen på heller. Det kunde bli mer som Jespers fest. Ingen alkohol. Bara de i klassen. Varför inte?

”Jag ska kolla hemma”, sa han till Jesper.

”Jag blir faktiskt lite nervös”, sa Marie. ”Fest låter som att hundra ungar väller in och skövlar lägenheten. Det är inte att jag inte litar på dig, men tänk om allt går överstyr? Man hör ju om hur andra ...”

”Om jag kallar det middagsbjudning?”

Hon skruvade ängsligt på sig.

”Och vi som har nya sofföverdrag och allt. Och vi har ju inte träffat så många från er klass heller.” Hon skruvade på sig igen. ”Jag har aldrig låtit Nina ha fest om jag inte varit med själv. Man vet inte hur det kan sluta. Det *är* ju annorlunda nu på gymnasiet.”

”Det kommer inte att bli en sån fest. Jag lovar. Jag bjuder bara in några från klassen. Ingen får ta med sig någon. Ingen får ta med sig sprit. Jag säger allt det jättenoga innan. Det blir max tio, tolv pers. Och alla får äta och dricka inne i köket, ingen annanstans.”

”Fatta vilken kul *fest*”, sa Nina syrligt från andra sidan bordet. Daniel ignorerade henne. Han såg på Marie och pappa. Pappa såg också tveksam ut.

”Vi måste fundera på det”, sa han. ”Men går det inte om vi liksom drar oss tillbaka till ett rum? Ingen märker att vi är här, men vi är det ifall att.”

”Stäng in er på lilltoan. Så sitter ni där och leker Anne Frank några timmar. *Sch, inte ett ljud.*" Nina började fnissa. "Och sen hoppar ni fram som en överraskning. Och kör fiskdammen!" Hon skrattade. "Herregud, slappna av! Det är *Daniel.* Det värsta som kan hända är väl liksom om någon råkar få för mycket socker i sitt te och blir lite stirrig."

"*Det* kommer inte att bli du", muttrade Daniel.

Nina fortsatte skratta.

"Men jag kan precis se det, alla står uppradade och låtsas vara med på det, så artigt som 'jaha-a, det är fiskdamm, vad kul', tio år för sent och så ni två helt på allvar ... Åh guuud!"

Det dröjde en dag och sen kom utlåtandet. Om *alla* barn kunde lova att det inte skulle bli alkohol och röj, då fick det bli föräldrafri fest.

Alla barn kunde lova det. Dyrt och heligt. Föräldrarna tog varandra i handen och verkade tänka "åhherreminje". Men de sa ja.

Nina

"VARFÖR SKA INTE Sebastian komma? Han är ju den enda roliga."

"Han ingår inte direkt i Daniels klick om vi säger så. Ali kommer."

Manda såg inte helt nöjd ut.

"Och när var det här?"

"Nästa lördag, vid sju." Nina hakade in sin arm under Mandas. "Kom bara en liten stund och supporta mig och sen kan vi göra något annat. Please?"

"Och inte ta med Anton?"

"Nej, inga extra. Mamma är skitnervös ändå. Hon tror att det ska bli en lägenhetsmassaker."

Manda blaséskrockade.

"En lägenhetsmassaker. Herregud." Hon stannade mitt i gången på H & M och slog dramatiskt ut med händerna. "Okej, fokusera nu. Söt topp till en tioårig tjej. Ljusbrunt hår. Lite blek och genomskinlig. Ingen rocker." De var på stan för att köpa Antons present till hans lillsyrra, eftersom Manda hade bättre smak än han. Och definitivt mer köplust. "Du kan väl kolla efter något till Daniel på samma gång? Eller vad ska du ge honom?"

"Vet inte än", sa Nina. "Men en snygg tröja är väl ..."

"Alltid bra", fyllde Manda i. "Kanske något i färg? Inte bara mörkblått." Hon såg entusiastiskt på Nina. "Jag skulle lätt kunna vara personal shopper! Tänk så här, Anton blir personal trainer och jag personal shopper. Vi kan starta en makeover-firma där han fixar till kunderna fysiskt och jag tar hand om deras nya stil när det är klart. Smart, va?"

"Ja, faktiskt." Nina spanade runt bland topparna och hittade en fin i mörklila och vitt. "Till lillsyrran?"

Hon visste inte om Daniel hade medium eller large i storlek, så senare på kvällen (medan han var tryggt upptagen av middagsdisken) smög hon in i hans rum för att tjuvkika i garderoben. Han hade medium.

På golvet nedanför sängen, nästan inskjuten under så att hon inte såg den först, låg ett blått häfte. *Sveriges hopp*. Flera namn, bland annat Daniels på framsidan. Nina sneglade mot dörren. Sen ögnade hon nyfiket igenom innehållsförteckningen. Daniel Holmström "Samtidigt ...", sid 8. Sigrid Nordlund "Bryta ihop och komma igen", sid 16.

Nina slog upp sidan åtta. Hon snabbläste och förstod att novellen handlade om två killar som var födda exakt samtidigt i samma stad, men i övrigt mycket olika. Tyvärr kom Tomas och slog på tevenyheterna ute i vardagsrummet sen, så hon vågade inte läsa längre än första sidan. Det var uppenbart en best of skrivarkursen-samling, men Daniel hade inte visat den för någon här hemma. Nina ångrade sin kommentar om att han aldrig skulle vinna novelltävlingen ännu mer. Hon borde ha läst något innan hon kläckte ur sig det. Eller tänkt efter.

Nästa morgon hittade hon på att hon glömt engelskan när de kommit ner på gården, rusade upp igen. Häftet låg tack och lov kvar på samma ställe under sängen. Hon visste inte hur hon skulle kunna lägga tillbaka det utan att han märkte något när de kom hem, men det fick lösa sig. På lunchen gick hon till bibblan och kopierade hans novell. Ingen stod på kö, och eftersom det var tjugofem minuter kvar till nästa lektion tog hon Sigrids också. Sen snabbt ner med allt i väskan igen. När hon läste dem hemma sen gömde hon papperna bakom en tidning. Allt kändes väldigt "hemlig agent".

Sigrids novell var okej. Ett oväntat slut, det var det bästa med den.

Daniels. Nina tänkte först att han måste ha snott den någonstans. Men det var samtidigt vissa grejer i den som var så typiskt honom, så det hade han ju inte. Det var bara oväntat bra. Och så fascinerande! Sånt som hon *aldrig* hade trott att han tänkte på eller märkte, överhuvudtaget.

Nere på H & M hängde en vinröd huvtröja med tryck i marint och vitt. Snygg. Skulle passa honom perfekt och bli en bra födelsedagspresent. En helt vanlig födelsedagspresent. Säkert just en sån som han förväntade sig från henne bara för att hon brukade kommentera hans kläder.

Hon drog fram lådan med ritgrejer, slog upp blocket. Började skissa. Bara för att testa lite.

Daniel

"NINA?"

Han knackade på hennes dörr och möttes av ett högt skrik:

"Nej! Vänta!"

Efter en stund öppnade hon dörren lite, lite på glänt.

Daniel försökte kika in bakom henne, men då drog hon genast igen den ännu mer.

"Vad gör du?"

"Slår in ditt paket."

"Åh."

"Ja. Vad vill du?"

"Fara ut och springa. Har du lust?"

Hon skakade på huvudet.

"Kanske imorgon."

Stängde dörren.

Nästa kväll, samma visa. Hon stängde in sig direkt de kom hem från skolan.

"Du måste ju vara klar med paketet nu", sa han när hon öppnade efter att först ha vrålat "nej!" när han knackade på.

"Mmjaa", sa hon. "Jag gör en annan grej."

"Tar det lång tid?"

"Ja."

"Hur lång?"

"Vet inte."

Hon stängde dörren.

Men vafan, tänkte han, knackade igen.

”Minst en timme!” kom det där inifrån.

Han ville inte ens sticka ut och springa. Han ville prata om Sigrid. Han *måste* få prata om Sigrid med någon nu. Hon stod inte och tindrade med ögonen mot honom som folk på film gjorde när de var intresserade. Hon hade inte börjat skicka fem mejl per dag som var fulla av menande uttalanden och hon brukade inte låtsas snava för att kunna trycka sig mot honom i matkön. Hade hon gjort det så hade det ju varit enkelt att fatta. Då hade han bara behövt bestämma sig. Om vad han tyckte.

Det jobbigaste nu var att han kände sig mer och mer stressad över att inte ha bestämt sig. Varje gång han pratade med henne satt han och kände efter *hur* mycket det kändes. När de sågs direkt på morgonen så tänkte han: Är hon snygg idag? Vill jag ta på henne? Har jag drömt om henne inatt? Var det kul när hon sa det där? Kändes det bra när hon vände sig till mig? Kändes det dåligt när hon vände sig till Jesper?

Ju gladare Sigrid verkade vara över att träffa honom, desto mer stressad blev han över vad han kände eller inte kände.

”Nina?” Han lutade sig mot hennes dörr. ”Vill du inte ha te och fika då?”

Hon öppnade så oväntat snabbt att han höll på att trilla in och hon fick fånga upp honom. Hon hade röda färgfläckar på fingrarna.

”Vad gör du? Målar du?”

”Bry inte din lilla hjärna med det, du.” Hon snurrade på honom och puttade milt ut honom ur rummet i riktning mot köket. ”Fixa te, please.” Han låtsades streta emot så hon gick bakom och puttade på. De började fnissa båda två, men ingen slutade putta eller streta förrän de långsamt nått köket på det sättet och Nina parkerat honom framför köksbänken. ”Varsågod. Tillverka dryck.”

Nina

"VAR DET PÅ lördag det var Daniels grej? Antons lillasyrra fyller ju år på precis samma dag."

Manda lät bedjande och frågande på samma gång.

"Och? Det här är ju på kvällen. Det är inget barnkalas."

"Jag vet, men ... Jag gör så här, jag är hos dom först och sen kommer jag till er."

Och? hade Nina lust att säga igen. Det var väl ett helt normalt sätt att göra det på. Till och med en femåring hade kunnat komma på den lösningen.

"Visst var det åtta, sa du?"

"Nej, halv *sju*", morrade Nina. "*Prick* halv sju."

"Okej, okej, ta det lugnt. *Prick* halv sju. Vi ses då."

De la på. Hon hade lust att lyfta luren igen och med sin mest beordrande röst lämna ett meddelande till Manda.

Du kommer hit, fattar du det? Efter all tid jag har lagt på allt prat om dig och Anton, så är det din plikt att för en gångs skull ställa upp på mig. Jag accepterar inga barnkalas och andra undanflykter bara för att du ska kunna hångla lite mer med din kille. Du kommer hit prick halv sju och du är glad och du är med mig! Fattar du?!

Daniel

HAN HADE ALDRIG fyllt år i Umeå, aldrig planerat födelsedagsfest, aldrig blivit uppvaktad av en hel liten kör på morgonen. Fyra glada morgonskråliga stämmor som kom in och sjöng ”ja må han leva” vid niotiden. Hellre än bra, men. Wow. En hel liten kör, istället för ett par. Frukost på sängen. En födelsedagsmuffins med ljus i (”tårtan kommer sen”). Fem paket. En låtsasmamma som ville fota, så han fick först posera med paketen i famnen och sen med de uppackade presenterna. ”Så gör vi alltid.”

Okej då. Han kunde leva med den traditionen.

Nina

MAMMA OCH TOMAS gjorde en poäng av att stanna hemma ända tills första gästerna, Sven och Hiro, kom. Sen gjorde de en till poäng av att övertydligt hojta ”Då ses vi vid halv tolv. Hej då, Daniel! Nina, vi går nu! Lycka till!” innan de äntligen, äntligen kunde förmå sig att lämna lägenheten. Åsynen av Sven och Hiro borde ha lugnat dem radikalt. En superambitiös och prydlig halvjapan och en liten kortis, smal som en sticka. Inte urtypen för stökiga tonåringar som skövlar lägenheter.

”Vi ses!” hojtade Nina tillbaka. Och sen, med flit riktat särskilt mot hallen och extra högt: ”Daniel, du kan öppna vinet nu!”

Mamma gick på det. ”Va?” kom det förskräckt och Tomas lugnande ”hon skämtar bara”.

Daniel mötte Ninas blick och skakade leende på huvudet.

”Var snäll.”

”Jag har ju varit jättesnäll hela dagen!” sa hon. ”Hållit på och fixa pastasallad med dig och musik och allt! Eller hur?”

”Ja. Jättesnäll hela dagen.” Han drog oväntat in henne i en kram, en ordentlig. ”Tack.”

Log lite generat när han släppte taget för att det plingade på dörren igen. Hon följde efter och stod och såg på alla som kom mer eller mindre i en stor hög. Hur Anna nöp i vinröda huvtröjan med marinblått tryck ”Ny, va? Snygg!” och hur Sigrid efter viss tvekan gav honom en stel kram, och hur Jesper fumlade av sig sina skor och höll på att tappa balansen och krascha in i hallbyrån (tur att mamma hade gått och inte tog det som ett tecken på förfest). Den enda som inte kom var Manda. Å andra sidan var hon en notorisk fem-minuter-senare.

Alla fick välkomstbål och chips. Klockan blev tio i sju och Nina ringde Mandas mobil. Avstängd. Hemma hos henne var det inget svar heller.

Daniel stack in huvudet på Ninas rum.

”Jag ska börja fixa maten.”

Skålarna med pastasallad, baguetterna värmda och uppskurna, läsken, vattnet, smöret, allt på plats.

”Manda har ju inte kommit än”, sa hon när de ställde fram det sista.

”Var är hon?”

”På ett kalas. Som skulle sluta fyra. Men hon lovade att hon skulle … Fast hon svarar inte på mobilen nu.”

Daniel såg på köksklockan. Tio över sju. Han såg ut att vara på vippen att säga något och Nina förstod precis vad det kunde vara. *”Hon tänker väl kanske inte komma då?”* Nej, just det. För om man kan välja mellan att mysa med sin nya pojkvän eller att sitta på en tråkig middag med sin tråkiga, gamla kompis och hennes nördiga låtsasbrorsas nördiga kompisar, vad väljer man då om man heter Manda? Pojkvännen! Lätt.

”Hon får äta när hon kommer”, avgjorde han. ”Sitt här med mig.”

Han drog ut två stolar bredvid varandra.

”Vi pratade imorse och då sa hon faktiskt att hon ...”, började Nina.

”Men det gör inget att hon är lite sen, vi har ju hur mycket mat som helst. Hon kommer säkert snart.”

Han kramade hennes axel och sen gick han ut till vardagsrummet och sa att alla hungriga var välkomna in i köket.

Daniel

PRAT OCH MAT och Ninas specialgjorda playlist på i bakgrunden och mer mat och mer skratt. Anna och Ali tog en massa bilder med sina mobiler. Daniel tänkte att han måste komma ihåg att be om dem sen. *Så här var det på min födelsedag. Kolla vad kul vi hade det! Kolla vilken bra dag!*

Till och med Nina började lätta upp efter en stund. Först hade hon mest suttit tyst och sett ledsen ut för att Manda inte kommit. Stora ögon som hängde fast vid hans när han sa något åt henne, en trumpen liten mun som gjorde att man bara ville krama om henne. Han visste ingen som kunde se så ynklig ut. Men han kände sig riktigt smidig för en gångs skull när han *inte* började tjata och fråga om vad som var fel. Han pratade bara på som vanligt istället. Sakta men säkert släppte ynkligheten. Sen kom en liten hand plötsligt farande och nöp till i sidan på honom när han och Jesper höll på att retas med Sven.

”Var snäll nu”, viskade hon förmanande åt honom.

”Men jag är ju *jättesnäll*”, viskade han tillbaka.

”Nej!” log hon. ”Du måste vara jättesnällare i såna fall, Daniel. Försök.”

Pappa och Nina kallade honom aldrig Danne. Nina kallade honom aldrig något smeknamn överhuvudtaget, det var alltid bara Daniel. Hon hade å andra sidan sex, sju helt olika Daniel. Snälla-håll-tyst-Daniel/amen-sluta-tjata-Daniel/jag-har-så-tråkigt-så-du-måste-hitta-på-något-kul-innan-jag-dör-Daniel. Eller det Daniel som fick honom att le och vilja svara ”okejdå, lilla myggan, jag gör väl ett försök”. Som nu. Han sträckte sig efter olivskålen åt henne.

”Ta mer såna här.” Hon älskade oliver. ”Kolla vad snäll jag är.”

Nina

HON GICK IN på sitt rum och prövade att ringa Manda igen när de ätit klart. Svar! Redan på andra signalen.

”Hallå, var är du? Jag väntar ju på dig!”

”Jag är snart, snart, snart på väg.”

Manda lät mysig och glad och kuttrig. Pojkvänskuttrig.

”Jaha … Okej …” Nina satte sig på sängen. ”Vi har redan ätit, men det finns kvar. Jag sparade av allt till dig.”

Du är ganska sen, har du märkt det?

”Åh, fast jag har precis ätit hos Anton. Vi är nästan klara här nu.”

Nina hann inte hålla tillbaka sin besvikna fråga.

”Har du?”

Varför då? Du skulle ju äta här. Med mig.

”Jamen du vet, det var ju först kalaset och sen bjöd dom mig på middag. Jag kunde ju liksom inte tacka nej då. Eller hur?”

Varför inte? Jag hade ju redan bett dig.

”Ja, så att ...”, sa Manda och sen avbröt hon sig för att mumla något vid sidan om, förmodligen till Anton. ”Vi ses om en liten stund då, Ninis. Hur är festen?”

En liten stund? Du är ju för guds skull i Umedalen. Det tar evigheter att komma därifrån.

”Den är väl bra. Eller okej, typ.”

Det skulle vara roligare, för mig, om du var här.

Manda gav ifrån sig ett kort ”kul!” och upprepade att de skulle ses alldeles snart.

”Hej så länge!”

Hej så länge.

Nu var det officiellt alltså. Det som Nina bara hade väntat på de senaste veckorna. Det spelade ingen roll om Manda hade lovat att göra något med henne ifall Anton kom med ett nytt förslag. Manda tvekade inte i en sekund. Anton vann. Nina förlorade.

Det spelade inte heller någon roll att Nina försökte vara så stöttande och tålmodig och vänlig och peppande som det bara var möjligt. Som en bästa vän skulle vara. Hon hade ju för guds skull lyssnat på Mandas Anton-prat *i timmar*! Utan att klaga. Och nu när hon bad Manda komma hit en kväll, vara med på festen som sällskap, ett par timmar bara, för Ninas skull. Kunde Manda göra det? Nej. Anton var rolig och Nina var tråkig. Anton var pojkvän och Nina var kompis. Rolig pojkvän vann alltid över tråkig kompis. Välkommen till den nya världen.

Vad kul att du kunde komma, Manda. Vad kul att jag spelar så stor roll för dig. Vad fint att du ställer upp. Vad bra att du ...

Fan. Åtminstone gick inte Anton på samma skola. Åtminstone kunde de äta lunch tillsammans ibland, hon och Manda, ifred. Och spana på Fred och Anna-Emma och alla andra lyckliga par som överbefolkade världen. Så kunde Nina sitta där och peta i sig överkokta snabbmakaroner medan Manda berättade allt vad Anton sagt, gjort och tänkt och vad de två skulle göra tillsammans senare. Något supermysigt och supergulligt. Bara de två.

Välkommen till den nya superensamma världen, Ninis. Här är alla två, utom du.

FAN.

Hon hörde hur de bytte musik där ute. Daniels kompisar. Och Daniel. Just nu längtade hon tills allihop skulle gå, ville att festen redan skulle vara färdig. Det skulle vara så skönt att få sätta sig i soffan med honom. Han skulle småprata om ditt och datt, grejer hon inte var så intresserad av egentligen, men som han tyckte var underhållande. Och det var det ju, att få sitta och halvlyssna. Och sen kunde han få sin riktiga present. Inte tröjan, utan den som hon var riktigt nervös för vad han skulle tycka om och inte hade hittat ett bra tillfälle att överlämna än. Få se om han blev glad eller om han tyckte det var hemskt. *Det* hade hon lust med nu.

Det kändes återigen som att Nina hade missat en viktig del i filmen om Sigrid och Daniel. Vad hade hänt efter den stela välkomstkramen och under tiden hon var inne på sitt rum? Senast hon såg dem hade Sigrid inte haft skrattiga, röda kinder och Daniel hade inte tittat på henne på det där sättet, och Sigrid hade inte tittat tillbaka *så*.

En lång, sugande blick, en handkram, en kyss, en smekning, eller helt enkelt en spontansnabbis på toaletten? Eller? Vad fick dem att plötsligt stå och prata *sådär* och så *nära* i köket *ensamma*?

”Daniel”, sa hon. Han hörde inte ens först. ”Daniel!”

Båda två snurrade runt. Han leende.

”Ja?”

Nina såg på dem. Det kändes verkligen, och det såg verkligen ut, som att hon störde deras fina, lilla bubbla.

”Jag ringde Manda”, sa hon. ”Hon är på väg.”

Daniel nickade. Fortfarande leende.

Hon gillade inte det där smilet. Det var inte hans vanliga. Det var ett konstigt Wille-med-tjej-smil.

”Vad bra.”

”Helt galant”, sa Sigrid och de två växlade ännu en blick och sen bröt Sigrid ihop i fnitter.

”Du måste sluta med det där”, sa han med sitt leende.

”Varför det? Det är ett helt normalt svenskt ord. Jag får säga det så mycket jag vill. Luften är fri. Dessutom tycker jag att det är *bra*.” Sigrid höjde ett pekfinger för att understryka och la till slut sin hand mot hans bröstkorg. ”I love galant!”

Åh gud, tänkte Nina.

”Är fikat klart?”

”Va?” sa Daniel. Han slet motvilligt blicken från Sigrid och såg sig lite förvirrat runt. Inte undra på. Han hade väl noll centiliter blod kvar i huvudet vid det här laget. ”Jaha, jo, vi ska bara ...” Öppnade kylskåpet, lyfte ut tårtan och räckte den mot Nina. ”Kan du ta in den här.”

Hon fattade att han menade att hon skulle gå ut med den till vardagsrummet och lämna dem ensamma, men hon stod kvar, rörde sig inte en centimeter förrän de också gick dit.

Fast sen behövdes det en tändare till ljusen och det hade ju ingen på sig såklart, och när hon kom tillbaka efter att ha rotat i kökslådan hade alla satt sig.

I den större av sofforna satt Daniel och Sigrid i mitten, bredvid varandra. Vad tur för dem att det fanns så många gäster att de måste trängas. Vad smart av Daniel att flytta ätandet dit så att den ursäkten dök upp för att sitta riktigt nära. Vad kul för Sigrid att hon hann sätta sig smäck bredvid honom och att inte till exempel Ali och Kevin snodde den platsen. Det hade ju varit en enorm waste of space.

Nina fick sätta sig på en av köksstolarna som hon och Hiro bar ut.

”Nu måste vi sjunga!” kråmade sig Sigrid.

”Neej”, mjäkade sig Daniel förväntat, för syns skull. ”Det behövs inte, alla kan väl bara hugga in på …”

”Jooo”, tjatade Sigrid och tindrade med ögonen. ”Det är klart vi måste! Du fyller ju år!”

Det lät som att de var tre repliker ifrån duellen ”vem är gulligast?”. *Svar: Du, nej du, nej du, ne-ej du, nej DU!*

”Vi tar 'Ja må han leva', på tre!” avbröt Nina barskt. ”Ett två …”

Och sen hurrahurrahurrahurra, tårtskärande, skulle han bli gift?, spännande spännande, jaaa!, tårta till alla andra, smaska smaska. Och hela tiden, möjligheten för Sigrid att, om hon ville, snabbt kunna smeka honom i nacken. Ingen skulle märka det utom Daniel. Eller han skulle kunna sätta sin hand mot hennes rygg och bara hon skulle veta att den var där och värmde henne. Deras ben mot varandra, tack vare trängseln i soffan. Var det det enda han kunde tänka på nu medan han pratade på med Jesper och försökte verka normal? I själva verket var det kanske bara Sigrid, Sigrid, Sigrid som pulserade runt i kroppen på honom.

”Öppna dina paket också!” sa Anna.

Nina hade inte tagit fram sitt fina, riktiga. Hon gick inte och hämtade det utan satt och såg på när han öppnade de andras. Spel, två pocketböcker, en dvd från Sigrid.

”*Änglar, finns dom*”, läste Sven på omslaget. ”Vad är det för film? Är den gammal?”

”Den är ju en klassiker!” sa Daniel. ”Hur kan du inte ha hört talas om den? Skandal!” Han sneglade på Sigrid. Det var så uppenbart att det var henne han pratade med fast Sven frågat. ”Tack!”

För tredje gången. Han hade redan strålat och tackat henne två. *Änglar, finns dom* verkade vara hans *absoluta* favoritfilm om man skulle döma av hans reaktion. Nina hade inte heller hört talas om den förut.

Hon satt tyst och åt upp sin andra tårtbit. De andra pratade och flamsade på runt omkring. När hon tittade upp mötte hon Daniels blick, som att han suttit och väntat på att hon skulle märka att han ville något.

”Kom en stund”, sa hon och reste sig.

Daniel

NINA TOG HONOM i handen.

”Du ska få din present.”

Drog med honom in på rummet, bad honom stänga dörren. Hon plockade fram ett rött, platt paket ur sin skrivbordslåda. Ett kort var fastklistrat på framsidan.

”Man vinner aldrig nationella skrivartävlingar, men jag hoppas (och tror!!) att DU gör det. Och inte bara för att jag vill till Åre utan för att du är så bra! Största grattiset till minsta låtsasbrorsan!”

Han såg frågande på henne.

”Vad är det här? Vad har du gjort?”

Hon log åt honom.

”Öppna det bara!”

En tunn, inbunden bok. I ett sånt där fint, knubbigt format som han gillade. En bild på två killar bakifrån och mellan dem titeln från hans skrivarkursnovell. Hans namn under. Han läste det flera gånger, men fattade ändå inte.

”Är det här … Hur har du…?”

Han slog upp första sidan. Den såg ut som en riktig boksida, men det var hans novell. Proffsigt tryckt och skriven, men det *var* hans text.

”Jag fattar bara inte hur du har fått tag i den?” sa han medan ögonen dansade runt på första sidan.

Texten, bladet, trycket, innehållet. Det var så fint att det var svårt att ta in alltihop, och förstå att det var hans. Hur hade hon fått tag i den, var det via Sigrid? Men hur visste Nina ens om att den fanns?

”Vi kan väl säga att jag har ljugit och stulit. Men för en god sak.”

Hon reste sig och ställde sig bredvid honom, bläddrade igenom alla sidor. Visade bilderna, berättade att hon först gjort dem hemma och sen tagit allt till Mikael, hennes förra låtsaspappa. Han hade hjälpt till med layouten och trycket och bindningen på sitt jobb. Daniel stod bara och lyssnade medan hon berättade.

”Kolla”, sa han imponerat när hon var klar. Han visste inte vad han skulle säga. ”Det är ju så … *Fint*. Åh. Det är *så fint*, Nina.”

Fint var bara förnamnet, men han kände sig förstummat glad. Ingen hade någonsin gjort en sån här sak åt honom förut. Nina! Att *Nina* hade gjort det.

”Tycker du det? Ärligt?” frågade hon, som om det fanns någon tvekan. ”Du gillar den?”

”Ja!” Han såg på henne. ”Ja, absolut! Det här är den finaste present jag fått.”

”Vad bra.” Hon såg uppriktigt lättad ut och strök honom snabbt över kinden. ”För jag var så nervös att du inte skulle göra det. Grattis på födelsedagen då.”

Daniel kunde inte hålla sig utan drog in henne i en kram.

”Tack, tack, tack.”

”Jag var faktiskt skitnervös att du inte skulle gilla det.”

”Är det det du har gjort på kvällarna?” kom han på.

”Precis.”

”Det var därför jag inte fick komma in?”

”Precis.”

Åh! Vet du hur glad jag är för den här presenten, låg längst fram på tungan. *Vet du hur mycket jag tycker om dig, vet du hur fin du är, vet du hur …*

Om det hade varit någon annan än Nina hade jag kunnat säga allt det där nu, tänkte han. Cute as a button-munnen. Nej. Jag måste skärpa mig. Jag *måste* komma ihåg. Att inte. Göra fel.

”Vi kanske borde …?” fick han ur sig istället.

Hon nickade och han tänkte precis, det blir bra, vi går ut.

Och sen höll han ändå kvar taget om henne. *Alldeles strax, men inte riktigt än. Vi väntar bara lite lite till.*

Hon hade gjort håret i flera små flätor igen. Inbakade flätor, det hade han fått lära sig att det hette. Hon hade snurrat ihop dem nedanför öronen, prinsessan Leia-vis. Och så hade hon på sig en vit blus, den som var hennes favorit. Varje gång hon hade på sig den så tog hon några extra varv framför spegeln och sa: "Är inte den här snygg? Visst är den snygg?" Ja.

Han försökte koncentrera sig på allt det där. Följa mönstret i brodyren på hennes krage. Se på de röda gummisnoddarna i hennes hår. Lyssna på dem där ute och lista ut vad det var för låt som spelades nu. Låta ögonen klättra uppför gardinerna till gardinstången som var av trä och hade stålknoppar i ändarna. Allt för att inte …

Tänka på hur mycket hon kändes mot honom.

Känna hur han blev hårdare och kåtare för varje sekund.

Och han fattade att hon märkte det också, det var liksom omöjligt att missa, och han fattade att det var totalt pinsamt och fel och ingenting han borde ha eller som hon borde känna, men han kunde ändå inte låta bli att skjuta fram höften pyttelite, en centimeter. Det är ingenting egentligen, en centimeter, så kort avstånd, helt försumbart. En centimeter närmare, hårdare, tätare, kåtare. Han måste få, bara en till centimeter närmare henne.

Inte kunna låta bli att tänka på om hon skulle ta i honom, hur det skulle kännas.

Fast inte tänka på det.

Han svalde.

Så otroligt skönt.

Och sen.

Han visste ju att han inte fick röra sig en enda millimeter till och göra allt tio, tjugo, hundra, tusen gånger värre, men plötsligt kysste han henne.

En miljon gånger värre blev det på riktigt när dörren slogs upp och Manda klev in. Ljus och ljud och allt, som att stå på en scen, och Daniel släppte Nina som såg helt chockat och flämtande på honom.

Vad gör du?! Och Manda försvann ut lika snabbt och smällde igen dörren. Och Nina tog sig för bröstet och blicken hon gav honom.

Herregud, vad gör du?!

Nina

"MEN DU, NINIS", sa Manda när hon hade lugnat ner sig lite. "Menar du verkligen att du gillar honom? Daniel?"

"Klart jag gillar honom", muttrade Nina ner i kudden. "Han är ju min *brorsa*."

Manda kom och satte sig på sängkanten.

"Gillar på *det* sättet alltså?"

På *det* sättet?

(Ja?) Nina som drog in honom på rummet, kramade, höll fast, började kyssa. Och hans blick sen. Gud! Ångesten sköljde över henne. (Ja.) Gillar jag honom? Om jag säger ja, vad betyder det? Tänk hur Wille skulle reagera. (Ja.) Mamma och Tomas. Och Daniel, givetvis. Ska jag försöka få en kille som jag bor ihop med, en som är i min familj? (Ja.) Det går ju inte. Det fattar alla. (Men. Ja! Ändå. Fast det inte går. JA!)

Hon såg förtvivlat upp på Manda.

"Vad ska jag göra? Jag kan inte gå ut dit igen. Aldrig."

Världens sämsta låtsassyrra.

Manda funderade ett tag.

"Kan du inte bara säga att det var … Ett skämt?"

"Ett skämt?!"

"Eller ett misstag? Försök och förklara. Säg att det var …"

Förklara? Typ: Daniel, jag gillar dig. På *det* sättet. Och det är ju, som vi båda fattar, ett stort misstag. På flera sätt.

Nina stönade.

”Det går inte.”

Jag har förstört allt.

Manda suckade.

”Ja, det blev lite krångligt.”

”Varför kom du inte tidigare”, viskade Nina ner i kudden. ”Du lovade ju.”

Från den stunden hon gick ut och träffade Daniel igen så skulle det vara klart. Världens sämsta låtsassyster alla kategorier. Värre än så här blir det inte. Han skulle … hata henne. Och då. Då skulle hon vara ensam. Totalt ensam.

Daniel

DANIEL STOD I köket och bälgade i sig flera glas kallt vatten. Efter att ha varit inne på badrummet och sköljt av sig i ännu kallare vatten. Plågsamt kallt. Med flit.

”Vad var det?” sa någon bakom honom.

Han ryckte förskräckt till och snurrade runt. Sigrid. Åh, han blev nästan gråtfärdig när han såg henne. Hon var ju också söt och snäll och skojig. Och hon *gillade* honom, han märkte ju det. *Varför* hade han inte kunnat bli kär i henne som en normal människa? Om det var de som hade hånglat istället, tänk vad bra allt vore just nu. Tänk om han bara hade börjat kyssa henne när de satt och kollade på film hos henne senast, då hade …

”Ninas present”, sa Sigrid förklarande.

Ninas blick. Han kunde inte sluta se den. *Herregud, vad gör du?!* Hon måste hata honom nu. Tycka att han var fruktansvärd, äcklig, pervers.

Jag har förstört allt.

Han stödde sig mot diskbänken. Det kändes som att han kunde knäa ihop vilken sekund som helst, så dåligt mådde han.

”Vad fick du?” frågade Sigrid på.

Om det ändå hade varit Sigrid. *Om* han råkat kyssa henne. *Om* han bara bestämt sig för att han gillade henne, hela tiden, massor. Om, om, om.

”Kan vi inte göra något?” sa han desperat. ”Du och jag.”

”Visst. När då?” sa Sigrid.

”Imorgon. Vill du det? Eller, vi kan göra något nu också. Jag vet inte. Vad tycker du?”

Sigrid såg lite förvirrad ut.

”Kanske imorgon? Nu är det ju ...”

Hiro kom in i köket. Bra poäng. Man borde inte sticka ifrån sin egen födelsedagsfest. Man borde inte kyssa sin låtsassyrra heller. Det var så mycket man inte borde. Hur kunde han vara så hjärnbefriad att han ...

”Okej, vi säger imorgon”, bestämde Daniel hetsigt. ”Jag ringer dig. Vi kan gå på bio.” Han såg stint på Sigrid medan han pratade. ”Eller jag kan komma hem till dig och kolla på film också. Men vi bestämmer nu att vi gör något imorgon, eller hur?”

Som till exempel att jag kan kyssa *dig* och att *vi* kan hångla lite grann, tänkte han. Det vore toppen. Det är så det ska vara. Det är det jag borde ha gjort för länge sen. Fan, varför gjorde jag aldrig det?

Sigrid nickade.

”Visst.” Hon såg mer fundersam än glad ut. ”Är allt okej?”

”Kanon!” försäkrade Daniel och svepte ett glas vatten till, så kallt att det ilade i tänderna och han fick grimasera. ”Allt är kanon.”

Jag har bara förstört allt.

Pappa och Marie hjälpte till att röja undan när de kom hem och gästerna gått. Frågvisa och nyfikna. ”Vad tyckte dom om maten då? Hur många kom? Var det roligt? Åt dom tårtan? Fick du några presenter?”

Daniel försökte svara normalt, bete sig normalt.

”Har Nina redan lagt sig? Var hon trött?”

Daniel såg mot Ninas dörr samtidigt som Marie och låtsades spela lika ovetande och hoppades att det såg trovärdigt ut.

I själva verket visste han att hon och Manda hållit sig där inne på hennes rum i över en timme. Att Manda sen kommit ut och bara sagt typ två meningar till Ali som råkade befinna sig i hallen. Manda hade gått hem. Nina hade lite senare tassat ut till badrummet. Då hade han, Daniel, stått i köket och ljudet av hur hennes dörr öppnades fick honom att hålla andan.

Vad skulle hon göra, vad skulle han säga, vad skulle hända nu?

Svaret blev: inget. Han visste inte om han kände sig lättad eller ännu mer panikslagen när han hörde hur hennes dörr stängdes igen efter några minuter och han kunde börja andas.

”Har du lust att köra schack imorgon?” hade han vänt sig till Jesper och frågat. ”Vilken tid stiger du upp? Jag kan komma över till dig. Säg bara när.”

Nu var klockan kvart i ett på natten och det var nio timmar kvar tills han kunde åka till Jesper. Nio långa timmar att klara av. På något sätt.

Nina

”**VI BRUKAR ALLTID** rekommendera att man prövar ett par dagar i den nya klassen när man funderar på att byta, innan man bestämmer sig definitivt”, sa studievägledaren.

Nina nickade.

”Och sen så diskuterar ni igenom det ordentligt, du och din mentor och du och dina föräldrar. Det är dom som måste skriva på blanketten också. Varför vill du byta?”

”Jag har funderat på det länge. Ja, egentligen sen vi började för jag var inte helt säker på att jag ville gå natur. Men mamma tyckte att jag skulle ge det lite tid och nu så … Det har ju gått nästan en hel termin, och nu kan man väl säga att jag har försökt.”

”Vad tror du kommer att bli bättre om du byter till samhälls?”

Jag kommer inte att behöva träffa Daniel hela dagarna och märka hur jobbigt han tycker det är att ha mig, världens sämsta låtsassyrra, där. Och jag kommer inte att behöva hålla mig undan ifrån honom så att inte han ska kunna säga ”du är hemsk, vad håller du på med, har du blivit galen, hur kunde du” rätt ut. Och när jag håller mig undan från honom och sitter längst bak i klassrummet, så kommer jag inte att behöva se hans rygg där framme hela tiden och påminnas om vilken idiotisk grej jag gjorde och hur ensam jag kommer att bli på grund av den. Hur ensam jag redan är. Så just de sakerna kommer säkert att bli mycket bättre i den nya klassen. Allt kommer att bli mycket bättre än det här. Något annat är helt omöjligt.

Nina såg ut genom fönstret en stund innan hon svarade.

”Dom ämnena passar nog mig bättre. Jag är inte så naturig. Jag hade bara VG i matte till exempel. Ett *svagt* VG. Egentligen bara ett G+, men vår lärare var så snäll med betygen.”

”Mhmmm”, sa studievägledaren dröjande och skrev på sin dator. ”Det finns en ledig plats i spı internationell. Jag kan höra med mentorn där, Kerstin Backe, vad hon säger om när du kan komma och hälsa på.”

Sp internationell. Det var inte ens Mandas klass.

”Kan du inte höra nu på en gång? Jag vill gärna komma så fort som möjligt. Typ imorgon, om det går.” Nina såg så seriös och pluggig ut som hon bara kunde. ”Om jag ska byta så är det ju bäst om det inte går ännu mer tid, för då kommer jag ju ännu mer efter.”

Syon hummade med och skrev lite mer på datorn.

”Jo”, kom Nina på när hon stod i dörren och skulle gå. ”Visst får jag byta skåp då också? Till dit där dom är?”

Daniel

”JAGMÅSTESKRIVAutengrejinnanvibörjarsåjagmåsteåkanupåengång-hejdå!” rabblade Nina medan hon passerade köket på väg ut till hallen, och när hej dået klingat ut var hon borta.

Marie rynkade pannan och såg på klockan.

”Tjugo över sju? Vad ska hon göra *så* tidigt?”

Undvika att cykla ner med mig.

”Vilken stress”, instämde Wille och sörplade i sig sitt te lite extra utstuderat långsamt. ”Det måste ju vara skadligt för kroppen att hålla på sådär. Plugga ihjäl sig.”

”Skadligare än att bli tacklad in i en sarg sju dagar i veckan?” mumlade Daniel.

”Jamen, nästan. Jag får ju i alla fall lyckoendorfiner. Vad får ni?”

Olycko-dorfiner.

Det var en bra bit in på första lektionen som han märkte att Nina var borta. Han hade tagit för givet att hon slunkit in just när läraren kom och satt sig någonstans långt bak, precis som igår. Han förstod ju varför. Men när han råkade titta bakåt efter en stund, då var det tomt på Ninor.

Likadant på andra lektionen. Ellis satt där med Alena, men Nina var borta. Han fattade inte. Han hade sett hennes cykel här utanför när han kom och hon hade varit vid skåpen ungefär samtidigt som han. Men sen efter det? Om hon faktiskt skulle skriva ut en grej, och det hade blivit något trubbel, inte skulle hon väl skolka från två pass för det? Han kollade åt både höger och vänster och fram och bak för att vara säker. Hon var inte där. Skit-kuk-samhälls? Hade hon bytt dit? Hon måste ha gjort det, för det märkligaste var att ingen lärare och ingen annan i klassen verkade undra. Ingen, som Ellis till exempel, kom fram och frågade om Nina. Det skulle de väl ha gjort om hon bara var sjuk och hemma? Så de kanske redan visste nu, allihop, precis var hon var? Alla var fullt informerade om att Nina var nöjd och glad med Manda och Sally i sp, och han bara gick här, ensam och undrande.

Lunchen. Han var bergsäker på att hon skulle sitta tillsammans med dem. Det var den givna lösningen på det här försvinnandet. Men när de kom ner till maten och han såg Manda så var hon ensam. (Ja, tillsammans med dem i sin klass givetvis, men ingen Nina.)

Daniel åt snabbt och sen gick han ett varv och kollade kafeterian och biblioteket. Tomt. Han gick ut en sväng. Cykeln var kvar, på samma ställe som imorse. Hon var bevisligen där, men ändå borta. *Var?*

Han var på väg fram till Ellis och Alena flera gånger på eftermiddagen, men ändrade sig alltid. Det kändes för dumt att fråga dem, på så många sätt. Likadant när han greppade mobilen minst en gång i kvarten. Stoppade tillbaka den i fickan varje gång. Han visste ju redan vad hon gjorde. Hon träffade inte honom. Han visste bara inte var hon gjorde det.

När de slutade för dagen var hennes cykel försvunnen. Han kom ändå hem till en tom lägenhet. Såklart. Inte förrän efter halv nio på kvällen dök hon upp. Daniel satt inne på sitt rum och hörde hur hon berättade för Marie och pappa om hemmaspaet hos Manda. Jogging, hårinpackning, ansiktsmask, kycklingsallad till middag. Han lyssnade spänt för att snappa upp vartenda ord hon sa. Det kom inget avslöjande om dagen. Inte en enda liten fråga från Marie om nya klassen och nya lärarna heller, och det var konstigt. Visste inte hon? Både hon och Nina lät precis som en vanlig vardagskväll. Normalt, vanligt prat om normala, vanliga saker en dag när inget anmärkningsvärt hade hänt. Inte för att ett byte till sp var en flytt till Australien, men lite anmärkningsvärt var det väl? Tillräckligt för att nämna med en mening eller två?

Allt han önskade var att han också skulle kunna gå ut till köket. Ställa sig mot köksbänken, dricka ett glas vatten, lyssna, se på henne. Hennes impuls skulle inte bli att tänka ”uh-uh, pervo-brorsan” och vilja gå därifrån, utan hon skulle hälsa på honom som vanligt. Det skulle vara den naturligaste och enklaste sak i världen att han kom med i samtalet. Han skulle inte stå här och måsta smyglyssna och undra var hon hade varit hela dagen.

Tre dygn sen det hade varit möjligt sist. Han saknade det så mycket att han inte kunde tänka på något annat.

Samma visa nästa dag. Nina stack i förväg med en lam ursäkt. Han kom efter. Cykeln på plats, ingen Nina på lektionerna.

Han gjorde det vanliga varvet förmiddag och lunch. Tomt överallt. På eftermiddagen, under naturkunskapen, lämnade han klassrummet. Han sa att han behövde gå på toa. Och när han gjort det så passade han på att kolla en sväng på bibblan också. Han tog med flit en extra lång, kringelkrokig väg tillbaka.

Nina

NÄR HON SPRANG ihop med Daniel i en trappavsats på fredagseftermiddagen befann han sig i helt fel del av huset. Han borde sitta på naturkunskapen i andra änden av Östra och inte komma långklivande uppför trappan här.

”Hej!” utbrast båda två förvånat när de såg varandra.

”Vart ska du?” frågade Nina spontant.

”Men var har du varit?” kontrade han lika spontant.

Det var i princip det första de hade sagt till varandra sen i lördags. Det kändes som en evighet sen de stått så här, rakt upp och ner, mittemot, sett på varandra.

Hennes första impuls var att sträcka ut handen, röra i honom, *Daniel! Hej Daniel!*, men sen kom hon ihåg sig. Hon började rodna och han såg också plötsligt tagen ut nu när han kom på det. Just det. Världens sämsta låtsassyrra, here in the flesh.

”Hej”, sa hon igen mer avvaktande, tog ett rådvillt steg neråt, inte säker på om hon skulle stanna eller gå efter de andra i klassen.

”Vänta lite”, sa Daniel snabbt. ”Säg bara, var är du? Vad gör du?”

Jag håller mig undan. Jag vill inte att du ska hata mig, så förlåt för det där på festen. Åh, vad jag ångrar mig, jag fattar ju att jag inte kan hålla på och hångla med dig. Det går aldrig, så förlåt, snälla.

Några av killarna i sp-klassen kom skrikande och jagande varandra nerför trapporna. Vilt och högljutt, det ekade i stentrapporna. Daniel såg efter dem.

"Vilka är det där?"

"Sp internationell", svarade Nina och skämdes.

De verkade så barnsliga, de *var* så barnsliga.

Han rynkade pannan.

"Vadå, har du bytt dit? Är det där du har varit?"

Nina ryckte på axlarna.

"Har du pratat med Marie om det?"

"Jag ska. Ikväll."

"Jaha ... Men ...", började han och sen avbröt han sig. Han såg efter sp-klassen. "Det är ju inte ens Mandas klass. Känner du någon där?"

Nej.

"Lite", svarade hon svävande. "Några från spanskan som ..."

Typ en. Som jag vet vad hon heter.

Han stod lutad mot väggen med ena armen halvt utsträckt, upp mot henne, och höll i ledstången. Släppte och greppade om den, om vartannat.

Kan vi inte säga att det bara var ett skämt. Nej, det var det ju såklart inte, men jag skulle aldrig ha. Om jag bara hade tänkt efter en sekund. Jag saknar ju dig, massor.

"Jaha. Okej", sa han kort.

Han märkte att hon såg på hans hand och drog direkt den till sig.

Världens sämsta, just det. Hon kände hur munnen började skrynkla ihop sig.

”Jag måste ...”

Nina tog ett snabbt steg nerför trappan och ett till. Ville inte att han skulle märka den ledsna munnen.

”Ja, jag med.” Han tog ett kliv uppåt. ”Hej då.”

Nina vände ryggen till och skyndade iväg. Hon hann precis.

Daniel

WILLE RINGDE Daniels mobil på fredagskvällen. Det lät som att han körde bil samtidigt som han pratade.

”Är du hemma? Är pappa och Marie hemma? Båda två?” frågade han. ”Okej, lyssna. Kan du hitta på en ursäkt till att du måste ut en stund och så plockar jag upp dig på Konsumparkeringen.”

”Va?” sa Daniel häpet. Wille hade aldrig bett honom göra något sånt förut. ”Varför det?”

”För att Manda ringde mig nyss och dom är på någon fest och Nina måste tydligen hämtas.”

”Va?” sa Daniel igen.

”Ja, jag tänkte att vi får väl gå runt lite med henne eller så”, fortsatte Wille. ”Jag vet ju inte, vi får se hur hon är. Men det kanske inte är det smartaste att åka raka vägen hem på en gång.”

”Är hon ...” Daniel sänkte rösten. ”Är hon så full?”

De hade ju nyss suttit och ätit middag allihop. Daniel såg på klockan. Kvart över nio. För mindre än tre timmar sen. Efter det hade Nina sagt att hon skulle hem till Cissi. Hon hade inte ens bytt om, fixat eller sminkat sig eller något sånt som hon brukade göra om det var fest.

Han drog igen dörren till sitt rum. Där utanför i vardagsrummet satt Marie och pappa i soffan och såg på teve.

"Jag är snart vid sjukhuset", sa Wille. "Tre minuter."

"Men sa Manda att jag skulle komma också? Ville hon verkligen det?" frågade Daniel med låg röst så att de där ute säkert inte skulle höra.

"Nu är jag förbi sjukhuset. Och ta med en plastpåse."

Wille knäppte bort samtalet innan Daniel hann säga "fast du, hon vill nog faktiskt inte att jag kommer". Han tvekade. Skulle han skita i det? Wille skulle ju bara ringa igen när han var framme. Han drog på sig en tjockare tröja. Hittade på att han skulle sticka över till Hiro en stund. Pappa svalde det med hull och hår. Han och Marie satt hopkurade i soffan så de tyckte säkert det var skönt att bli helt ensamma.

Bilen stod redan och väntade på parkeringen när han kom småjoggande.

"Tog du med en påse?" frågade Wille när Daniel klev in. Han sänkte musiken på radion. "Har du varit hos Mandas kille? Någonstans i Umedalen."

Daniel skakade på huvudet. Var det därför han hade ringt efter honom?

"Skulle hon inte till Cissi?"

Wille ryckte på axlarna.

"Men hon är väl inte helt alkoholförgiftad och borta? Liksom, sjuk?"

"Neeej", sa Wille lugnt. "Det hade ju Manda sagt i såna fall. Hon är väl bara ... lite full och illamående."

Och i värsta fall blir hon ännu mer illamående nu, tänkte Daniel medan de passerade universitetet och sjukhuset. Stackars Nina.

Han satt kvar i bilen och väntade när de hade letat sig fram till rätt adress i Umedalen. Wille gick in. Det dröjde sjutton minuter. Sen öppnades dörren och Wille, Nina och Manda kom ut. Nina såg hängig ut, som en slokande blomma. Manda med en arm om henne.

För att vara en fest verkade det vara hemskt lite folk i farten där. Ingen annan syntes till.

Stackars stackare, tänkte Daniel och såg på när de närmade sig bilen. Manda hälsade inte när hon öppnade bildörren och fick syn på Daniel där inne, men hon hajade till och gav honom en konstig blick. Han fattade precis.

Jag bad inte om att få följa med hade han lust att säga, men då tumlade Nina in i bilen.

”Danne, du får hoppa bak också”, bad Wille. ”Och påsen, ta fram den.”

Nina slängde ett ögonkast i hans riktning. Sen stönade hon högt och kurade ihop sig i baksätet.

Hallå, jag bad inte om att få följa med!

Manda fixade till Ninas halsduk så att den inte skulle fastna i bildörren.

”Två liter vatten och några Alvedon nu. Jag ringer dig imorgon.” Hon klappade Nina på kinden. ”Vi hörs, älskling.”

Wille hade satt sig i förarsätet, armbågade Daniel lätt.

”Bak.”

Han gjorde motvilligt som Wille sa. Nina satt i ena hörnet av baksätet, liksom uppallad mot dörren, och han gled in i andra hörnet.

Hon höll blicken fäst ut genom fönstret, hade en plågad grimas. I handen en halvlitersflaska med vatten.

”Då så”, sa Wille och startade bilen. ”Då kör vi. Alla hojtar till om dom mår dåligt, eller hur?”

Inget svar.

”Precis”, svarade Wille själv. ”Fint, fint.”

Han svängde ut från radhusparkeringen och styrde mot stan. Mjukt och långsamt och hastighetsriktigt. Täta frågande blickar ”allt okej?” i backspegeln till Daniel. Nina hade inte rört en fena, inte gett ett ljud ifrån sig, så det verkade väl vara okej. Förutom att hon luktade vin och såg likblek och illamående ut.

”Vart ska vi?” frågade Daniel när de stod vid ett rödljus.

Wille hade ju sagt något om att gå runt med henne. De kunde inte åka raka spåret hem, inte med henne i det här skicket. Eller, ja, det kunde de väl, fast då med följder och konsekvenser.

”Nina, vill du ha något? Kaffe, läsk, frisk luft?”

Wille såg på Nina i backspegeln.

”Vet inte”, mumlade hon.

Hon dricker inte ens kaffe, tänkte Daniel men han sa det inte högt.

Wille körde in på en Statoilmack.

”Sådärja”, sa han vänligt när han öppnat hennes bildörr. ”Vad är du sugen på?”

”Jag vet inte”, sa hon plågat.

Wille satte sig på huk bredvid henne.

”Ska vi inte gå en sväng? Vi ska åka hem om typ en timme. Visst klarar du det?”

Hon gav ifrån sig en halvgråtig suck.

”Vet inte.”

”Jodå. Vi går några varv här så blir du piggare. Det blir bra.”

Wille sträckte henne handen och hon började kravla sig ur bilen. De masade sig runt parkeringen. Daniel satt kvar i bilen. Tänkte att han inte skulle tränga sig på, besvära. En pervobrorsa behövdes ju inte när Wille fanns. Den snälla, stora och starka brorsan som man kunde lita på. Till skillnad mot honom som fick kåtslag och bara …

Fan.

De två gick ett varv runt bilarna på macken. Sen runt på baksidan. När de kom tillbaka efter en stund grät Nina stillsamt. Tyst, inga ljud eller snyftningar, bara tårar som stadigt rann nerför kinderna.

Åh, stackars lilla stackare, tänkte Daniel medan hon kravlade sig in igen.

”Vill du ha något?” frågade Wille Daniel när han parkerat henne i baksätet. ”Jag ska köpa en cola till damen.”

”Jag kan också ta en. Har du …?”

Wille nickade och försvann mot macken. Daniel såg hur han rörde sig från läskkylen, till kaffeautomaten, till kassan.

”Jag vet att du hatar mig”, kom det plötsligt lågt och snörvligt från Nina. Hon satt på samma sätt som förut, lutad mot bildörren med blicken från honom, men hon *hade* sagt det där. En hackig inandning och sen ett ynkligt: ”Och jag vet att jag är världens sämsta låtsassyrra.”

”Absolut inte”, sa han.

”Jo, det är jag.” Hon torkade sig över ögonen.

”Nej. Verkligen inte”, sa han med eftertryck. ”Absolut verkligen inte.”

Nina såg på honom. Tåriga röda ögon, svullen näsa, blekt ansikte.

”Men jag har ju förstört allt”, viskade hon.

Förstört allt? Hon?

Med perfekt tajming kom Wille givetvis tillbaka precis just då. Daniel hann inte ens få ur sig ett ”va?” innan han öppnade dörren.

”Här, gott folk.” Wille langade över två colaflaskor till dem. ”Drick och njut.”

Ninas ögon svämmade över av tårar igen och hon snörvlade till.

Men vad menar du? ville han fråga. Det var ju *han* som gjort fel, förstört allt. Absolut verkligen inte hon. För cirka tusende gången tänkte han igenom festen, de två inne på hennes rum. Hur han inte kunnat låta bli. Hans rörelser. Hennes blick efteråt. *Herregud, vad gör du?!* Det var ju verkligen han. Han, han, han. Hur kunde hon få det till något annat?

”Visst känns det bättre nu?” frågade Wille henne. ”Lite bättre?”

”Nej.”

Hon grävde i jackfickan och fick upp en gammal servett som hon snöt sig med.

”Okej, men drick mer”, sa Wille uppmuntrande. ”Det är det du behöver.”

Det var allt som hördes sen, drickande. Willes kaffesörplande. Ninas läsksippande och Daniels klunkande. Daniel försökte få ögonkontakt med henne, men det lyckades inte.

Wille vred på radion på låg volym, hittade en musikkanal. Nina tittade envist ut genom fönstret. Daniel sneglade på henne då och då. *Vad menar du, ditt fel? Hur tänker du då? Vad tror du att du har förstört? Det var ju jag som … bara jag.*

”Ska vi åka en sväng”, föreslog Wille. ”Eller vill ni sitta här?”

”Skitsamma”, mumlade Nina.

”Kör”, sa Daniel.

Hon lutade huvudet bakåt mot nackstödet och blundade. Långa, djupa andetag.

Men om hon tänkte att det var ... Var det? Betydde det att? Inte bara han?

Han såg på henne igen. Vad menade hon?

Wille körde upp förbi sjukhuset och universitetet, ut mot Ålidhem och Tomtebo. Ingen av dem sa något. På radion spelades den ena hiten efter den andra. Mellan låtarna en kvinnlig programledare som läste upp sms som lyssnare skickat in. Önskningar och hälsningar till varandra. Daniel kom plötsligt på en grej.

”Du har inte förstört ngt alls”, skrev han på sin mobil.

Mottagare: Nina. Skicka.

Hennes sms-signal plingade till. Hon var långsam med att bängla fram telefonen ur fickan, under bilbältet, och sen trycka fram meddelandet. Han vågade inte se på henne. Han såg bara i yttersta ögonvrån hur hon kliade sig under näsan medan hon läste.

”Kolla, här bor Fille i min klass”, sa Wille. De körde just förbi ett radhuskvarter. ”Ska vi gå in och säga hej?” Han log för sig själv. ”Skojade bara.”

Hur lång tid tog det att komma igenom en mening?

Daniel väntade, spänt.

Mer snörvlande och sen ett litet snytande från andra hörnet i baksätet. Sen en mobil som stoppades ner i en jackficka igen.

Men, va? tänkte han besviket. Inget svar?

Fast då kände han ett lillfinger som hakade i hans där han höll sin vänsterhand på sätet.

Svar.

Som betydde …?

Han tog tag om hela hennes kallsvettiga hand, höll om den ordentligt. Kramade till, försökte signalera att hon skulle se på honom, visa något mer. Eftersom Wille var med kunde han ju inte säga eller fråga något rätt ut. Signalerandet lyckades inte, hon satt fortfarande och blundade, ansiktet vänt mot fönstret. Han kramade igen flera gånger, men hon var envis. Fast hon lät sig handhållas hela vägen hem.

”Hur går det med vätskan?” frågade Wille när de var på väg uppför Mariehemsbacken. ”Blir det bättre?”

”Kanske”, mumlade Nina.

”Snurrar det lika mycket?”

”Nej.”

Daniel fick gå upp och kolla först att pappa och Marie hade gått och lagt sig. Han ringde ner till Wille och sa att kusten var klar.

Nina styrde direkt mot badrummet. Hon var där inne en lång stund. Sen raka spåret till sitt rum. Daniel hade tänkt lurpassa på henne för att kunna få säga eller fråga något utan att Wille hörde. Han visste inte vad, men något. *Hatar du mig? Eller? Inte?* Hips vips när han satt inne i köket, hörde han en dörr öppnas och sen en annan stängas väldigt fort, och det var för sent för något sånt.

”Hoppas hon har en hink där inne”, sa Wille sakligt. Han hade fixat några nattmackor. ”Bara ifall.”

”Varför ringde du efter mig ikväll?” kom Daniel på.

”Tja … Manda sa att Nina var ledsen, och det brukar ju du kunna fixa.” Wille hyvlade en skiva ost. ”Cheeeese”, log han njutningsfullt.

”Sa hon något om varför hon var ledsen? Nina alltså?”

Wille skakade på huvudet, munnen full av macka och ost.

”Ska vi spela lite?” frågade han sen när han kunde prata igen. ”Du får välja. Fotboll? Du får välja lag också. Jo, kom igen, klockan är ju inget mycket. Bara en match, Daniel, schysta.”

Nina

DET HÄR VAR den allra värsta tänkbara kombinationen av händelser, tänkte hon när hon la sig. Man är full och man har spytt. Man är rädd att man luktar spya. Ens ena låtsasbrorsa (han som man *gillar* och *saknar* och *gillar* och *saknar*) skickar ett sms som får en att vilja ta ett glädjeskutt tre mil upp i himlen för tänk om han … Tänk. Om. Han. Men han är ju ens låtsasbrorsa. Och i framsätet sitter den andra låtsasbrorsan. Så det skulle aldrig någonsin gå. Och man mår skitilla och är rädd att man kommer att spy igen hela tiden. Man vågar inte se på den första låtsasbrorsan, för om man gör det. Då vet man aldrig vad som händer. Bara att det säkert kommer att vara något som Definitivt. Inte. Alls. Går.

När hon vaknade kunde hon göra ett par tillägg till värsta kombinationen. Ens huvud värker för jävligt mycket. Ens mamma uppskattar verkligen inte att man är ute och super. (Och ens låtsaspappa är säkert ännu mer fanatisk på den punkten.) Men det värsta är att man hela natten har tänkt på vad den första låtsasbrorsan messade och om han verkligen menade *så*. Man kan inte släppa det. För att han är *så* … Och låtsasbrorsa. Som bor i samma familj. Som en låtsasbrorsa gör. Som är en sån person man inte ska gilla mer än lagom. På ett högst broderligt sätt.

Nina sträckte ut armen och hittade vattenflaskan som låg på golvet nedanför sängen. Några törstiga klunkar. Klockradion blinkade precis till, 10:44. Om hon inte steg upp snart skulle mamma komma in och kolla. Och rummet luktade förmodligen vin och fylla. Då skulle det bli ett himla liv. Hon tvingade sig upp. På med lite kläder. Upp med fönstret för vädring. Andetag. Öppna dörren. Smita in på toa. Snabbduscha. Andetag. Gå ut.

"Hej sömntuta", hälsade Tomas som höll på att dra på sig träningskläder. "Blev det hårt igår?"

Han skämtade. Det var en fras han använde då och då, och han hade förhoppningsvis ingen aning om att det faktiskt blivit hårt igår.

Hon smålog bara till svar, följde efter honom in i köket. Där stod Daniel (*Daniel!*) och bläddrade i en kokbok.

Det här är så insane, tänkte hon när hon kände hur hjärtat störtdök av nervositet. *"Du har inte förstört ngt alls."* Jag är galen. Jag måste lägga av. Sluta genast. Nu. Det var vad Manda sagt varenda gång de pratat om det.

"Det går inte. Man kan inte. För tänk ifall, och sen när ni skulle bråka. Fatta att bo i samma hus då. Eller om du gör slut. Hur beter man sig efter det? Det är ju nog illa att gå i samma klass."

Precis, hade Nina tänkt. Det är verkligen nog illa. Hon kom ihåg en bok hon hade läst på högstadiet, om två syskon som blivit kära och börjat ha sex med varandra. De kunde inte hålla sig, fick hålla på och smussla för sin mamma som såklart inte fick veta något. Hemskt.

"Kyckling med grönsaker i ugn. Fetaost och oliver", läste Daniel från boken. "Ser okej ut. Bulgur, ris eller potatis till."

"Ta bulgur", sa Nina. "Please."

Han vände sig hastigt om mot henne. Kinder som blev röda. Ögon som blev blyga. Men åh så fina.

"Är du vaken nu."

Så. Oj. Shit. *Ja!*

Nina såg snabbt på Tomas.

”Var är mamma?”

”Möhippedag.”

Just det. Det hade hon ju hört om. Yoga och brunch och grejer.

Tomas räknade upp hundralappar på köksbordet.

”Och glöm inte resten.” Han tog en handlingslista som var fastklämd på kylskåpet och gav den till Daniel. ”Nu ska jag sätta personligt rekord runt Nydala! Jävlar, vad det ska kutas. Jag kanske kommer i tidningen imorgon, för att folk har sett en blå blixt och trott att det var ett ufo.”

Daniel fnös till. Tomas flinade.

”Personligt rekord!”

Nina gjorde sig upptagen med frukosten. Hällde upp lite yoghurt i ett glas, skivade ner en banan. Tomas stack iväg. Daniel prasslade och stökade i ett annat rum. Drog på sig jackan, kom in i köket för att ta listan och pengarna.

”Jo, du”, sa han sen och hans ton fick magen att dra ihop sig på henne.

Hon fattade vad som skulle komma nu. Om hon tittade upp nu så skulle han se ut. Som. Han inte fick.

”Nina?”

Hans stil var ju att gå omkring och osa och pysa i flera dagar, utan att säga en enda klar stavelse om vad han egentligen tyckte.

”Jag tänkte på ...”

”Daniel.”

Hon höjde händerna.

Tyst. Säg det inte. Gå och handla istället.

Han var ännu rödare om kinderna nu.

”Nej”, bad hon lågt. ”Vi glömmer det.”

Hon tvingade sig att se på honom även om det var det jobbigaste hon gjort på evigheter, eller någonsin. Förmanade sig att skita i fjärilarna i magen (det kändes som om de hade knarkat), strunta i hjärtat som dunkade på som en mindre attack, helt ignorera hans blick, och att framförallt glömma hur det hade känts när han. *Skit i det. Alltihop. Glöm det.* Se bestämd ut.

Vad ”det” var sjönk in hos honom.

”Men …”, sa han långsamt.

Händerna och det hårda och mjuka och doften. *Glöm allt det.*

”Inga men.”

Nina koncentrerade sig på sin yoghurt. Vit. Sval. Kall. Bananskivor i. Hennes mage åkte hiss upp och ner och hon blev kallsvettigare för varje sekund som gick. När hon tittade upp igen stod han fortfarande kvar.

”Om man redan vet att man inte kan glömma då?”

Läpparna, smaken. Åh. Att inte ens veta vad man gör, bara att man måste. *Glöm det nu.*

”Daniel, snälla”, bad hon svagt. ”Det är klart man kan. Man kan glömma allt man vill.”

”Just det”, fortsatte han. ”Fast om man inte …”

Han tystnade.

Gå, gå, gå, bad Nina tyst och fokuserade på yoghurten igen. Gå, gå, gå.

”Det är det du vill alltså?” frågade han.

Men fattade han trögt. Ett. Två. Tre. Fyra. Gå, gå, gå. Femsexsju åttanietie elvaatolvtretton fjortonfem…

Han gick.

Hon kutade in på badrummet och spydde.

Daniel

EN MÅNDAGSKVÄLL. Han satt inne på sitt rum och gjorde franska. Trettiofem verb och säkert hundrafemtio glosor att repetera till terminens sista prov. En vecka kvar innan jullovet.

Nina kom tassande efter en stund. Kurade ihop sig på hans säng. Buffade till kudden. Hon la ett pekfinger på munnen som ”sch”, när han såg på henne. Sen pekade hon på hans böcker som ”fortsätt, jag ska inte störa”.

Nej, precis.

Kapitel elva handlade om det franska skolsystemet och Michel som inte gillade att plugga men var förtjust i att spela trummor.

”Nu måste du snart fråga om jag vill bli förhörd”, sa Daniel när han läst samma rad åtta gånger.

Det var över en månad sen hon hade kommit in på hans rum så här.

Hon hade snabbt övergett sp och återvänt till deras klass, och hon hade snabbt börjat prata med honom på ett högst normalt sätt, både på skolan och hemma. I början hade han gjort precis som han brukade, bara låtit bli att prata med henne för att det var så jobbigt. Men efter ett tag fattade han att det inte skulle gå. Om han nu inte bytte stad och flyttade hem till Luleå igen. Fast realistiskt …

Och det andra som inte skulle gå, enligt henne. Det var omöjligt att inte tänka på det. Speciellt vid alla fraser som fick stoppas innan de blev sagda (helst tänkta), och alla handlingar som uteblev. Det var som om de hoppat tillbaka i tiden ett par månader och var som i början, innan de lärt känna varandra. Eller som om de drabbats av förtida alzheimer och blivit historielösa. Lilla myggan, knockouten, Luleåresan – allt det där var glömt och undanstoppat. För säkerhets skull. Fast ibland när han inte sa något kunde han se på Nina att hon tittade tillbaka, och han fattade att hon tänkte på samma sak som han. *Men du*, hade han lust att säga varenda gång då. *Är det säkert att du inte har ångrat dig? Nina, helt säkert? Hundratio procent säkert? För jag är ju …*

Fast han fattade att det var säkert. Och på sätt och vis höll han med, efter ett tag. Det skulle bli väldigt krångligt om de… Men ändå. Cute as a button. Den munnen mot hans. Tänk att hon. Tänk. Att. Hon.

Hon hade haft så fel på en punkt. Man kunde inte alls glömma allt man ville.

”Vilka kapitel?” frågade hon och sträckte sig efter boken.

”Elva och tolv.”

Hon satte sig upp. Blå tjocksockor, flanellpyjamasbyxor, pappas fleecetröja som hon ”lånat” trots hans småmuttrande protester, men hon fick ju ändå fortsätta ha den. Såklart. Hon skulle kunna ta över stora delar av hans garderob och han skulle bara leende ha låtit henne. Daniel kunde bli irriterad över att pappa gav sig sådär. Wille också. Ville Nina ha något så fick hon det alltid av dem. Den enda som höll emot var Marie. Men sen kom han på att han ju var exakt likadan som pappa och Wille på den punkten.

Mörkrött nagellack. Lite avskavt. Håret tillbakadraget i en svans. Ögon som hoppade mellan gloslistorna i boken och honom, och hennes mun som tyst försökte repetera de franska orden efter han sagt dem. En cute as a button-mun. Som var precis sånt han inte skulle tänka på.

”Precis som vanligt”, sa hon nöjt när förhöret var avklarat. ”Du kan alltid allting.”

”Neej”, protesterade han och tog tillbaka boken.

Återvände till Michels sega trummande.

En liten hand som strök honom över armen.

”Joo. Nästan.”

Han såg förvånat på Ninas hand som höll kvar runt hans arm, fick det att stråla ut värme i hela kroppen.

Det här var en sak de definitivt inte gjorde längre. Man kan säga att den höll en av topplaceringarna över förbjudna saker. Ingen fysisk kontakt, överhuvudtaget. Alldeles för farligt. Alldeles för mycket historia i fysisk kontakt.

”Hej”, sa hon lågt.

Vad håller hon på med? Varför?

Daniel satt blickstilla. Dörren var öppen, pappa satt där i soffan precis utanför, Nina var fortfarande lika mycket hans låtsassyrra, alla skulle tycka att de var skitknäppa, men … faaaaan.

”Daniel.”

Daniel. Vad han saknat det, alla hennes olika Daniel.

Och henne, vad han saknat henne. Saknade.

”Jag vet, och jag med”, viskade hon. Hon höjde handen mot hans ansikte och strök honom lätt över boxningsärret.

”Om du glömmer bort mig någon gång så kan du titta på det där och då kanske du minns mig igen.”

”Varför skulle jag glömma bort dig?”

Han blundade och hon höll sin hand stilla mot hans kind. Han sket i om någon såg det här, om någon skulle komma in och upptäcka dem. Låt dem.

”Men det här blir också bra tror jag”, sa hon. ”Och det blir ju bättre hela tiden. Lättare. Eller hur.”

Han öppnade ögonen och såg på henne. Världens snällaste, finaste, sötaste, bästa Nina.

Jag vet, och jag med.

Han nickade.

Hon nickade tillbaka. En liten utandning, som en lättad suck kanske. Och sen sänkte hon handen och gick ut till vardagsrummet. Daniel hörde hur hon pratade med Wille som satt och skrev en grej på datorn. Pratade med Marie. Frågade om någon ville ha te.

Jag kan ropa ja om jag vill, tänkte Daniel efter en stund när värmen från henne ebbat ut i hela kroppen och slutat kännas så mycket. Och jag kan gå ut och vara med i samtalet, när som helst, lägga mig i den andra soffan, få mitt te, vara där, lätt som en plätt, och imorgon kan hon komma in hit igen och lägga sig på sängen och inte vilja något speciellt. Och jag kan se på henne och hon kan se på mig och vi kan. Bara vara. Som vi är. Syskon? Vänner. Det *är* också bra. Det är det. Inte bäst, men det är skitbra.

”Nina, jag vill ha!” sa han högt och reste sig. ”Tillverka en dryck till mig.”

Och hon fnissade åt det, precis som han hoppades att hon skulle göra. Bra.

Tack!

Jag är väldigt tacksam och glad för all hjälp och stöd jag fick medan jag skrev den här boken, och i synnerhet andra halvan av den. Om jag skulle räkna upp alla blir det en lång lista och tänk om jag råkar glömma någon, så vi säger så här – känner du dig det minsta träffad, JA, ta åt dig! Tack!

Läs mer av Johanna Lindbäck:

EN LITEN CHOCK

Gymnasiet är snart slut och inget som Gustav hade hoppats på har hänt. Då bildar han och Elin en pakt. De ska göra något oväntat - något som gör dem mindre missnöjda med sig själva och sina förutsägbara liv. Det drar ihop sig till en liten chock ...

TÄNK OM DET DÄR ÄR JAG

Agnes har flyttat till Umeå med sin familj och ska börja tvåan på gymnasiet där. Nu ska allt ändras. Hon vill inte längre vara tjejen som ingen lägger märke till. Hon ska börja om från början med allt!